VORN

VORN

ANDREAS BERNARD

aufbau

ISBN 978-3-351-03294-4

Aufbau ist eine Marke der Aufbau Verlag GmbH & Co. KG

1. Auflage 2010

Umschlaggestaltung Tom Ising für HERBURG WEILAND, München
Druck und Binden CPI – Clausen & Bosse, Leck
Printed in Germany

www.aufbau-verlag.de

1

In dem Sommer, als Tobias Lehnert zum *Vorn*-Magazin kam, lag sein Abschluss an der Universität ein halbes Jahr zurück. Die vier oder fünf Leute, mit denen er gemeinsam die Seminare besucht und die Mittagspausen verbracht hatte, beschäftigten sich schon längst mit der Vorbereitung ihrer Doktorarbeit. Tobias dagegen wollte erst einmal nichts mehr mit Büchern zu tun haben; er hatte seit der letzten Prüfung im Januar nicht einmal die Kraft gehabt, die Papierstöße mit Kopien und Exzerpten wegzuräumen, die sich die ganze Examenszeit über neben seinem Schreibtisch aufgetürmt hatten. Natürlich hätte auch er mit einer Doktorarbeit beginnen können, doch beim Gedanken an die Universität spürte Tobias weiterhin nichts als Überdruss. Er bemerkte das vor allem, wenn er seine Freunde, die schon wieder jeden Vormittag in der Bibliothek saßen, wie früher in der Cafeteria der Kunstakademie zum Mittagessen traf. Sobald Tobias sich von der breiten Ludwigsstraße aus dem Universitätsviertel näherte, stellte sich ein leises Verlorenheitsgefühl in ihm ein. Die Luft schien drückender zu werden, so als würde er einen Durchgang passieren, eine unsichtbare Verengung, bevor er das belebte Karree zwischen Schelling-, Türken- und Adalbertstraße betrat. In dem anfangs so freundlichen Ensemble aus Universitätsgebäuden, Buchantiquariaten und Cafés fielen ihm jetzt nur noch die Risse auf, die befremdlichen, ins Endlose verlängerten Studentenexistenzen etwa, Obdachlose des akademischen Milieus, die draußen an den Tischen ihre verlässlichen Stammplätze einnahmen. Und wenn sein Blick im Gehen die Schaufenster der Antiquariate streifte, so automatisch wie in den Jahren zuvor, sah er, dass die alten Gesamtausgaben immer noch unberührt an derselben Stelle standen.

In dieser Zeit nahm Tobias lieber so viele Schichten wie möglich in der Flüchtlingsunterkunft an, in der er schon seit Jahren als Betreuer arbeitete. Der Studentenjob war gut bezahlt, und meistens tat er ohnehin nichts anderes, als stundenlang mit den bosnischen und vietnamesischen Kindern Fußball oder Tischtennis zu spielen. So oft es ging, war er in den Monaten nach seinem Abschluss auch unterwegs. An vielen Wochenenden begleitete er die Band Undone im Tourbus zu Konzerten, die in München und Umgebung gerade für Aufsehen sorgte mit ihrem brachialen Hardcore und einem an Wagner-Opern geschulten Sänger. Und mit seiner Freundin Emily unternahm er immer wieder längere Reisen: Sie fuhren in ein Fischerdorf auf den Kanarischen Inseln, wo sie die Stunden vor dem Abendessen immer in einem Spielsalon auf der Hauptstraße verbrachten, an den schlecht funktionierenden, abgespielten Flippern mit ihren schon ausgeblichenen Spielfeldern, deren Zustand sie an ihr eigenes Körpergefühl nach einem Tag am Strand erinnerte, an die trockene, von Sandkörnern bedeckte Haut. Sie reisten auf den Spuren seiner Familie durch Böhmen, wo sie aber die meisten Orte nicht finden konnten, weil Tobias' Vater ihnen vor der Abfahrt wie selbstverständlich nur die deutschen Namen der

Dörfer gesagt hatte, in denen den Großeltern vor dem Krieg ein paar Gaststätten gehörten. (In dem böhmischen Landstrich war dann niemand aufzutreiben, der noch die alten Namen kannte.) Und sie verbrachten, nun schon zum dritten Mal, ein paar Wochen gemeinsam in Amerika, die erste Hälfte in New York, die zweite in Kalifornien bei Tobias' Verwandten.

Tobias wusste genau, dass er auf keinen Fall wie viele seiner älteren Teamkollegen in der Unterkunft enden wollte, die den bequemen Arbeitsbedingungen dort erlegen waren und sich in dem Job auf Dauer eingerichtet hatten. Doch spätestens nach der Rückkehr aus Amerika steigerten sich langsam die Zweifel in ihm: Er hatte jetzt vier, fünf Monate nur in dem Heim gearbeitet oder Urlaub gemacht, und seine anhaltende Gelassenheit, wie es nach der Universität weitergehen würde, wich einem immer größeren Unbehagen. Es häuften sich die Stunden, an denen er ratlos in der kleinen Küche seines Ein-Zimmer-Apartments saß, an dem ovalen Marmortisch, den er von Tag zu Tag hässlicher fand. Aus Langeweile begann er irgendwann damit, sein altes, um unzählige lose Zettel ergänztes Telefonbuch in einen neuen Notizblock zu übertragen: eine Arbeit, die ihn tatsächlich längere Zeit beschäftigte. Das bloße Abschreiben erschien ihm dabei wie ein Sinnbild seiner Stagnation. Er spielte jetzt manchmal mit dem Gedanken, sich für ein Praktikum bei einer Zeitung oder einem Magazin zu bewerben, und als er beim Erneuern des Büchleins, schon ganz gegen Ende, auf die Nummer seiner alten Bekannten Uta stieß, fiel ihm ein, dass er ihren Namen gelegentlich in der Tageszeitung las, auf der Seite mit den lokalen Kulturberichten. Er rief sie sofort an, redete ein paar unverbindliche Sätze zur Begrüßung, da sie sich schon ein paar Jahre nicht mehr gesehen hatten, und sagte dann: »Du, ich habe mir gedacht, vielleicht könntest du mir weiterhelfen. Du arbeitest doch bei der Zeitung, und da ich gerade überlege …« Doch weiter kam er nicht, denn Uta fragte mit verwunderter Stimme: »Ich, bei der Zeitung? Wie kommst du denn darauf?« Und als Tobias sagte: »Na ja, Uta Weber, so verbreitet ist der Name doch auch nicht«, antwortete sie befremdet: »Ich heiße aber Schuster, erinnerst du dich, Uta Schuster.« Nach der Pause, die durch diesen Satz eintrat, war das Gespräch nicht mehr fortzuführen; Tobias legte schließlich mit einer verlegenen Entschuldigung den Hörer auf. Er war von der Peinlichkeit des Telefonats eine Zeitlang noch so eingenommen, dass die Praktikums-Idee wieder in den Hintergrund trat.

Die Tage drohten ihm nun endgültig auszufransen. An einem Vormittag im Juli fand er in der Post einen Brief seines alten Professors, dessen Oberseminar er noch gelegentlich besuchte. Er schrieb ihm, dass er Tobias an einen Berliner Kollegen weiterempfohlen habe, der gerade ein neues Forschungsprojekt aufbaue. Ohne jede persönliche Einladung fuhr Tobias nur ein paar Tage später nach Berlin, um sich das Institut anzusehen, und der leicht überstürzte Aufbruch war wie ein Ausdruck seiner Beunruhigung: Er wollte, wenn sich schon nichts anderes ergab, zumindest diese vage Gelegenheit ergreifen, um wieder an die Universität zurückzukehren. In dem Gespräch mit einem Mitarbeiter des Instituts, an einem Freitagvormittag in dem kurz vor Semesterende fast menschenleeren Universitätsgebäude, stellte sich aber sofort heraus, dass längst jemand anderes für den Posten vorgesehen war.

Ernüchtert saß Tobias nun vor einem Stapel Zeitungen im ICE zurück nach München, nachdem er sich mitten in der Nacht noch den von Christo verhüllten Reichstag angesehen hatte. Es war ein Montag, der Tag, an dem das *Vorn* herauskam. (Hieß es »das« *Vorn*, »die« *Vorn*? Der Artikel der Zeitschrift war unklar. Es schien, dass sich der Gebrauch nach Geschlechtszugehörigkeit unterschied. Die männlichen Leser verwendeten überwiegend die neutrale, distanziertere Form; von Mädchen in seinem Bekanntenkreis hatte Tobias aber schon häufiger gehört, dass sie etwas »in der neuen *Vorn*« gelesen hätten.) Das Magazin, das einmal in der Woche als Beilage einer großen Tageszeitung erschien, hatte es zu diesem Zeitpunkt vielleicht zwei Jahre gegeben. Bei seinem Leserstamm, der, entgegen der offiziellen Bezeichnung als »Jugendbeilage«, hauptsächlich aus Abiturienten und Studenten bestand, wurde es wie kaum eine andere Zeitschrift verehrt. In einem aktuellen Kinofilm hatte die Hauptfigur, ein 17-jähriges Mädchen aus einer bayerischen Kleinstadt, ihr gesamtes Jugendzimmer mit Seiten aus dem *Vorn*-Magazin beklebt, und man konnte sich gut vorstellen, dass es in vielen Zimmern tatsächlich so aussah. Tobias hatte die Zeitschrift jeden Montag beim Frühstück durchgeblättert, immer mit zwiespältigem Gefühl: Die Schreibweise der Artikel, gerade in den jüngsten Ausgaben, übte zwar einen bestimmten Reiz auf ihn aus, doch gleichzeitig war ihm die oft selbstverliebte Haltung der Autoren, der Ehrgeiz, in Fragen der Pop-Musik oder Mode den Ton anzugeben, nicht ganz geheuer. In seinem Bekanntenkreis gab es eine Fotografin, die gelegentlich für das *Vorn*-Magazin arbeitete, und wenn zwischen ihr und Tobias die Rede auf das Heft kam, gab er meistens ein paar gehässige Bemerkungen darüber ab.

An diesem Montag aber, auf der Rückfahrt nach München, war es anders. Die *Vorn*-Ausgabe, die er zwischen den Werbebeilagen in der Tageszeitung fand, war ein Sonderheft über das Thema Liebe, und schon bei der ersten Geschichte, die er las, spürte Tobias, dass dieses Heft etwas Außergewöhnliches war. Er hatte den Eindruck, dass hier sein eigenes Leben beschrieben wurde, Rituale und Sehnsüchte, die er von sich selbst allzu gut kannte. In einem Artikel ging es um die verschiedenen Erfolgsmomente oder Pannen, zu denen es beim ersten Telefongespräch mit einem Mädchen kommen kann, in einem anderen über die besondere Sprache von Liebespaaren, über Zeichen und Worte, die kein anderer außer den beiden versteht. Der Autor erzählte von einem Paar, das den Satz »Ich liebe dich« nie wirklich aussprach, sondern den Rhythmus der vier Silben nur von Zeit zu Zeit mit den Fingern auf die Schulter des anderen tippte.

In der Titelgeschichte des Heftes war von der Hingabe die Rede, mit der ein Junge Musikkassetten für ein Mädchen aufnimmt. Der Artikel beschrieb mit großer Eindringlichkeit, dass es bei solchen Mixtapes nicht einfach um eine Aneinanderreihung von Lieblingsliedern geht, sondern um eine komplexe innere Logik, um eine

Dramaturgie von laut und leise, schnell und langsam, populär und unbekannt, die dabei mithelfen soll, ein Mädchen für sich zu begeistern. In der Geschichte wurde auch über die Katastrophe berichtet, dass man ganz am Ende einer Kassettenseite, beim vor- oder drittletzten Lied, plötzlich erkannte, dass der Aufbau von Anfang an falsch gewesen war. Das Gebilde musste also komplett wieder aufgetrennt und neu zusammengefügt werden.

Tobias hatte das Gefühl, ein solches Heft, eine solche Ansammlung von Artikeln noch nie gelesen zu haben. Es wurde nicht, wie sonst in Zeitschriften, über eine unzugängliche Phantasiewelt berichtet, über prominente Menschen und weit entfernte Orte, die nichts mit der eigenen Existenz zu tun hatten. Im *Vorn* – und das fiel ihm jetzt zum ersten Mal richtig auf – ging es tatsächlich um das alltägliche Leben der Redakteure und ihrer Leser. Tobias war verblüfft, wie viel in diesem Heft von seinen eigenen Erlebnissen steckte. Nahm er nicht auch seit Jahren Mixtapes für Emily auf? Er wusste, wie sehr der Verfasser dieses Artikels recht hatte. Tobias erinnerte sich an die Kassette, die er für Emily zusammenstellte, kurz nachdem sie sich kennengelernt hatten. Als er sie zum ersten Mal in ihrer Wohnung besuchte, lief gerade eine Platte von Fugazi aus Washington DC, einer der wichtigsten Bands für ihn damals. Er wusste also, dass sie einen ähnlichen Musikgeschmack hatten, dass Emily, was bei Mädchen nicht so häufig vorkam, auch laute Gitarrenmusik mochte. Auf der Neunzig-Minuten-Kassette, die er ihr dann ein paar Tage später schenkte, versammelte er seine ganzen Lieblingsbands, hauptsächlich aus dem Umkreis des Dischord-Plattenlabels, das der eine Sänger und Gitarrist von Fugazi betrieb. Tobias verbrachte ganze Abende mit der Ermittlung der richtigen Reihenfolge, nahm einerseits besonders eingängige Stücke auf, dann aber auch eine Reihe von Raritäten, unveröffentlichte Songs von einem Tape mit Fugazi-Aufnahmen etwa, das er in San Francisco einmal von dem Redakteur eines Punk-Magazins geschenkt bekommen hatte. Doch ansonsten hielt sich Tobias mit solchem Expertentum zurück, weil er wusste, dass Mädchen das meistens egal war. Er überreichte Emily die sorgfältig beschriftete Kassette, mit einem Titel versehen, dessen genau berechnete Kombination aus Originalität und Beiläufigkeit ihn Stunden gekostet hatte.

Noch im Zug nahm sich Tobias vor, auch einmal etwas für das *Vorn* zu schreiben. Als er mit Emily ein paar Tage später »Before Sunrise« von Richard Linklater im Kino sah, wusste er auch, wovon sein erster Artikel handeln würde. In dem Film gab es eine Szene, in der Ethan Hawke und Julie Delpy in einer Wiener Bar Flipper spielten, und Tobias stellte wieder einmal fest, wie unrealistisch in Filmen geflippert wurde. Ethan Hawke bediente die Schläger unkonzentriert, sah kaum auf die Kugel und unterhielt sich beim Spielen sogar mit seiner französischen Zufallsbekanntschaft. Am Ende dieser Szene – und das war das Unglaubwürdigste – drehte er sich mitten im Spiel von dem Apparat weg, schlug vor, noch irgendwo anders hinzugehen, und die herrenlose Flipperkugel fiel rasch ins Aus. Tobias wäre im Kino am liebsten ins Bild gesprungen, um die herabstürzende Kugel mit den Schlägern aufzufangen, wie einen Gegenstand, der zu zerbrechen droht. Kein Mensch, dessen war sich Tobias sicher, würde in Wahrheit so spielen, am wenigsten in Gegenwart eines Mädchens, das einem gefällt. Er wusste, wovon er sprach, denn seine erste richtige Verabredung mit Emily, der Abend vor viereinhalb Jahren, an dem sie zusammengekommen waren, hatte am Flipper in einer Münchner Kneipe angefangen.

Kurz nach dem Kinobesuch begann Tobias mit einer Geschichte über die Gesetzmäßigkeiten des Flipperspielens, und als er sie beendet hatte, saß er mindestens eine Viertelstunde vor seinem Telefon, neben sich die aufgeschlagene Impressums-Seite des *Vorn*-Magazins, und versuchte sich zu überwinden, in der Redaktion anzurufen. Er hatte unter den Namen im Impressum auch entdeckt, dass er eine der Redakteurinnen, Susanne Buchner, aus Erzählungen kannte; sie war auf derselben Schule wie Marius, der Sänger von Undone, gewesen. Irgendwann fand Tobias den Mut und wählte die Nummer des Sekretariats, der einzigen Durchwahl, die im Heft angegeben war. Die Leitung war besetzt, was ihn noch nervöser machte. Denn der lange regelmäßige Ton des Freizeichens hätte ihm vielleicht noch einmal Gelegenheit gegeben, seine Aufregung in den Griff zu bekommen, seinen Atem dem ruhigen Takt des Zeichens anzugleichen. Der Besetztton dagegen pochte nur hämisch zurück wie ein Echo seiner Nervosität. Nach ein paar Versuchen kam er schließlich durch, und Tobias ließ sich von der *Vorn*-Sekretärin mit Susanne Buchner verbinden. Er stellte sich kurz vor, erwähnte ihren gemeinsamen Bekannten, an den sich Susanne aber nicht erinnern konnte, und fragte sie, ob sie vielleicht an einem Artikel über das Flippern interessiert sei. Ihre Frage, ob er denn als freier Journalist arbeite, bejahte er einfach und war erleichtert, als sie nichts weiter wissen wollte. Tobias hatte Glück. Susanne Buchner betreute im *Vorn* genau die Rubrik mit dem Titel »Details«, für die er den Artikel gedacht hatte, und sie sagte ihm, er solle ihr das Manuskript einfach zuschicken.

Zwei Wochen später, an einem Nachmittag im August, besuchte Tobias zum ersten Mal die Redaktion. Er hatte noch einmal angerufen und sich erkundigt, ob das Manuskript auch tatsächlich angekommen war, und am Ende des kurzen Gesprächs hatte ihn Susanne in die Büroräume in der Innenstadt eingeladen. Als Tobias das Foyer der Tageszeitung betrat, zu der das *Vorn*-Magazin gehörte, ging er zum Pförtner und fragte nach dem Büro der Redakteurin. Die umständlichen Vorkehrungen, die nötig waren, um den Besucher nach oben zu lassen, verwunderten ihn nicht; sie entsprachen seiner eigenen Scheu, die Schwelle zum *Vorn*-Kosmos zu überschreiten. »Einen Moment«, sagte der Pförtner, ohne seinen Kopf zu heben, suchte in einem Schnellhefter eine Telefonnummer heraus, offenbar Susanne Buchners Durchwahl, und griff zum Hörer. »Da ist jemand für Sie hier unten«, sagte er, »ein Herr …« – er bat Tobias, seinen Namen zu nennen –, »ein Herr Lehnert.« Dann nickte er kurz, legte auf und schob Tobias ein Besucherformular hin, das er ausfüllen und beim Verlassen des Gebäudes von der Redakteurin unterschrieben abgeben musste. Erst jetzt öffnete sich eine niedrige

Glastür, und der Pförtner erklärte ihm mit wenigen Worten den Weg in die *Vorn*-Redaktion.

Mit dem Fahrstuhl fuhr Tobias in den ersten Stock hinauf und stand in einem länglichen, durch Stellwände abgeteilten Großraumbüro, das sich auf den ersten Blick nicht von einer Versicherung oder einer Verwaltungsbehörde unterschied. Nur mit Verzögerung registrierte er die ganzen Plakate und Fotos, die über den Schreibtischen hingen und das Büro als Zeitschriftenredaktion kenntlich machten. Tatsächlich war das *Vorn* im Verwaltungsgebäude der Tageszeitung untergebracht (eigentlich eine provisorische Lösung, die aber schon seit zwei Jahren andauerte), und die Poster bildeten eine feine Trennlinie zwischen den fließend ineinander übergehenden Bereichen auf dem Stockwerk. Ein paar Meter links und rechts von der kleinen *Vorn*-Abteilung sah man bereits die notorischen Witzschilder des Bürobetriebs an den Pinnwänden, »Ich bin auf der Arbeit, nicht auf der Flucht«, oder »Unmögliches erledigen wir sofort, Wunder dauern etwas länger«. Über den Arbeitsplätzen der *Vorn*-Mitarbeiter hingen dagegen vergrößerte Titelbilder des Magazins, Konzertplakate von Massive Attack und Oasis oder ein Mannschaftsfoto des FC Bayern München, und statt der üblichen Büro-Kaffeebecher mit nicht mehr vollständig zu tilgenden Rändern an der Innenseite standen große Mineralwasser-Flaschen der Marke Volvic auf den Schreibtischen. Tobias fragte ein Mädchen, das an ihm vorbeilief, nach dem Platz von Susanne Buchner. Sie hatte offenbar gerade etwas in der Grafikabteilung zu besprechen; das Mädchen deutete aber mit einer Handbewegung auf den Schreibtisch der

Kollegin und bot ihm an, sich auf einen Stuhl zu setzen, so dass er Gelegenheit hatte, sich in Ruhe umzusehen.

In der Redaktion arbeiteten vielleicht fünfzehn Leute, fast alle zwischen Anfang und Ende zwanzig; sie telefonierten, standen am Kopierer, besprachen miteinander ein paar gerade fertiggestellte Heftseiten. Es war aufregend für Tobias, jetzt zum ersten Mal all die Gesichter zu den bekannten Namenszügen am Ende der Texte zu sehen. Er versuchte unter den Redakteuren, die vor ihren Computern saßen oder in Gruppen zusammenstanden, diejenigen zu identifizieren, deren Geschichten ihn am meisten begeisterten, sich zu überlegen, welches Gesicht zu welchem Namen passen könnte. Es gab einen, Felix Mertens, dessen Artikel ihm besonders imponierten. Von ihm stammte die Geschichte über die Liebesrituale in dem Sonderheft ein paar Wochen zuvor, und auch sonst waren Tobias in der letzten Zeit eine ganze Reihe von Felix' Artikeln aufgefallen, in einer betont lakonischen Art geschrieben, meistens in der Ich-Form. Er war der Autor, der den Tonfall im *Vorn* am stärksten prägte, der das Heft vor allen anderen Mitarbeitern von den etwas unbeholfenen, stadtzeitungshaften Ausgaben der Anfangstage in dieses so beliebte Magazin verwandelt hatte. Aus dem Impressum wusste Tobias, dass Felix Mertens kein festes Mitglied der Redaktion war, sondern ein freier Autor (auch in der Tageszeitung selbst tauchte sein Name manchmal auf). An einem Schreibtisch sah er jetzt zwei Leute stehen, die sich miteinander unterhielten. In dem einen, mit weit über die Ohren gekämmtem Britpop-Haarschnitt und einem englischen Fußballtrikot zur beigen Cordhose, glaubte er den Pop-

Redakteur des Heftes zu erkennen, Robert Veith, dessen Foto hin und wieder in Musikmagazinen abgedruckt war. Der andere, der an Roberts Schreibtisch lehnte, sah sehr lässig aus; er hatte schwarze lockige Haare und wirkte fast ein bisschen südländisch. Tobias war sich plötzlich sicher, dass das Felix Mertens sein müsse; ja, das Gesicht, das ganze Auftreten schien genau die Souveränität, das Wissen um die Welt auszustrahlen, das in seinen Artikeln immer so faszinierte. Die beiden redeten aufeinander ein, lachten viel, womöglich kamen sie gerade auf die Idee zu einem jener gemeinsamen Artikel, die sie im *Vorn* regelmäßig veröffentlichten. Erst kürzlich hatten die beiden einen Text über Band-T-Shirts geschrieben, und es war die Rede von einem alten, ausgeblichenen Pink-Floyd-Shirt gewesen, das Mertens auf einer Party getragen und damit für Furore gesorgt hatte. Jetzt konnte sich Tobias also ein Gesicht dazu vorstellen. (Ein paar Monate später, als er schon regelmäßiger freier Autor beim *Vorn*-Magazin war, sah Tobias auf der Einweihungsfeier der neuen Redaktionsräume einen Gast in einer Ecke stehen, alleine, mit einem Glas Sekt in der Hand. Er war ziemlich klein, hatte kurzes, schütteres Haar und trug eine Brille, und unter den ganzen sorgfältig zurechtgemachten Party-Besuchern fiel er durch seine abseitige Kleidung auf, ein leuchtend rotes Jackett aus rauem Stoff und darunter ein »König der Löwen«-T-Shirt. Tobias fragte Robert im Vorbeigehen, wer das denn sei, und er sagte: »Ach, das ist Felix Mertens, habt ihr euch echt noch nie kennengelernt?« Den dunklen, lockigen Typen von damals sah er in all den Jahren kein einziges Mal mehr, und als er Robert später einmal darauf ansprach, welcher Autor oder Fotograf das gewesen sein könnte, wusste der nicht einmal, von wem Tobias sprach.)

An diesem Nachmittag in der Redaktion wurde Tobias Mitarbeiter des *Vorn*-Magazins. Als Susanne Buchner zurück an ihren Platz kam und ihn begrüßte, sagte sie gleich, dass sie seinen Flipper-Artikel gut fände und ihn fast unverändert im Heft abdrucken würde, »schon in der 42«: eine Zählweise, die Tobias nichts sagte, da er als Leser nie auf die fortlaufende Nummerierung der wöchentlichen Ausgaben achtete; in der Redaktion selbst war diese Nummerierung dagegen das allgemeine Orientierungssystem. Susanne führte den neuen Autor anschließend von Schreibtisch zu Schreibtisch, stellte ihn allen Kollegen vor und erzählte ihm, für welche Teile des Heftes die anderen Mitarbeiter jeweils zuständig waren. Jede *Vorn*-Ausgabe bestand fast ausschließlich aus festen, wöchentlich wiederkehrenden Rubriken, von denen die Redakteure jeweils eine oder zwei betreuten. Eine dieser Rubriken setzte sich aus einer Reihe von Kurzporträts junger Menschen zusammen, die in der Erscheinungswoche der Ausgabe etwas Besonderes zu tun haben würden. Als die Redakteurin, die diese Seiten koordinierte, ein schwarzhaariges Mädchen namens Carla, ihn aufforderte, er könne jederzeit mit Ideen zu ihr kommen, sagte Tobias – er hatte insgeheim gehofft, dass es ein solches Angebot geben würde –, dass er sogar einen Vorschlag habe, einen jungen Skateboarder aus dem Jugendzentrum, in dem Emily seit kurzem arbeitete. Zu seiner Überraschung willigte Carla, die von den meisten in der Redaktion nur mit ihrem Nachnamen »Bertoni« angeredet wurde, sofort ein. »Klar, mach das doch«, sagte sie, »ich weiß ja von Susanne, dass du schreiben kannst.« Dann meinte sie noch, er solle bis nächste Woche »1500 Zeichen« abgeben: ein Ausdruck, der ihm als Längeneinheit von Texten noch nicht vertraut war.

Als Tobias das *Vorn*-Magazin nach vielleicht einer dreiviertel Stunde verließ, seinen Besucherschein abgab (er hatte in der Aufregung zuerst vergessen, ihn unterschreiben zu lassen, und musste noch einmal zu Susanne hinauf) und wieder nach draußen auf die Straße kam, war er in überschwänglicher Stimmung. Es hatte tatsächlich funktioniert! Er war jetzt Autor beim *Vorn*! Schnell ging er zum Marienplatz, der nur zwei Minuten von der Redaktion entfernt lag, und rief von einem der Münztelefone im U-Bahn-Geschoss Emily in ihrem Jugendzentrum an. Er erzählte ihr atemlos von den Redakteuren, von der reibungslosen Art, wie sich alles ergeben hatte, und von der unglaublichen Aussicht, jetzt schon mit einer bereits fest eingeplanten Geschichte über die Flipper – »in Heft 42, weißt du, also so in einem Monat« – und einer verabredeten in der kleinen Anfangs-Rubrik dabei zu sein. Diese begeisterten Berichte an Emily wiederholten sich in den darauffolgenden Wochen noch einige Male, denn immer wenn Tobias in die *Vorn*-Redaktion kam, um Texte abzugeben (er hatte kein Fax, und E-Mail wurde zu der Zeit noch nicht benutzt), kehrte er mit neuen Aufträgen zurück, durfte weitere Artikel schreiben, zumeist auf den Seiten von Carla, aber auch in der »Details«-Rubrik mit längeren Texten, die Susanne betreute. In diesem Bild – wie er Emily am Telefon im U-Bahn-Geschoss mit euphorischer Stimme die neuesten Ergebnisse seiner Besuche durchgab – war seine Erinnerung an die Anfangszeit beim *Vorn* noch Jahre später eingefasst.

2

Tobias und Emily hatten sich im Betreuerteam des Flüchtlingsheims kennengelernt. Die Unterkunft, ein notdürftig umgebautes Bürogebäude in einem Industriegebiet, wurde von einer Gruppe von fünfzehn bis zwanzig Studenten geleitet, die bei der Stadtverwaltung angestellt waren; es gab keine professionelle Heimleitung. Emily war eine Art Sprecherin des Teams und erstellte alle vierzehn Tage den Schichtplan. Tobias imponierte ihr Auftreten und die bestimmte Art, mit der sie die Konferenzen leitete und den Kontakt zu den behäbigen Sachbearbeitern vom Amt hielt, auch wenn diese Resolutheit auf den ersten Blick gar nicht zu ihrem fast zierlichen Aussehen passte. Aber obwohl Emily erst dreiundzwanzig war, schien sie seit langem mitten im Leben zu stehen, hatte schon ein Pädagogik-Studium abgeschlossen (das ihr verhasst war, wie er bald erfuhr) und mehrere Jahre in dieser Unterkunft gearbeitet. Von einem Kollegen aus dem Team hörte Tobias bei einer seiner ersten Schichten, dass Emilys früherer Freund ein bekannter Autonomer in München gewesen sei und mit ihr zusammen politische Veranstaltungen wie den »Volxtanz« organisiert habe. Man sah das ihrer Kleidung auch ein wenig an, dem schwarzen Halstuch und der Lederjacke, die sie meistens anhatte, und Tobias gefiel der Kontrast zwischen der Strenge, die von diesen Zeichen ausging, und der warmen Ausstrahlung ihrer Augen.

Näher kamen sie sich zum ersten Mal ein paar Wochen später, als sie gemeinsam den Einkauf für die große Weihnachtsfeier in der Unterkunft übernahmen. Tobias holte Emily an einem Tag Mitte Dezember in ihrer Wohnung im Glockenbachviertel ab. Als sie damals die Tür öffnete, bemerkte er sofort, wie schön ihre Wohnung eingerichtet war. Das Haus, im zweiten Hinterhof gelegen, war zwar alt und ziemlich heruntergekommen; ihr Bad befand sich sogar im Treppenhaus. Doch in Emilys Zimmern sah man im ersten Moment, dass darin jemand lebte, der mit viel Sorgfalt das meiste selbst gebaut und renoviert hatte. Tobias fielen auch die unzähligen Pflanzen auf den Fensterbrettern auf; er selbst hatte in seiner Wohnung nur einen einzigen Farn, dessen Blätter ständig abfielen und einen bräunlichen Ring um den Blumentopf bildeten, egal, wie oft er ihn goss.

In dem nur für Händler zugänglichen Großmarkt, in dem sie dank der Kundenkarte ihres Vaters einkaufen konnten, entdeckte Tobias in einem Regal die durchsichtigen Süßigkeitsbehälter mit rotem Deckel, die früher im Lebensmittelladen seines Wohnblocks an der Kasse gestanden hatten. Als Kind waren ihm die mit Gummischnullern oder Zuckererdbeeren gefüllten Dosen so riesig vorgekommen, als würden sie ein Vermögen kosten und niemals zur Neige gehen. Jetzt, im Großhandel, waren sie zu Dutzenden übereinandergeschichtet, und Tobias sah auch, dass sie überraschend wenig kosteten. Emily und er überlegten kurz, ob sie zwei, drei Dosen mit Brausetabletten als kleines Weihnachtsgeschenk für ihr Büro mitbringen sollten, doch sie wollten die alte Kindheitsvorstellung von der geheimnisvollen, unerschwinglichen Herkunft der Behälter nicht so ohne weiteres aufgeben und ließen es bleiben. Auch Emily konnte sich in ihrem alten Wohnviertel an einen solchen Laden erinnern, und während sie durch die langen Gänge des Großmarkts liefen, Unmengen von Glühwein, Plätzchen, Obst und Chips in die Einkaufswagen stapelten, kamen sie auf ihre Lieblingsplätze in der Kindheit zu sprechen. Tobias sagte irgendwann, er müsse zugeben, mit dreizehn, vierzehn einen beträchtlichen Teil der Zeit auch in zwielichtigen Wirtshäusern und Stehausschänken verbracht zu haben, weil er ein paar Jahre lang versessen aufs Flipperspielen gewesen sei. Und mit Erstaunen hörte er, dass Emily eine ähnliche Phase hatte, dass sie eine Zeitlang sogar für flippersüchtig gehalten wurde. In ihrer Wohnsiedlung gab es offenbar eine Bowlingbahn, in der sie sich nach der Schule immer mit Freunden zum Flipperspielen verabredete, bis Emilys Eltern ihr eines Nachmittags auf die Schliche kamen und sie mit einem Monat Hausarrest bestraften. Tobias konnte das nicht glauben, einen ganzen Monat, doch Emily sagte, das stimme wirklich, ihre Eltern seien oft sehr streng gewesen.

Sie gingen an diesem Abend noch etwas essen, in ein mexikanisches Restaurant nahe der Donnersberger Brücke. In München machten gerade etliche solcher Lokale auf, Tacos und Margaritas galten als die neueste Entdeckung, und Tobias ging gerne dorthin, weil er mexikanisches Essen schon lange kannte, von den Ferien bei seinen Verwandten in Kalifornien. Die Lokale hier waren aber eher Bars statt Restaurants, und das Publikum bestand zum Großteil aus unangenehmen Studentenrunden, die alle halbe Stunden neue Pitcher voller Erdbeer-Daiquiri bestellten. Tobias erzählte Emily von Los Angeles, wo er als Kind fast jedes Jahr den Sommerurlaub verbracht hatte, und auch sie begann irgendwann über ihre Familie zu reden, über ihre drei älteren Schwestern und ihre Rolle als Nesthäkchen, das vollkommen aus der Art geschlagen war. Die anderen – alle mehr als zehn Jahre älter als sie – hatten bereits mit Anfang zwanzig geheiratet und wohnten jetzt mit ihren zwei oder drei Kindern allesamt unter einem Dach, in dem großen Einfamilienhaus ihrer Eltern. Emily dagegen hatte schon früh ein völlig eigenständiges Leben geführt, war noch zu Schulzeiten mit ihrem ersten Freund in ein Wohnmobil gezogen und ein paar Monate später in die erste eigene Wohnung. Nach dem Essen fuhr sie Tobias in ihrer weinroten Ente nach Hause, und als sie sich verabschiedeten, zeigte sie ihm noch den neuen Schichtplan, der auf der Rückbank lag. »Schau mal, Tobi«, sagte Emily, »kurz nach Weihnachten haben wir zusammen Nachtschicht. Wollen wir uns davor noch irgendwo treffen? Die Schicht geht ja erst um halb zwölf los.« Tobias hoffte, dass Emily das absichtlich so gelegt hatte, und er kam plötzlich auf die Idee, dass sie doch zusammen flippern gehen könnten. Er schlug also das Atzinger vor, eine an sich indiskutable Studentenkneipe in Schwabing, in der seit Jahrzehnten die gleichen hängengebliebenen Altstudenten vor ihrem Weißbier saßen und der ewige Käsegeruch von überbackenen Nudeln in der Luft hing. Doch in dieser Kneipe, in einer uneinsehbaren Nische, stand ein guter Flipper, der einwandfrei funktionierte und fast nie besetzt war.

Emily flipperte erstaunlich gut. Alle Mädchen, mit denen Tobias bislang gespielt hatte, ließen sich gar nicht auf den Apparat ein, gaben sich von Anfang an keine Mühe. Sie drückten die Knöpfe nur halbherzig, so als wollten sie sich die Finger nicht schmutzig machen, und wenn die Kugel ins Aus ging, wendeten sie sich sofort ab, mit einer Geste, die bedeuten sollte: Schau, ich hab's doch gesagt, dass ich's nicht kann! Mädchen standen auch immer viel zu nah am Flippergerät, so dass sie von vornherein keine richtige Übersicht über das Spielfeld und keinen Bewegungsspielraum hatten; man hätte höchstens denken können, dass sie den Flipper umarmen und damit zu ihren Gunsten beeinflussen wollten. Bei Emily – das sah Tobias an diesem Abend sofort – war das ganz anders. Sie hielt ein wenig Abstand zu dem Gerät, ein Bein vor das andere gestellt, und als die Flipperkugel im Spiel war, bemerkte er auch, dass sie nicht den typischen Anfängerfehler beging und beide Schläger gleichzeitig drückte. Nach einer Weile drohte die Kugel ins Seitenaus zu gehen, und da geschah etwas, das er bei einem Mädchen noch nie gesehen hatte: Emily schüttelte den Flipper, fast bis zum Tilt, um die Kugel im Spiel zu halten. Tobias war fasziniert von ihrer Spielweise, ärgerte sich aber über seine eigenen Ergebnisse. Er hatte diese Studentenkneipe ja vor allem deshalb vorgeschlagen, weil darin der »Taxi« stand, ein Flipper, den er schon seit langem kannte. Auch wenn es eigentlich kindisch war: Er wollte mit Emily nicht an einem Gerät spielen, das ihm selbst nicht vertraut war, wollte sie natürlich ein bisschen beeindrucken, indem er – was bei diesem Gerät über kurz über lang meistens geschah – ein Freispiel machte. Jetzt sah

Tobias seiner Arbeitskollegin zu, wie sie die Kugel minutenlang im Spiel hielt, schon kurz vor dem Beleuchten des Jackpots stand, und er selbst kam nicht über eine ziemlich peinliche Punktzahl hinaus. An ihrem Lächeln erkannte er, dass Emily seine Gedanken genau erraten hatte. Bei den nächsten Spielen konnte sich Tobias dann noch ein wenig rehabilitieren, und um viertel nach elf fuhren sie los, um die Abendschicht abzulösen. Emilys Ente hatte eine merkwürdige waagrechte Gangschaltung in Höhe des Kassettenrekorders, und Tobias bewunderte sie ein wenig dafür, dass sie das Schalten so gut hinbekam. In der Unterkunft unterhielten sie sich dann noch eine Zeitlang mit den beiden Kollegen, tranken von dem übriggebliebenen Weihnachts-Glühwein, und als die anderen gegangen waren, holten sie sich – die Gespräche und Bewegungen immer zögerlicher, erwartungsvoller – die Matratzen aus dem Lager, um sich für ein paar Stunden im Büro hinzulegen. In dieser Nacht wurden sie ein Paar.

Tobias hatte in der ersten Zeit mit Emily den Eindruck, dass sein Leben einrastete, dass es plötzlich in der richtigen Spur war. Als er sie kennenlernte, hatte er keinerlei Zutrauen mehr zu seinem Gefühl. Denn jedes Mal, wenn er in den zwei, drei Jahren davor mit einem Mädchen zusammengekommen war, hatte er die Wahrhaftigkeit seines Verliebtseins so lange in Frage gestellt, bis es wieder verschwunden war. Seitdem er sich, noch zu Schulzeiten, von seiner ersten richtigen Freundin getrennt hatte, konnte sich Tobias nicht mehr auf sein Empfinden verlassen. Wenn ihm ein Mädchen gefiel, musste er sich ständig ihr Gesicht vorstellen, sobald er alleine war; er zerlöcherte sein Gefühl regelrecht. Das Verliebtsein war auch von Anfang an so instabil, so flüchtig, dass es von der geringsten Veränderung, von einer einzigen falschen Bewegung des Mädchens aus dem Gleichgewicht gebracht werden konnte. Einmal hatte Tobias in einem Seminar eine Mitstudentin kennengelernt. Doch dann ging sie nach ihrer ersten gemeinsamen Nacht zum Friseur, hatte statt ihrer schulterlangen Haare einen gewellten Kurzhaarschnitt, und als er sie am Nachmittag darauf sah, auf der Terrasse der Germanistik-Cafeteria, wusste Tobias schlagartig, dass es vorbei war.

In dem Winter, als er in dem Betreuerteam zu arbeiten begann, hatte er sich schon fast mit dieser Eigenart abgefunden, nahm sie hin wie eine irreparable Beschädigung. Und in den ersten Tagen mit Emily dann wartete er fast stündlich darauf, dass seine gewohnten Zweifel einsetzen würden. Doch es war wie ein Wunder: Auf Emily schien die ständige Befragungsmanie in ihm nicht zu reagieren. Tobias suchte anfangs sogar nach Gründen, die gegen sie sprachen, überlegte manchmal, ob er sie vielleicht nicht doch zu unscheinbar fand. Doch ihre sichere Art beruhigte ihn jedes Mal, und die fast spöttischen Sätze, mit denen sie seine Stimmungsschwankungen kommentierte, sorgten dafür, dass seine Unsicherheit nach und nach völlig verschwand. Emily gab ihm auch von Anfang an zu verstehen, ihr selbständiges Leben auf jeden Fall weiterzuführen, und die Häufigkeit der Treffen wurde eigentlich von ihr dirigiert. Sie wollte etwa nicht, dass sie ständig beieinander übernachteten, verbrachte mindestens jeden zweiten Abend alleine, und dieses vorsichtige Haushalten, diese Dosierung ihres Zusammenseins tat ihm gut; es unterschied sich auch komplett von der fast verzweifelten Art, wie seine kurzen, schon nach wenigen Wochen oder sogar Tagen zu Ende gegangenen Liebesbeziehungen in den Jahren davor abgelaufen waren. In diesen Begegnungen hatte es kein Haushalten gegeben, und gerade die Unsicherheit, die sie damals spürten, war der Grund dafür gewesen, dass sie sich pausenlos sahen, so als hätte die ständige Gegenwart des anderen ihre Zweifel beseitigen können.

Als Tobias mit Emily zusammenkam, war er erst ein paar Wochen lang von zu Hause ausgezogen, in das Apartment im Erdgeschoss eines Sechziger-Jahre-Wohnblocks. Die wenigen Möbel darin stammten alle noch aus seinem alten Zimmer: der Schreibtisch, das ausgeleierte beige-braun gemusterte Schlafsofa, der Kleiderschrank im Flur. Das Geschirr in der Küche, in der anfangs nur ein Plastiktisch aus dem Keller seiner Eltern stand, stapelte sich auf dem Nachtspeicherofen neben dem Spülbecken. Und einen Teppich hatte er allein für das große Zimmer besorgt; in der Küche, im Flur und im Bad lag nichts als ein körniger, gelbbrauner PVC-Belag. (Noch immer hinterließen seine Schritte ein hohles Echo in den Räumen, als sei er eben erst eingezogen.) In den ersten Monaten mit Emily dann verschönerten sie mit großer Ausdauer Tobias' Wohnung. Emily war im Münchner Norden aufgewachsen, gleich an der Endhaltestelle der U6, und sie kannte die ganzen Einrichtungsgeschäfte, die sich dort an den Ausfallstraßen aneinanderreihten, »Teppich Domäne«, »Hin &

Mit«, »Möbelum« oder »Holzconnection«. In ihrer Ente fuhren die beiden fast jede Woche diese Läden ab, kauften den gleichen schwarz-weiß karierten Boden für die Küche, den auch Emily hatte, einen Teppich für den Flur, den ovalen Marmortisch und zugehörige schwarze Bistrostühle. Sie brachten den Jugendzimmer-Kleiderschrank auf den Sperrmüll, und Emily lieh ihm eine alte, von ihr selbst lackierte Wäschetruhe. In die Küche bauten sie ein großes Regal für das ganze Geschirr ein. Emily war im Gegensatz zu Tobias handwerklich sehr geschickt, hatte mit ihrem ehemaligen Freund sogar eine Zeitlang Motorräder repariert und verkauft (und das alte Fahrrad, das sie einmal über Wochen hinweg für Tobias im Keller zusammenbaute, völlig unbemerkt von ihm, war das schönste Geburtstagsgeschenk, das er jemals bekommen hatte).

Was zwischen Tobias und Emily besonders gut funktionierte, war auch das gemeinsame Reisen. Bis dahin hatte er das nicht gekannt: Wenn er mit jemandem in Urlaub gefahren war, hatte sich der Rhythmus des Tagesablaufs nie in Übereinkunft bringen lassen; es stellte sich nach einiger Zeit immer ein beklemmendes Gefühl ein, der andere kam einem zu nah mit seinen Eigenheiten. Die Gelassenheit mit Emily dagegen erwies sich schon an der Art des Aufbrechens. In ihrem ersten gemeinsamen Urlaub fuhren sie nach Süditalien; am Abreisetag wollten sie bis zum Gardasee kommen. Morgens frühstückten sie lange in Emilys Wohnung, und Tobias beschriftete noch die neuen Kassetten, die er für die Fahrt aufgenommen hatte. Im Auto dann, am frühen Nachmittag, waren sie bester Stimmung. Tobias musste an die Ferienreisen mit den Eltern früher denken, wenn sie im Morgengrauen vollkommen übermüdet und mit flauem Magen in den Wagen stiegen, nach Rimini oder Bibione. Die Reisezeit betrug damals auch nicht viel länger als jetzt an den Gardasee, allenfalls fünf, sechs Stunden, doch aus rätselhaften Gründen war es ein Gesetz, dass man spätestens um fünf Uhr früh losfuhr – »wegen der Hitze auf der Autobahn«, so lautete ein Standardargument seines Vaters, oder »wegen des Verkehrs«. Von beidem war natürlich nichts zu spüren, denn im Auto ließen sie die Fenster hinunter, und die Straßen waren kaum befahren, weil sie immer erst gegen Ende der Sommerferien Urlaub machten. Es hatte wahrscheinlich verborgene psychologische Gründe, dass man den ersten Ferientag so verbissen anging – als müsse man sich auf der Reise noch einmal extra hart bestrafen, um sich dann die Erholung gönnen zu dürfen. Die Fahrten damals waren jedenfalls eine Katastrophe: Tobias' Schwester und er nörgelten in ihrer Müdigkeit die ganze Zeit herum, und das Merkwürdigste war, dass sie am Urlaubsort immer so früh ankamen, dass die Hotelzimmer noch nicht zu beziehen waren und sie die Mittagsstunden in übermüdetem Zustand in der heißen, menschenleeren Altstadt des Ferienortes verbrachten.

Auf dieser Fahrt mit Emily an den Gardasee verstand Tobias plötzlich, dass es erlaubt war, einen Urlaub auch ohne Hektik und Anspannung zu beginnen. In der Abendsonne fuhren sie Richtung Süden, und er registrierte zum ersten Mal Emilys kleine Rituale am Steuer, die sich dann bei so vielen Reisen mit ihr wiederholten:

Wie sie auf der Autobahn die normale Brille, die sie beim Fahren trug, irgendwann gegen eine Sonnenbrille austauschte; wie sie sich mit einer Hand ihre Lederjacke auszog, kunstvoll durch den Sicherheitsgurt hindurch (Tobias musste die Jacke dann nur noch hinter ihrem Rücken wegziehen). Unterwegs spürte er gelegentlich noch die alten Reflexe, etwa kurz vor der Grenze zu Österreich, als er mit einen Anflug von Nervosität darüber nachdachte, ob sie auch die Ausweise mitgenommen hätten. Das war früher ein verlässlicher Panikmoment in seiner Familie gewesen: Wenn sein Vater auf dem Beifahrersitz, schon kurz hinter Rosenheim, zu Tobias' Mutter sagte: »Liebling, wo sind denn eigentlich die Pässe?« Wenn sie nicht innerhalb von Sekunden reagierte, weil sie sich gerade auf den Verkehr konzentrieren musste, wurde sein Vater unruhig, schaute sie fragend an und begann demonstrativ, im Handschuhfach und in der Handtasche von Tobias' Mutter zu suchen. Natürlich gab es auf allen ihren Urlaubsreisen kein Problem mit den Ausweisen, doch sein Vater wollte sie immer mindestens fünf Kilometer vor dem Grenzübergang in Händen halten; er ordnete sie dann sorgfältig, schlug die Seite mit den Fotos auf, schob die vier Pässe ineinander (die beiden großen außen, die beiden Kinderausweise innen), und wenn sie an der Grenze angekommen waren, gab er sie Tobias' Mutter und beugte sich hinüber zu dem Beamten, um durchs Fenster eine leicht unterwürfige Bemerkung zu machen. Der Grenzpolizist winkte sie dann immer gelangweilt durch, sah sich die Pässe nicht einmal an, und es war komisch zu beobachten, in welchem Missverhältnis die Belanglosigkeit der Kontrolle zu der vorangegangenen Aufregung im Wagen stand. Eineinhalb Stunden später, ein paar Kilometer vor dem Brenner, ging das gleiche Spektakel von vorne los.

Die gemeinsamen Reisen verbanden Tobias und Emily in den Jahren ihres Zusammenseins wie kaum etwas anderes, vor allem die Wochen, die sie in New York und Kalifornien verbrachten. Emily war noch nie in Amerika gewesen, bevor sie sich begegneten, und gerade Los Angeles erschien ihr als Reiseziel nicht besonders reizvoll; von Freunden hatte sie gehört, dass diese so unzugängliche Stadt, ohne jedes Zentrum, die Besucher erschlagen würde. Doch Tobias wusste, dass dieses Vorurteil sofort verginge, wenn sie das erste Mal im Auto den Sunset Boulevard entlangfahren würden, hinunter nach Malibu zum Meer, und er war dann auch fast ein wenig stolz, dass Emily Los Angeles vom ersten Tag an liebte und jedes Jahr von sich aus vorschlug, wieder dorthin zu fahren. Zurück kehrten sie aus Amerika immer mit doppelt so viel Gepäck wie bei der Hinreise. Vor dem Abflug mussten sie sich von Tobias' Tante, in deren Haus sie in Los Angeles wohnen konnten, noch ein oder zwei zusätzliche Reisetaschen leihen, denn es hatten sich über die Wochen jedes Mal ganze Haufen von Einkaufstüten in ihrem Zimmer gestapelt: Pullover, T-Shirts und Jeans von Gap und Banana Republic und mehrere Paar Converse-Turnschuhe, die sie in einem der Läden auf dem Melrose Boulevard gekauft hatten, zu einem Bruchteil des Preises in Deutschland. (Sie trugen die Schuhe dann natürlich die ganze Zeit, und wenn sie sich später ihre Urlaubsfotos anschauten, leuchtete das brandneue Weiß der Plastikkappen und

Schnürsenkel an ihren Füßen immer aus den Bildern heraus.) Eine Menge Platz benötigten auch die Lebensmittel, die sie mitnehmen wollten. An ihrem letzten Vormittag in Los Angeles kauften sie in dem gigantischen Gelson's-Supermarkt in Century City ein paar Dinge ein, die es in Deutschland nicht gab, vor allem einen bestimmten Ahornsirup und die »Aunt Jemima«-Pancake-Backmischung, die sie sich in den ersten Tagen nach ihrer Rückkehr dann zum Frühstück machten. Sie bekamen die Pancakes allerdings nie so hin, wie sie es aus den Coffee Shops und Diners in Amerika kannten; weder ließ sich am eigenen Herd ihre kompakte Form herstellen – die Pfannkuchen fransten am Rand immer aus –, noch ihre besondere Farbe, der helle äußere Rand und der appetitliche Braunton in der Mitte. Doch trotz dieser Mängel erinnerte sie der Geschmack des Buttermilchteiges und des Sirups an das Frühstück in New York und Los Angeles, und sie konnten ihr »Amerikagefühl«, wie es Emily immer nannte, in Deutschland noch ein paar Tage lang aufrechterhalten.

3

Der Weg in die Redaktion war für Tobias in der ersten Zeit jedes Mal mit einem großen Glücksgefühl verbunden, und das nicht nur, weil er jetzt tatsächlich Mitarbeiter dieses Magazins war, sondern auch wegen der Lage des Zeitungsgebäudes mitten im Zentrum der Stadt. Er wohnte von jeher im Süden Münchens, und in den Jahren, in denen er mit dem Fahrrad zur Universität gefahren war, hatte er täglich die verschlungenen Altstadtwege rund um den Marienplatz und den Viktualienmarkt durchquert, um ins weiter nördlich gelegene Universitätsviertel zu gelangen. Jetzt waren diese Wege nicht mehr nur eine malerische Passage, ein Zwischenstück auf der von schnurgeraden Hauptstraßen geprägten Strecke, sondern das Ziel der Fahrt selbst. Tobias empfand das als schöne Übereinstimmung: dass das *Vorn*, für ihn der neue Mittelpunkt der Stadt, auch geografisch genau im Zentrum lag. Dennis Hagen, ein junger Redakteur, der gerade aus der Nähe von Frankfurt zu der Zeitschrift gekommen war, sprach immer davon, dass es das Ziel sein müsse, »die Stadt zu rocken«, in der man lebte, also so schnell wie möglich die entscheidenden Orte, die aufregendsten Kreise aufzuspüren, um in ihren Kern vorzustoßen. Der Standort des Magazins war die beste Voraussetzung dafür.

Inzwischen kam Tobias regelmäßig im *Vorn* vorbei und teilte dem Pförtner die Durchwahlen der Mitarbeiter, die er sprechen wollte, nun von sich aus mit, um den Vorgang abzukürzen. »Ich bin mit Susanne Buchner verabredet, Durchwahl 8423«, sagte er oder: »Hier ist ein Artikel für Carla Bertoni, sie hat die Durchwahl 8424.« Die Redakteure des *Vorn*-Magazins waren angehalten, ihre direkten Telefonnummern nur bekannten Mitarbeitern zu geben, und Tobias freute sich über das Privileg, nicht mehr wie am Anfang die Durchwahl der Sekretärin wählen zu müssen und sich dann verbinden zu lassen. Als er Carla oder Robert zum ersten Mal auf ihren eigenen Apparaten anrief, wunderte er sich, dass sie, als Redakteure einer großen Zeitschrift, sich am Telefon nur mit ihren Nachnamen meldeten. Das unvermittelt Private am Telefon – dass es keinen Unterschied gab zu der Art, wie man sich auch zu Hause meldete – überrumpelte Tobias bei den ersten Telefonaten fast ein wenig, passte aber, wie er fand, zu der engen Verbindung der Redakteure mit ihrem Heft; vielleicht sprach daraus auch ein gewisser Stolz, einen eigenen Schreibtisch, ein eigenes Telefon in den Büroräumen zu haben.

Dann erschien das Heft mit der Nummer 42. Montag früh, gleich nach dem Aufwachen, ging Tobias schnell zum Kiosk in seinem Wohnblock, kaufte die Zeitung und zog noch an der Verkaufstheke das Heft heraus. Hastig blätterte er bis zu der Stelle kurz nach der Mitte, an der er die »Details«-Rubrik vermutete, und wirklich: Sein Artikel stand auf der Seite! Er überflog den Text – wie angekündigt, war kaum etwas geändert – und las am Ende seinen Namen, »Tobias Lehnert«. Bislang hatte er diesen Namenszug nur in Amtsschreiben oder auf dem Deckblatt seiner Seminararbeiten gedruckt gesehen. Jetzt stand er hier, hunderttausendfach vervielfältigt, und er glaubte ein leichtes Zittern in den vertrauten Buchstaben zu erkennen, so als sei es ihnen selbst nicht ganz geheuer, plötzlich solche Öffentlichkeit zu erlangen. Auf einmal war sein Name mit dem Glanz der Autorschaft im *Vorn* überzogen, gedruckt in jenen schlanken Großbuchstaben, wie sie immer unter den Artikeln im Heft standen.

Ein paar Tage zuvor war es doch noch einmal fraglich gewesen, ob es mit seinem ersten *Vorn*-Text klappen würde. Tobias hatte, bevor die Ausgabe in Druck gehen sollte, noch einige kleine Veränderungen vornehmen wollen. Susanne sagte am Telefon, das sei in Ordnung, er solle den Artikel aber spätestens bis Dienstag um elf Uhr faxen oder vorbeibringen. Am Vormittag des Dienstags verzettelte sich Tobias jedoch am Computer zu Hause mit seinen Korrekturen, fand keinen guten Schluss mehr, und als er es doch noch hinbekam, sah er, dass es schon zehn vor elf war. Panisch rief er ein Taxi, bat den Fahrer immer wieder, sich zu beeilen, und stürzte in das Redaktionsgebäude hinein. Als er Susanne – es war genau sieben nach elf – an ihrem Schreibtisch antraf, telefonierte sie gerade in aller Ruhe und nahm sein Manuskript ohne jede Eile oder Verärgerung mit freundlichem Nicken entgegen. Tobias hatte keinerlei Vorstellung von der Produktionsweise eines wöchentlichen Magazins, und bald schon erinnerte er sich an diese Taxifahrt mit einer gewissen Verlegenheit. Denn als ihm die Abläufe in der Redaktion klarer wurden, verstand er, dass die von Susanne zwischen Tür und Angel hingeworfene Zeitangabe nichts Verbindliches hatte. Die Abgabe des Artikels am Dienstagnachmittag, ja sogar im Lauf des Mittwochs oder Donnerstags hätte nicht das geringste Problem verursacht; Tobias bekam außerdem auch schnell mit, dass der Abgabetermin desto vorsichtiger festgesetzt wurde, je unbekannter der Autor in der Redaktion war. Von all diesen Regelungen wusste er aber noch nichts.

Nachdem die Flipper-Geschichte und das Kurzporträt des Skaters erschienen waren, kam in Tobias der Ehrgeiz auf, in fast jeder Ausgabe vertreten zu sein, die verschiedenen Rubriken nach und nach wenigstens einmal zu füllen. In seinem Enthusiasmus, so viel wie möglich für das Heft zu arbeiten, war er aber auch anfällig für Kränkungen, etwa wenn er erst nachträglich erfuhr, dass in einem kleinen Kreis von Redakteuren und freien Autoren Themen besprochen oder Vorschläge für Sonderhefte diskutiert worden waren. Tobias wollte so nah es ging an der Gestaltung jedes Hefts beteiligt sein, allein schon deshalb, weil sich jetzt die ersten Resonanzen auf seine Artikel zeigten, und er bemerkte, wie viel das *Vorn* zumindest in München und dem Umland tatsächlich gelesen wurde. Eindrucksvoll war für Tobias vor allem der Moment, als er an einem Freitagabend mit Undone in einer niederbayerische Kleinstadt ankam, in einem Landgasthof, in dem manchmal auch Konzerte veranstaltet wurden. Wie immer suchten ein paar Bandmitglieder vor dem Auftritt nach einem Flipper, und als sie im Keller des Gasthofs tatsächlich einen aufgespürt hatten, sah Tobias schon von weitem zwei DIN-A4-

Blätter neben dem Apparat hängen. Er ging auf das Gerät zu und erkannte seinen Artikel, den jemand kopiert und dort angebracht hatte. Seine Gedanken im *Vorn* waren also hier, ungefähr hundert Kilometer von München entfernt, als die amtlichen Beobachtungen über das Flippern ausgestellt.

Was genau aber machte das *Vorn*-Magazin für viele Leute so bedeutsam? Das Heft schien, wie sein Name ja auch behauptete, tatsächlich ganz auf der Höhe der Zeit zu sein, war wie ein verlässlicher Indikator der Gegenwart, der auf seine Leser große Anziehungskraft ausübte. Das wurde allein an der Menge von Besuchern deutlich, die Tag für Tag in der Redaktion auftauchte – vor allem nach dem Umzug in eigene Büroräume zu Beginn des neuen Jahres, in ein separates Gebäude nahe des Zeitungshauses. Ständig kamen freie Autoren vorbei, Fotografen, Redakteure aus dem »Haupthaus« der Tageszeitung, wie es hieß, aber auch befreundete DJs, die von neuen Clubs erzählten und die Redaktion zu den Eröffnungspartys einluden. Es gab im *Vorn* einige Mitarbeiter, die dieses absolut Zeitgemäße auch wirklich verkörperten. Carla Bertoni etwa und ihre Mitbewohnerin Anne Krausnick, ebenfalls eine feste Autorin des Hefts: zwei Mädchen Mitte zwanzig, die bis auf ihre Haarfarbe – die eine schwarz, die andere hellbraun – fast identisch aussahen. Sie waren beide klein und schmal, hatten dieselben scharf geschnittenen Gesichtszüge, denselben Haarschnitt (mittellang, glatt, mit Seitenscheitel) und dieselbe konkurrenzlose Unerbittlichkeit, was ihre Urteile über Popsongs, Filme, Mode und vor allem die Menschen in ihrer Umgebung anging. Auch ihr Schreibstil im *Vorn* ähnelte sich; in pointierten, wenn nötig ein wenig hämischen Artikeln schrieben sie über Bands, Models und Schauspieler, wobei Tobias die Texte von Anne immer eine Spur schlagkräftiger fand als die von Carla. Er hatte einen solchen Typ Mädchen bislang nirgendwo getroffen; die beiden waren keineswegs älter als seine Freundinnen aus dem Studium oder die Mädchen, die er über die ganzen Münchner Bands kannte, doch sie strahlten eine Unnahbarkeit, eine Abgebrühtheit aus, die Tobias anfangs ziemlich einschüchterte. Niemand konnte Carla und Anne etwas vormachen, das sah man ihnen sofort an. In die Redaktion waren die beiden nicht auf den üblichen Wegen gekommen, über die Journalistenschule oder ein Praktikum. Anne hatte einen exklusiven Studiengang abgebrochen, klassisches Ballett oder etwas in der Art, und war dann im Nachtleben irgendwann den *Vorn*-Leuten begegnet. Über Carlas Vergangenheit wusste Tobias noch weniger. Sie war ein paar Monate zuvor offenbar mit ihrem Freund, einem bekannten jungen Journalisten, von Hamburg nach München gezogen und hatte sofort eine Stelle beim *Vorn* bekommen. Beide waren also ohne offizielle Ausbildung zu der Zeitschrift gelangt; es schien Tobias so, als hätten sie ihre Posten eher einem natürlichen Talent in allen Stilfragen zu verdanken, das auch die Gabe, gut zu schreiben, einschloss. Für den Ruf des Magazins, für seine unbestrittene Autorität in Fragen der Mode und der Popkultur waren Carla und Anne jedenfalls zentral, und das umso mehr, weil sie nicht nur *Vorn*-Mitarbeiterinnen waren, sondern längst auch bekannte Größen des Münchner Nachtlebens.

Eine ebenso hervorstechende Figur des Magazins war Robert Veith, der Pop-Redakteur. Er identifizierte sich von allen am meisten mit dem Heft, begriff es fast als pädagogischen Auftrag, die Leser für die seiner Ansicht nach richtigen Bands oder Filme zu begeistern. Er war den anderen Mitarbeitern einige Jahre voraus, eher im Alter des Redaktionsleiters und des Schlussredakteurs, doch man sah ihm das absolut nicht an; er wirkte in seinem Enthusiasmus für das Heft, in seinen Fußballhemden und der schmalen Statur wie immerwährende 24. Sein genaues Geburtsdatum war ohnehin ein Geheimnis, Robert machte sich in Gesprächen oder in Interviews, die andere Magazine mit ihm führten, auch gerne jünger. Nur weil jemand aus der Redaktion einmal seinen Personalausweis auf dem Schreibtisch liegen gesehen hatte, wussten die meisten, dass er schon um die dreißig war. Robert gab – deutlicher als der meist im Hintergrund arbeitende Redaktionsleiter – die Richtung des Heftes vor, seinen allgemeinen Standpunkt. Nicht alle im *Vorn* betrieben die Arbeit am Magazin mit so viel Leidenschaft; einige sahen das Ganze eher als guten Einstiegsjob nach dem Ende der Journalistenschule an. Robert jedoch war davon beseelt, das wahre Pop-Verständnis in die Welt zu tragen, das *Vorn* gegen andere Jugend- und Musikmagazine oder auch gegen die biedere Pop-Berichterstattung der eigenen Tageszeitung in Position zu bringen. Jeder Artikel auf den Kulturseiten war von einer klaren Haltung geprägt: gegen das Pathos und die schwitzende Ernsthaftigkeit vieler amerikanischen Gitarrenbands etwa, über die sich Robert immer wieder lustig machte. Dagegen zelebrierte er seine Verehrung für Britpop und vor allem die Band Oasis, die fast jede Woche, zum Teil unter abenteuerlichen Vorwänden, an irgendeiner Stelle des Hefts wieder zum Thema gemacht wurde.

Dass das *Vorn* als Instanz in Fragen des Pop-Geschmacks galt, war das Eine. Noch wichtiger für seine große Beliebtheit war aber jene besondere Nähe des Hefts zum alltäglichen Leben der Leser. Stefan, ein alter Freund von Tobias aus dem Team des Flüchtlingsheims, hatte einmal den Satz gesagt, am *Vorn* gefalle ihm, dass es das Große klein und das Kleine groß mache. Und genau darum ging es auch. Artikel über Stars etwa wurden auf eine Weise geschrieben, als berichte man ganz nebenbei über alte Bekannte. Ein in London lebender *Vorn*-Mitarbeiter brachte seinen Interviewpartnern den Charakter des Hefts immer mit der Bemerkung nahe, man würde ihren Ausführungen voraussichtlich weniger Platz einräumen als einer Geschichte über Pausenbrote. Und wenn im *Vorn* gelegentlich prominente Gastautoren auftauchten, dann gab es keine exklusive Ankündigung auf dem Titelblatt oder im Inhaltsverzeichnis, sondern es stand einfach nur der Name unter dem Artikel, so als wären die bekannten Moderatorinnen und Musiker Bestandteil der Redaktion. Während die Welt der Prominenten im *Vorn* also wie etwas nicht weiter Erwähnenswertes behandelt wurde, gab es in jeder Ausgabe seitenlange Abhandlungen darüber, warum man auch einmal alleine ins Kino gehen sollte oder weshalb der Sonntag ein besonders anstrengender Tag sei. Artikel über scheinbare Nebensächlichkeiten machten den wesentlichen Bestandteil der Zeitschrift aus.

Tobias' Identifikation mit dem Magazin nahm nach den ersten Artikeln jedenfalls rasch zu, und er begann seinen ganzen Freundes- und Bekanntenkreis nach weiteren Themen zu durchforsten. Das bisherige Leben verwandelte sich mehr und mehr in potenzielles Material für das Heft. Ein alter Bekannter von Emily und ihm aus New York, der mit geringem Budget einen erfolgreichen Dokumentarfilm gedreht hatte; eine Kollegin in der Unterkunft, die um das Bleiberecht einer Familie kämpfte; seine Bekanntschaft mit dem Fußballer Didi Hamann, mit dem er als Kind zusammen im selben Verein gespielt hatte: Alles konnte nun zu Stoff werden, zumindest für einen kurzen Text für Carla, aber vielleicht auch für ein Interview oder sogar eine Titelgeschichte. Seine Wahrnehmung, seine Erinnerungen teilten sich jetzt hauptsächlich danach ein, in welche Rubrik im *Vorn* sie fließen könnten. Tobias hielt seinen Vorsatz, in jeder Ausgabe mit einem Artikel vorzukommen, in den Monaten darauf beinahe ein, und als kurz vor Weihnachten die erste Nummer des neuen Jahres vorproduziert wurde, hatte er sogar mehrere Artikel im selben Heft, zum ersten Mal auch einen auf den Kulturseiten. Robert, der Tobias anfangs noch mit Reserviertheit begegnet war und seine Artikelvorschläge als nicht überzeugend abgelehnt hatte, war beeindruckt, dass Tobias nach einem Foo-Fighters-Konzert in München Dave Grohl treffen konnte, der seit dem Tod Kurt Cobains offiziell nicht mehr mit Journalisten sprach. Tobias kannte ihn aber noch flüchtig aus der Zeit bei der Band Scream, lange vor seinem Einstieg bei Nirvana, und es war kein Problem gewesen, ihn nach dem Auftritt um ein Interview zu bitten. Als

Tobias kurz vor Weihnachten noch einmal in die Redaktion kam, lag das erste Heft des neuen Jahres schon überall auf den Tischen herum. Er nahm die Ausgabe fast als seine eigene wahr und steckte ein paar Exemplare in seine Tasche. Auf dem Heimweg in der U-Bahn blätterte er das Heft durch; seine Aufregung verstärkte sich dadurch, dass es diese *Vorn*-Nummer eigentlich noch gar nicht geben durfte, dass das Heft erst in ungefähr zwei Wochen in der Zeitung stecken würde. Tobias bemerkte, wie ein hübsches Mädchen auf der Sitzbank gegenüber das Cover des Magazins musterte; er glaubte, ein Staunen in ihrem Blick zu erkennen, die Verwunderung darüber, welche Ausgabe das sein könne. Er hätte sie beinahe angesprochen, um ihr das Geheimnis zu verraten.

In seinem Leben gab es jetzt diese Neuheit, die ihn in dauerhafte Hochstimmung versetzte. Wenn er mit Emily auf Feste im Undone-Umfeld ging oder sich mit den alten Universitätsleuten traf, verlieh ihm die Gewissheit, regelmäßiger *Vorn*-Autor zu sein, fast ein erhabenes Grundgefühl. In Partyunterhaltungen mit Mädchen, die er nicht kannte, wartete er schon immer auf diesen Moment – wenn irgendwann die übliche »Und was machst du so?«-Frage fiel, und er diesen einen Satz sagen konnte, so beiläufig ausgesprochen wie möglich: »Ich arbeite beim *Vorn*.« Er wusste, dass dieser Satz im Gespräch meistens wie ein Trumpf wirkte, wie ein Stimulanzmittel. »Ach nee, echt, du schreibst für die *Vorn*? Was machst du denn da genau?«, fragte das Mädchen, der Blick sofort offener, interessierter.

Eine Bemerkung von Marius, dem Sänger von Undone, kam ihm in dieser Zeit oft in den Sinn. Er sah seine alte Schulfreundin Susanne Buchner noch manchmal im Nachtleben, und als Tobias ihn damals vor seinem ersten Anruf in der Redaktion fragte, ob er ihr einen Gruß ausrichten dürfe, als Einstieg in das Gespräch, sagte er nur: »Klar, von mir aus. Aber die wird sich eh nicht an mich erinnern, die bewegt sich ja inzwischen in vollkommen anderen Sphären.« Tobias fiel jetzt selbst oft auf, wie weit das *Vorn*-Magazin von seinen bisherigen Kreisen entfernt war. In der Redaktion ging es ständig um irgendwelche Moderatorinnen oder Fernsehschauspielerinnen, die mit Anne und Carla befreundet waren und später noch auf einen Cappuccino in die Mio Bar vorbeikommen würden, in der kleinen Einkaufspassage neben der Redaktion. Ein paar Monate zuvor hatte Tobias mit dieser Welt noch nichts zu tun gehabt. Am Ende seiner Studentenzeit war er mit Stefan zwei-, dreimal auf Festen gewesen, die der ältere Bruder von Stefans Freundin veranstaltete. Dieser Bruder arbeitete als Kameramann bei einem Privatsender, und unter den Gästen seiner Partys waren immer ein paar gutaussehende, betont gelangweilt wirkende Mädchen, von denen es hieß, dass sie gerade in einer neuen Vorabendserie oder einer Fernsehkomödie mitspielen würden. Eine, die Tobias vor allem im Gedächtnis geblieben war, ein unglaublich hübsches Mädchen namens Liane, tauchte nun hin und wieder in der *Vorn*-Redaktion auf. Tobias stellte ein wenig amüsiert fest, wie sehr sich ihr Verhalten unterschied im Vergleich zu den Partys damals. Sie begrüßte alle in der Redaktion sehr herzlich, erhoffte sich im *Vorn*-Magazin vielleicht ein kleines Porträt oder Interview, und Tobias kam es in solchen Augenblicken immer vor, als würde er durch das Heft eine zweite, parallel existierende Gemeinschaft von Menschen in der Stadt kennenlernen. Mit den Schauplätzen seines eigenen Lebens, der Universität, dem Flüchtlingsheim, Kneipen wie dem Substanz, wo sich die Undone-Leute immer trafen, hatte diese Gemeinschaft so gut wie nichts zu tun.

Die alten Freunde versuchte Tobias aber regelmäßig in seinen Artikeln unterzubringen, vor allem die Band, die er seit der Gründung gut kannte. Er hatte ihren Weg von den ersten Auftritten in Jugendzentren zu den Konzerten in großen Münchner Hallen die ganzen Jahre über mitverfolgt. Von Anfang an war er Teil jener Gefolgschaft aus Freunden gewesen, die jede Band schon nach den ersten Proben im Übungsraum umgibt. In den allermeisten Fällen vergrößert sich dieser Kreis dann nicht mehr übermäßig, doch bei Undone war es anders: Der Moment, auf den beinahe alle Bands vergeblich warten – dass sie aus den reinen Privatzusammenhängen heraustreten –, kam bei ihnen schon nach kurzer Zeit. Die Resonanz auf die Konzerte war fast immer enthusiastisch, und je größer die Anzahl der Fans, Musikerkollegen und Journalisten wurde, die sich für die Band begeisterten, desto mehr fühlten sich auch diejenigen geschmeichelt, die immer schon in ihrer Nähe gewesen waren – so als hätten sie selbst ein wenig Anteil am Erfolg. Tobias empfand fast eine Art Stolz, wenn er bei Konzerten sah, wie beeindruckend sie inzwischen zusammenspielten, Lars, der etwas verschrobene Schlagzeuger der Band, Oliver am Bass,

David an der Gitarre. Und wie beeindruckend David aussah! Er war groß, drahtig, hatte millimeterkurze schwarze Haare, und auf der Bühne nahm er immer die leicht gebeugte Körperhaltung ein, mit angespannten Unterarmen, die er sich von den Gitarristen amerikanischer Hardcorebands abgeschaut hatte. Seinen kunstvoll kaputten Gitarrensound hatte David über die Jahre hinweg perfektioniert, mit zwei hintereinandergeschalteten Fender-Verstärkern, Verzerrern, die er sich aus Osteuropa kommen ließ, und einer besonderen Kombination von Tonabnehmern an seiner alten Telecaster-Gitarre. Schlagzeug, Bass und Gitarre bildeten den Hintergrund des Undone-Sounds, immer angetrieben von Olivers No-Means-No-artigen Bassriffs, einem großen Vorbild der Band. Darüber lagen Marius' klassisch geschulter Gesang und Florians Trompetenlinien: zwei für diese Musikrichtung völlig untypische, fast filigrane Elemente. Wenn Tobias die Band zu Touren oder Festivals begleitete, in Städte, wo man sie noch nicht so gut kannte, freute er sich schon immer auf den Moment, in dem das Konzert begann. Die meisten Zuschauer waren nur begrenzt an Undone interessiert, warteten eher auf eine der nachfolgenden Bands, doch Tobias wusste immer schon, dass nach zwei oder drei Songs alle völlig in ihrem Bann stehen würden. Die Wucht des Sounds, die Präsenz von Marius auf der Bühne waren einfach zu stark. Am Ende musste Undone dann jedes Mal etliche Zugaben spielen. Und die mitgereisten Freunde der Band, die in den Liedern jeden Übergang, jeden Wechsel von leise zu laut genau kannten, sprangen im Publikum oft schon einen Moment vor dem überraschenden Break in die Luft, um das aus dem Nichts kommende Lärmgewitter vorwegzunehmen, als die einzig Eingeweihten im Saal.

Die Band und ihr Umfeld waren über die Jahre zum wichtigsten Freundeskreis von Tobias und Emily geworden, vor allem seitdem Emily die feste Stelle in dem Jugendzentrum angenommen hatte und nicht mehr im Betreuerteam der Unterkunft arbeitete. Tobias war sehr froh darüber, dass sich Emily mit den Band-Leuten so gut verstand und ihre gewohnte Zurückhaltung gegenüber seinen Bekannten abgelegt hatte. Sie verabredete sich jetzt sogar manchmal mit Lars oder David, ohne dass Tobias überhaupt dabei war. Gerade an solchen Abenden – wenn sie beide zu völlig unterschiedlichen Zeiten im Substanz oder auf einer Party auftauchten; wenn einer von ihnen nach Hause ging und der andere ganz selbstverständlich blieb – wusste Tobias, wie gut sie zusammenpassten. Denn um sich herum sah er die Paare, die den ganzen Abend über wie aneinandergekettet in einer Ecke hockten und die später lautstark in Streit gerieten, weil einer von beiden gehen wollte.

In den Sommermonaten fanden vor der Übungsraum-Baracke von Undone, auf dem Gelände eines alten Militärkrankenhauses, auch ständig Feste oder Privatkonzerte statt. Meistens blieb Tobias dort über Nacht, und am nächsten Tag war es dann immer unmöglich, den typischen Übungsraumgeruch am Körper loszuwerden; selbst nach dem Duschen und Umziehen schien er noch an der Haut zu kleben. Es war ein penetranter Geruch, der von den chronisch überlasteten Röhren der übereinandergestapelten Marshall- und

Fender-Verstärker im Raum stammte, von Bier, Zigarettenrauch und abgestandenem Schweiß. Doch wenn Tobias am Mittag nach einer solchen Übungsraumparty nach Hause kam, unausgeschlafen, verkatert, war ihm der Geruch nicht völlig unangenehm. Denn er erinnerte ihn immer auch daran, welches Leben sie führten, und dass es das richtige war.

4

Es war vielleicht ein halbes Jahr vergangen seit Tobias' erstem Redaktionsbesuch im Sommer, als das *Vorn* endgültig zum Mittelpunkt seines Lebens wurde. Thomas, der Redaktionsleiter, hatte ihm angeboten, für ein paar Wochen die Urlaubsvertretung von Susanne Buchner zu übernehmen, also selbst die Rubrik zu betreuen, die ihm am liebsten war, und durch seine fast tägliche Anwesenheit in der Redaktion wurde seine Bekanntschaft mit Robert Veith oder Dennis Hagen, der inzwischen Carlas Stelle übernommen hatte, rasch enger. Als ständiger Mitarbeiter bekam Tobias jetzt erst richtig mit, wie viele Dinge ihn mit den anderen Redakteuren verbanden. Natürlich hatten sie alle dasselbe Interesse an Platten oder Filmen, über die sie Woche für Woche Artikel schrieben. Über ihre Arbeit hinaus teilten sie aber, wie Tobias sofort merkte, auch eine grundsätzliche Aufmerksamkeit für Mode, Restaurants oder Sport. Ludwig Elsässer etwa, der Schlussredakteur, der bereits Mitte dreißig war, hatte früher bei einem großen Gastronomieführer gearbeitet, und er konnte in jedem Viertel Münchens immer sofort ein Restaurant empfehlen. Kurz nachdem Tobias die Urlaubsvertretung begonnen hatte, lud ihn Ludwig zu einem großen Geburtstagsessen ein, zusammen mit einigen anderen *Vorn*-Redakteuren. Das Restaurant in der Nähe des Münchner Flughafens war nobel, hatte offenbar sogar einen Stern, wie jemand sagte, doch Ludwig bezahlte die Rechnung für die ganze Runde. Diese Großzügigkeit verblüffte Tobias.

Ludwig war es auch gewesen, der sich schon früh für die stärkere Einbindung von Tobias in die Redaktion eingesetzt hatte; in den Wochen, bevor die Vertretung zustande kam, hatte er ihn im *Vorn* ein-, zweimal mit einem komplizenhaften Blick in sein Büro gebeten und ihn gefragt, was er denn in den nächsten Wochen und Monaten so vorhabe, ob er sich unter Umständen auch vorstellen könne, noch enger am Heft mitzuarbeiten. Ludwigs Fürsprache hing wahrscheinlich auch damit zusammen, dass er vor Jahren bei demselben Germanistikprofessor wie Tobias seinen Abschluss gemacht hatte und ihn im *Vorn* als eine Art Verbündeten aus einer anderen Welt ansah. Wenn sie in der Schlussredaktion einen Text aus Tobias' Rubrik besprachen, brachte Ludwig, der seinen Bürostuhl vor dem Computer immer dem Redakteur überließ und sich selbst auf einen umgedrehten Papierkorb daneben setzte, das Gespräch oft auf ein Buch, das er gerade gelesen hatte. Sie redeten dann erst ein paar Minuten über Literatur, in beinahe akademischem Tonfall, und Ludwig schien diese Abschweifungen inmitten des hektischen Redaktionsalltags zu genießen wie einen kurzen Ausflug in ein früheres Leben.

Später, als Tobias schon fester Redakteur war, bemerkte er, dass Ludwig die Rolle des Wegbereiters im *Vorn* auffallend häufig einnahm. Es machte ihm Vergnügen, vielversprechende freie Autoren oder ehemalige Praktikanten näher an das Heft zu binden. »Hast du vielleicht noch eine Viertelstunde Zeit? Lass uns doch draußen einen Kaffee trinken«, sagte er dann, wenn der andere gerade in der Redaktion zu Besuch war, und es war klar, dass wieder eine Art Bewerbungsgespräch bevorstand. Ludwig, der selbst fast nie Artikel schrieb (und wenn doch, dann unter tagelangen Qualen), war auch am meisten daran gelegen, die genaue Ausrichtung des *Vorn*-Magazins zu formulieren. Da er häufig Vorträge über die Zeitschrift hielt, vor Schulklassen oder Werbekunden, musste er jederzeit in prägnanten Worten die Besonderheit des Heftes zusammenfassen können. Er hatte zum *Vorn* ohnehin eine tiefere Beziehung als fast alle anderen, war der Einzige in der aktuellen Redaktion, der schon von Beginn an dabei gewesen war, »von der zweiten Ausgabe an«, wie er manchmal erzählte. Die enge Verbundenheit mit dem Heft hing offenbar auch mit seiner ungewöhnlichen Biografie zusammen. Als Ludwig beim *Vorn* angefangen hatte, war er schon Anfang dreißig gewesen, und von der Zeit davor, seinen Universitätsjahren, sprach er gegenüber Tobias oder Dennis nur in verlegenen Andeutungen. Nur so viel ließ er durchblicken, dass er als Student, aus einer schwäbischen Kleinstadt nach München gekommen, offenbar sehr zurückgezogen und ohne großen Bekanntenkreis gelebt habe, als Untermieter bei einer älteren Frau in einer Bogenhausener Villa. Der Einstieg beim *Vorn*-Magazin sei für ihn dann wie der stark verspätete Beginn seiner Jugend gewesen: »Ich glaube«, sagte Ludwig einmal, »dass ich die Jahrzehnte verkehrt herum erlebe. Im Studium habe ich die Dreißiger vorweggenommen, und nun hole ich, umgeben von lauter wesentlich jüngeren Leuten, meine Zwanziger nach.« Vielleicht lag es genau an der wichtigen Zäsur, die das *Vorn*-Magazin für ihn selbst bedeutet hatte, dass Ludwig diesen Glücksmoment, dieses Aufgehen in einer neuen Welt nun bei anderen so gerne selbst herbeiführte. Man konnte förmlich seine Freude spüren, wenn er im Redaktionsflur wieder einmal in ein Gespräch vertieft war, mit einer freien Autorin, die gerade einen Text vorbeigebracht hatte. Ludwig stellte ihr offenbar ein festes Angebot in Aussicht, und das Glänzen in ihren Augen, das ein bisschen zu heftige Nicken verriet ihren inneren Jubel, obwohl sie sich sehr darum bemühte, ruhig zu bleiben, die Euphorie nicht allzu deutlich zu zeigen.

Tobias begeisterte im *Vorn* am meisten, dass die Redakteure, im Unterschied zu den Leuten an der Universität, nicht nur durch ein einzelnes Interessensgebiet miteinander verbunden waren. Genau das war ja eine der ermüdendsten Erfahrungen für ihn gewesen, wenn er nach dem Ende des Studiums noch manchmal im Oberseminar seines Professors gesessen hatte: dass man dort zwar auf höchstem Reflexionsniveau über Gedichte und Erzählungen sprach, in dem Moment aber, in dem man den Seminarraum verließ und zum Beispiel entschied, wohin man noch essen gehen sollte, sich eine eigentümliche Gleichgültigkeit einstellte. Der Professor und seine besten Doktoranden ließen in der Diskussion keine Banalität des Arguments durchgehen; eine Stunde später aber akzeptierten sie Tütenparmesan und Joghurtdressing bei jenem Schwabinger Hinterhof-Italiener, in dem Münchner Germanistikseminare immer landeten. Ähnlich war es auch mit dem Kleidungsstil der Studenten. Einige der Doktorandinnen beschäftigten sich in ihren Arbeiten sogar mit der Theorie der Mode; sie selbst folgten jedoch fast alle demselben spröden Erscheinungsbild avancierter Literaturwissenschaftlerinnen: kurze, asymmetrische Haarschnitte, Hosenanzüge, interessante Brillen, hohe, schmale Schnürstiefel, die an den Kleidungsstil der zwanziger Jahre erinnern sollten. In der *Vorn*-Redaktion dagegen ging von vielen Leuten eine allgemeine Weltgewandtheit aus, die sich nicht auf ein Milieu beschränkte. So leidenschaftlich, wie die Redakteure eine Platte, einen Film oder einen neuen Roman verteidigten, bestritten sie auch die Diskussion, welche Gaststätte in der Münchner Innenstadt akzeptabel war, vor allem in der Zeit, nachdem ihr Lieblingsplatz, der Straubinger Hof am Viktualienmarkt, zugemacht hatte. Dass in dem Gebäude dann eine auf alt gemachte bayerische Gaststätte eröffnete, mit einer in falschem Dialekt gehaltenen Speisekarte und ungenießbarem Essen, machte sie genauso fassungslos wie ein Film von Katja von Garnier.

Über Ludwig lernten Tobias und Dennis in dieser Zeit eine Reihe von Lokalen in der Umgebung der Redaktion kennen; nach der Arbeit gingen sie oft zu dritt in die Königsquelle am Deutschen Museum, wo es die besten Wiener Schnitzel Münchens gab, wie alle sagten, oder in ein Balkan-Lokal namens Plitvice, gleich neben dem Zeitungshaus, dessen Einrichtung seit den sechziger Jahren vollkommen unverändert geblieben war. Besonders häufig landeten sie auch im Rustico, einem etwas heruntergekommenen, aber besonders guten italienischen Restaurant. Es lag in einer versteckten Seitenstraße am Sendlinger Tor, neben zwei alten Groschenroman-Antiquariaten, in denen die Besitzerinnen noch in gemusterten Arbeitskitteln hinter der Theke standen. Eine Spezialität im Rustico waren die Salate, die der Besitzer des Restaurants selber mischte, auf einer Anrichte mitten im Gastraum. Dennis, Tobias und Ludwig bestellten meistens den nach ihm benannten »Vincenzo-Salat« mit Avocados und Shrimps, und jeden Abend konnten sie sich sicher sein, dass die übertriebene Freundlichkeit bei der Begrüßung, die mit großen Gesten zelebrierte Salatzubereitung irgendwann in einen cholerischen Ausbruch umschlagen würde. Sie warteten beim Essen schon immer auf dieses Schauspiel: dass es in der Nische vor der Küche zu einem Wortwechsel zwischen Vincenzo und einer der Bedienungen kommen würde, der immer lauter wurde und irgendwann mit Geschrei und zugeschlagenen Türen endete. Vincenzo verschwand dann in der Küche, und zwei Minuten später kam er wieder in den Gastraum hinein, begrüßte ein paar neue Gäste und tat, als ob nichts gewesen wäre.

Egal, ob es um Bands, Filme, Restaurants oder Modeläden ging: Tobias hatte immer wieder das Gefühl, dass die Leute im *Vorn* sich besser auskannten als alle anderen. Und dieses Wissen wurde natürlich auch dadurch unterstützt, dass die Redakteure dank ihrer Position weit vor dem offiziellen Veröffentlichungstermin von neuen CDs, Büchern oder Filmen wussten und daher unter bevorzugten Bedingungen lebten. Als Tobias in der Redaktion anfing, kannte er das ganze journalistische System von Rezensionsexemplaren, Pressevorführungen und Gästelistenplätzen noch nicht. Er war auch sehr überrascht, als ihm Robert bei einem seiner ersten Besuche im *Vorn* einmal sagte, wie man an CDs gelangte, über die man einen Artikel schrieb oder die man sich einfach besorgen wollte, um auf dem Laufenden zu bleiben; dass es auch als freier Autor ausreichte, einfach den zuständigen Pressebeauftragten eines Labels anzurufen und ein Rezensionsexemplar einer Platte zu bestellen. Tobias kam sich vor wie ein Betrüger, als er dieses Angebot zum ersten Mal in Anspruch nahm und sich ein Vorabexemplar der neuen Pavement-CD nach Hause schicken ließ. Der Labelmitarbeiter wollte gar keinen Beweis für seine Zugehörigkeit zu der Zeitschrift; Tobias meldete sich am Telefon einfach mit »Hallo, ich bin Tobias Lehnert vom *Vorn*-Magazin«, und es wurde auch nicht nachgefragt, als er nur eine Privatadresse nannte. Zwei Tage später lag ein Päckchen mit der CD und einem Informationszettel zur neuen Platte in seinem Briefkasten. Ähnliches Erstaunen löste bei Tobias das Prinzip der Gästelisten und Pressevorführungen aus. Robert, der schon viele Jahre als Musikjournalist arbeitete, nahm ihn manchmal mit auf Konzerte, die seit langem ausverkauft waren, für die er aber noch tags zuvor durch einen Anruf bei irgendeiner Tournee-Agentur zwei Karten bekommen hatte. Er holte den Umschlag mit den Tickets, bedrängt von einer Menge Besucher, die nicht mehr in die Halle hineinkamen, in einem Büro neben dem Eingang ab. Zusammen mit Robert und Felix Mertens ging Tobias auch in seine ersten Pressevorführungen von Kinofilmen, die meistens vormittags stattfanden, in bekannten Münchner Kinos. Ohne jede Kontrolle wurde man in den Saal hineingelassen, konnte sich noch ein kostenloses Getränk am Kiosk holen, und dann lief ein Film, der erst Wochen oder Monate später im regulären Kinoprogramm gezeigt werden würde. Tobias musste an seine Amerika-Reisen mit Emily denken, bei denen es zum Schönsten gehörte, etliche Filme in den Kinos anzusehen, von denen man wusste, dass sie erst mit großer Verzögerung in Deutschland anliefen. Nach ihrer Rückkehr war es dann immer ein besonderes Gefühl, nach und nach die bereits bekannten Filme in den Werbeannoncen der Zeitungen angekündigt zu sehen, zum Teil mit kaum widererkennbaren deutschen Titeln. Sie kamen sich dann immer etwas erhaben vor, wie jemand, der einen Wissensvorsprung vor allen anderen hat. Als Tobias im *Vorn* zu arbeiten begann, schien es ihm, als bestünde der Reiz des Journalistenberufs darin, dauerhaft in diesem Gefühl zu leben.

Von allen Anknüpfungspunkten aber, die es im *Vorn* zwischen den Redakteuren gab, war der wichtigste der Fußball. Über das Thema wurde im Heft ohnehin ständig geschrieben, etwa über die heiligen, unantastbaren zwei Stunden der Bundesliga-Berichterstattung am frühen Samstagabend. Robert hatte einen Artikel einmal mit den Sätzen begonnen: »Es gibt zwei Katastrophen, wenn du ein Mädchen kennengelernt hast. Entweder sie ruft nicht an. Oder sie ruft samstags zwischen sechs und acht an.« In anderen *Vorn*-Artikeln ging es um Panini-Sammelbilder und das eherne Gesetz, niemals die fehlenden Bilder beim Bestelldienst der Firma nachzuordern, um die Form von Tornetzen auf Bolzplätzen oder darum, nur die eleganten Adidas- und nicht die klobigen Puma-Fußballschuhe zu tragen (was dem Magazin eine bereits fest vereinbarte, fast hunderttausend Mark einbringende Anzeigenkampagne der Firma Puma kostete). Und als in der Bundesliga die Jubelposen der Spieler nach einem Tor immer origineller wurden, stellten Robert, Dennis und Tobias die wichtigsten unter ihnen auf einer Doppelseite im *Vorn* nach.

Dass die Redakteure des Hefts selbst zusammen Fußball spielen würden, dass Robert, Dennis, Ludwig, Thomas und Tobias, der Grafiker Ralf oder der zweite Pop-Redakteur Sebastian, der nach einer Diplomarbeits-Pause gerade wieder zurück in die Redaktion gekommen war, eine Mannschaft bilden könnten – davon war aber bis dahin niemals die Rede gewesen. Eines Nachmittags im Frühling, als die Heftproduktion früher als geplant abgeschlossen und nichts mehr zu tun war, fragte Tobias, ob man sich denn nicht einmal verabreden solle, zum Beispiel unten an der Isar, wo auf einem Rasenstück zwei Fußballtore standen. Auf den Vorschlag reagierten alle sofort mit Begeisterung; vor allem Dennis und Ludwig meinten, man müsse das gleich heute noch in die Tat umsetzen, sonst werde es wieder wochenlang nichts werden.

Tobias erinnerte sich noch lange an jenen Moment eine Stunde später, als sie sich auf der holprigen Wiese am Fluss ihre Fußballsachen anzogen, die Schuhe banden und sich einige Pässe zuspielten. Er hatte in seiner Schulzeit fast jeden Tag auf Bolz- und Vereinsplätzen verbracht, und deshalb konnte er relativ schnell erkennen, wie jemand Fußball spielte. Meistens reichte es aus, den Moment der ersten Ballannahme zu sehen, die Art, wie der Spieler ihn mit dem Innenrist stoppte und dann weiterpasste, um einen sicheren Eindruck zu bekommen. Außerhalb von Fußballvereinen traf man fast nie wirklich gute Spieler an. Egal ob in Universitätsteams, auf der Freibadwiese oder bei Fußballturnieren unter Kneipenmannschaften: Die sogenannten Freizeitfußballer waren immer schon nach den ersten hölzernen Bewegungen zu erkennen, an dem weit vom Fuß abprallenden Ball nach einem Zuspiel oder der unbeholfenen Haltung des Beines beim Stoppen einer hohen Flanke. Als Tobias nun den Ball Richtung Ludwig und Dennis spielte, die sich schon warm gemacht und ein wenig gedehnt hatten (ein ungewöhnliches Zeichen für Freizeitfußballer), geschah etwas Faszinierendes: Alle drei hatten, das war innerhalb von Augenblicken klar, eine ähnlich professionelle Technik, waren offensichtlich Vereinsspieler in höheren Ligen gewesen. Natürlich hatten sie sich in den Monaten zuvor manchmal über ihre gemeinsame Fußballervergangenheit unterhalten, hatten sich, wie wahrscheinlich jeder dritte Freizeitspieler zwischen zwanzig und dreißig als hoffnungsvolle Talente bezeichnet, als Profikandidaten, deren ernsthafte Hoffnungen von frühen Verletzungen zunichte gemacht worden waren. Dennis hatte nach seinen eigenen Aussagen bis zu einem Knöchelbruch als 17-Jähriger in der Jugend von Eintracht Frankfurt gespielt (und war anschließend von seiner Mutter nur deshalb zu einem einjährigen Schüleraustausch nach England geschickt worden, weil sie sich Sorgen machte, dass er zu Hause ohne Fußball unglücklich werden würde). Tobias war bei einem Münchner Club in der höchsten Jugendliga gewesen, bevor er sich am Knie verletzte. Solche Erzählungen waren aber normalerweise aufschneiderische Mythen, die sich dann auf dem Platz, wenn die ersten klobigen Aktionen mit verschämten Entschuldigungen kommentiert wurden – »schon länger nicht mehr gespielt«, »muss erst noch richtig reinkommen« –, sofort im Nichts auflösten. An diesem Nachmittag an der Isar war es anders: Die Pässe beim Warmmachen kamen genau in den Fuß; jeder der drei hielt den Ball ein paar Mal auf elegante Weise hoch, bevor er ihn weiterspielte; und das kurze Lächeln auf ihren Gesichtern verriet die Genugtuung darüber, dass sie alle ihre Versprechungen eingehalten hatten. Während sie sich auf diese Weise den Ball zuspielten, kamen drei junge Türken auf den Bolzplatz und fragten, ob sie Lust auf ein Spiel hätten, drei gegen drei, auf kleine Tore. Dennis, Ludwig und Tobias willigten ein, und sie gewannen es haushoch.

Vor allem Dennis bewies, dass er mit der Erwähnung seiner Vereinskarriere nicht übertrieben hatte. Er war einer der seltenen Spielertypen, deren Stärke gleichermaßen im Athletischen wie im Fußballerischen lag. Mit unglaublicher Kraft stand er hinten in der Abwehr, nahm den Spielern der anderen Mannschaft fast jeden Ball ab und passte ihn souverän zu Ludwig oder Tobias. Dieser Spätnachmittag auf dem Rasenstück an der Isar war die Geburt der *Vorn*-Fußballmannschaft. Am nächsten Morgen wurde in der Redaktion in ausschmückenden Worten von der Partie erzählt, und die, die nicht mitgespielt hatten, waren begierig darauf, beim nächsten Mal auch dabei zu sein. Ralf, der Grafiker, erwähnte schließlich eine Sportanlage ein paar Kilometer außerhalb von München, auf der er mit einer Freizeitmannschaft spielte, und das *Vorn*-Team traf sich von nun an jeden Donnerstagabend nach der Arbeit auf diesem Platz. Es kamen also noch weitere Spieler hinzu: Robert, der in seiner Jugend ebenfalls im Verein gewesen war; Thomas und Sebastian, zwei robuste Verteidiger; Ralf, ein Linksaußen mit beeindruckender Schusstechnik; und noch ein paar Mitarbeiter aus der Anzeigenabteilung des Magazins, vor allem ein guter Torwart. Interessant war es zu beobachten, wie sich der Schreibstil der Redakteure zu der Art verhielt, wie sie Fußball spielten. Fast ausnahmslos zeigte sich eine gewisse Übereinstimmung. Dennis, der als Journalist großen Ehrgeiz besaß, war auch auf dem Fußballplatz erst zufrieden, wenn er seine Gegenspieler zermürbt und die eigene Mannschaft gewonnen hatte. Robert spielte elegant und leichtfüßig, aber mit leichtem Hang zu Manierismen, genauso wie es auch in seinen Pop-Artikeln manchmal der Fall war. Ludwig schließlich war ein brillanter Taktiker, vergaß darüber jedoch gelegentlich das Spielen und verzettelte sich auf dem Platz in theoretischen Ausführungen; er war also auch in der Fußballmannschaft eine Art Schlussredakteur, der das Spiel lesen konnte wie kein Zweiter, mit eigenen Aktionen aber häufig an seinen Ansprüchen scheiterte. Man hätte leicht die Behauptung aufstellen können, dass jeder so Fußball spielte, wie er schrieb – wäre nicht manchmal auch Philipp Nicolai zu den Fußballabenden mitgekommen, der Kinokritiker der Tageszeitung, der im *Vorn* eine Kolumne über Musikvideos hatte. Nicolai galt als der beste jüngere Schreiber der Zeitung; seine Artikel über Filme waren Meisterwerke der Sprachkunst und Beobachtungsgabe. Auf dem Fußballfeld jedoch erwies er sich als knüppelharter, technisch wenig beschlagener Verteidiger, der sein beträchtliches Körpergewicht rücksichtslos zum Einsatz brachte. Vor dem Computer war Nicolai Beckenbauer, auf dem Rasen Schwarzenbeck oder – was sein Erscheinungsbild in Trikot und Fußballschuhen anging – sogar Hans-Peter Briegel; mit heruntergelassenen Stutzen und stämmigen Waden pflügte er den Rasen um und machte Jagd auf seine Gegenspieler. Sie trainierten von nun an regelmäßig, und bald schon gab es die ersten Spiele ge-gen andere Freizeitmannschaften. Das *Vorn*-Team war nicht zu besiegen; in den eineinhalb Jahren, in dem es in dieser Besetzung zusammenspielte, verlor es keine einzige Partie.

5

Für Tobias wurde es in diesen Monaten immer weniger unterscheidbar, was gemeinsame Arbeit an der Zeitschrift war und was private Unternehmung. Er verbrachte mit Robert, Dennis und Ludwig nicht nur die Bürostunden und die Mittagspausen, sondern auch die meisten Abende. Sie besprachen dann den Stand der aktuellen Ausgabe oder konnten sich über Stunden hinweg in eine Debatte über die Richtlinien des Hefts und des Magazinjournalismus im Allgemeinen hineinsteigern. Außer Tobias hatte ohnehin keiner von ihnen eine Freundin im Moment. Dennis war gerade erst nach München gekommen, Ludwig hatte sich kürzlich nach vielen Jahren von einer Grafikerin des *Vorn*-Magazins getrennt. Nur Tobias war mit Emily zusammen, doch die beiden sahen sich unter der Woche mittlerweile wenig. Emily arbeitete in ihrem Jugendzentrum im Norden Münchens, und da dort abends oft Konzerte stattfanden, kam sie erst spät nach Hause. Höchstens ein oder zwei Mal trafen sich Tobias und Emily unter der Woche, fast immer bei ihr, weil ihre Wohnung viel schöner eingerichtet war als seine und es in der Bäckerei in ihrer Straße so gute Croissants gab. Wenn Tobias dann aber noch ganz unter dem Einfluss des Arbeitstages stand und aufgedreht von den jüngsten Vorfällen in der Redaktion redete, merkte er schnell, dass Emily das nicht allzu sehr interessierte. Ihre anfängliche Freude, das Mitfiebern mit seinen ersten Artikeln hatte sich gelegt, und es stellte sich schnell heraus, dass vieles im *Vorn*-Umfeld ihr nicht sonderlich gefiel.

Es gab für Tobias fast an jedem Abend Neuigkeiten, die er Emily ausführlich erzählen musste. Er redete über Serien in seiner »Details«-Rubrik, die er gerade mit Dennis und Ludwig konzipierte, oder über den neuen Spruch auf Robert Veiths Anrufbeantworter, der von Robbie Williams stammte. Nach einem Interview für das Heft hatte Robert ihn gefragt, ob er noch ein, zwei Sätze in das Diktiergerät sprechen könnte, und jetzt wurden die Anrufer bei ihm zu Hause mit den Sätzen begrüßt: »Hi, this is Robbie Williams. My friend Robert is not at home at the moment, please leave a message.« Doch Emily hörte bei diesen Geschichten nur flüchtig zu, wenn sie in ihrer großen Wohnküche gerade Milchkaffee machte oder lesend auf dem Sofa saß. »Anne hat heute Heike Makatsch in die Redaktion mitgebracht«, sagte Tobias einmal. »Ich soll die Texte betreuen, die sie jetzt manchmal bei uns schreiben wird. Das war ganz schön komisch, als Anne uns vorstellte. Sie gab mir die Hand, sagte ›Hallo, ich bin Heike‹, und ich wusste nicht genau, wie ich reagieren soll. Hätte ich so tun müssen, als wäre das etwas Neues für mich, weil wir uns ja noch nie persönlich begegnet sind? Oder wäre es besser gewesen, ihr gleich zu signalisieren, dass ich natürlich weiß, wie sie heißt. Ich glaube, ich habe einen ziemlich blöden Gesichtsausdruck gemacht in meiner Unschlüssigkeit.« Emily drehte sich gar nicht richtig um zu ihm, als er ihr von dieser Begegnung gleich nach dem Hereinkommen in die Wohnung erzählte. Sie war nicht besonders empfänglich für Prominentengeschichten und sagte nur mit unaufgeregter, leicht ironischer Stimme: »Ist doch nett für dich, dass du jetzt ihre Texte korrigieren darfst! Du stehst doch auf diese Viva-Moderatorinnen mit den Micky-Maus-Stimmen.« Sie wollte mit der ganzen *Vorn*-Welt, die ihr zu selbstbezogen und auch zu glamourfixiert war, nicht viel zu tun haben. Und Tobias war Emilys Reserviertheit nicht einmal unrecht. Denn er hatte schnell bemerkt, dass sich die flirrende, immer ein wenig aufgeputschte Stimmung zwischen den *Vorn*-Leuten im Nachtleben nur dann voll entfaltete, wenn die Redakteure unter sich blieben. Man unterhielt sich ja praktisch über nichts anderes als das Heft, und einem Außenstehenden hätte man zu viele Zusammenhänge und Fachausdrücke aus dem Redaktionsalltag erklären müssen. Emily und Tobias unternahmen jetzt wesentlich seltener etwas zusammen als die ganzen Jahre zuvor. Nur wenn im Backstage oder in der Muffathalle eine Band spielte, die sie mochten, oder wenn sie über Undone von einer Party erfuhren, gingen sie gemeinsam aus. Und der einzige Tag, den Emily und Tobias weiterhin fest miteinander verbrachten, war der Sonntag.

Die *Vorn*-Mitarbeiter blieben jetzt sogar spätabends oft im Büro, was damit zu tun hatte, dass dort seit kurzem ein TippKick-Tisch stand. Nach dem Essen kehrten sie noch um zehn oder elf Uhr mit ein paar Flaschen Bier von der Tankstelle in die Redaktion zurück, um ein Turnier zu spielen. Nach einem Artikel im *Vorn* über den offiziellen Weltmeister im TippKick hatte Ludwig über die kleine Firma im Schwarzwald, die dieses Spiel seit fast hundert Jahren herstellte, einen Turniertisch für die Redaktion besorgt – nicht die kleine Filzmatte zum Ausrollen, die in unzähligen Kinderzimmern lag, sondern einen richtigen Holztisch mit Beinen. Er wurde in dem geräumigen Büro von Anne, Dennis und Tobias aufgestellt, und da dort von nun an ständig Spiele und Turniere ausgetragen wurden, hieß es unter den *Vorn*-Leuten nur noch das »Spaßzimmer«. Tobias hatte das Spiel in seiner Kindheit exzessiv betrieben und deshalb am Anfang einen Vorsprung vor den anderen. Doch Dennis war auch hier mit dem notwendigen Talent und Ehrgeiz ausgestattet, um schnell der Beste zu werden; er löste Tobias nach einigen Wochen ab und war nun praktisch unbesiegbar. Die Ambition der beiden richtete sich irgendwann darauf, etwas zu perfektionieren, was sie von dem Weltmeister des Spiels im *Vorn*-Interview gelesen hatten. Es ging darum, den vieleckigen schwarz-weißen Ball auf eine Weise anzuspielen, dass er immer auf der eigenen Farbe liegen blieb, und dadurch den eigentlich auf Zufall beruhenden Charakter des Spiels zu eliminieren. »Farblegung« hieß diese Methode, und nach und nach hatten sie es wirklich geschafft, den Ball mit dem Fuß der Spielfigur so anzuschneiden, dass er kaum noch auf die Farbe des Gegners rollte. Eine Zeitlang hatten die Tipp-Kick-Partien so große Bedeutung im *Vorn*, dass die im Aufbau begriffene Online-Redaktion die Ergebnisse als einen der ersten Beiträge auf die Website des Heftes nahm. Meistens endeten die abendlichen Turniere mit einem Endspiel zwischen Dennis und Tobias, das Dennis knapp gewann; den Zettel mit den Ergebnissen gaben sie am nächsten Morgen den Online-Mitarbeitern, die sie abtippten und ins Netz stellten. Auf ein

TippKick-Spiel zwischen Dennis und Ludwig ging auch ein Wort zurück, das im *Vorn*-Magazin dann monatelang ständig zu hören war. Als Ludwig in dieser Partie das 1:5 oder 1:6 kassierte – durch eine direkt verwandelte Ecke, den größten Kunstschuss überhaupt beim TippKick –, rief er, die beiden ähnlichen Worte in der Hektik durcheinanderbringend: »Was für ein Debaster!« Das Wort wurde im *Vorn* zur stehenden Wendung für jede Art von Enttäuschung oder Niederlage.

Tobias kam es vor, als würde nun, ein gutes Jahr nach dem Abschluss des Studiums, das Vorläufige seiner bisherigen Existenz aufhören. Mit dem festen Eintritt in die Redaktion kurz nach dem Ende der Urlaubsvertretung kündigte er auch seinen Job im Flüchtlingsheim, in dem er so viele Jahre gearbeitet hatte. Als Redakteur des *Vorn*-Magazins war er jetzt in der richtigen Welt angekommen, und er begriff seine Mitarbeit dort wirklich als eine Art Einschnitt, einen Übergang in ein neues Leben. Alleine die Entscheidung, dass er nun zum ersten Mal seinen Vornamen nicht mehr abkürzte, wenn er jemandem sagte, wie er hieß: Immer schon hatte er sich »Tobi« genannt, seit seiner Kindheit. (Er hätte nicht sagen können, wann das begonnen hatte, aber es hing wahrscheinlich mit dem Fußball zusammen, wenn die Mitspieler ihm der Kürze halber »Tobi steil!« oder »Tobi, spiel ab!« zuriefen.) Bis zum Ende des Studiums nannten ihn alle nur »Tobi«; »Tobias« sagten allenfalls ein paar Verwandte. Schon nach den ersten Tagen als Autor beim *Vorn* kam ihm dieser Name jedoch unerwachsen vor, wie aus einer früheren Zeit, und er nutzte die plötzliche Erweiterung seines Bekanntenkreises, um die alte Form abzulegen. In der Redaktion war er von Anfang an nur »Tobias«. Er entwickelte auch rasch eine Unduldsamkeit gegenüber jeder Art von Namensabkürzung. Langjährige Bekannte etwa, die sich noch mit Ende zwanzig mit ihren Spitznamen aus der Jugendzeit anreden ließen, die meist aus Koseformen ihrer Nachnamen gebildet wurden, »Ecki«, »Steini«, »Poschi«, wirkten jetzt fast lächerlich auf ihn. Die Plattenkritiken in dem kleinen Punk-Magazin, kurz vor seinen ersten Artikeln im *Vorn*, hatte er noch unter dem Namen »Tobi Lehnert« geschrieben. Genau in diesem Namenszug war nun, wenn er die Hefte wieder einmal durchblätterte, das ganze Provisorische seines früheren Lebens enthalten. Der ausgeschriebene Vorname, so viele Jahre lang als bieder, offiziell, als eine Silbe zu lang empfunden, kam ihm jetzt gerade richtig vor.

Dass er zum ersten Mal ein richtiges Einkommen besaß, war eine Voraussetzung für seine Haltung. In der Unterkunft hatte er nach Studentenjob-Maßstäben immer gut verdient, vielleicht 1500 Mark im Monat. Doch nun bekam er allein für seinen Redakteursvertrag im *Vorn*, drei Tage in der Woche, weitaus mehr, und die einzelnen Artikel wurden sogar extra honoriert. Tobias dachte oft daran, wenn er für Dennis' Rubrik ein kurzes Porträt schrieb: In den drei, vier Stunden, die diese so angenehme Arbeit beanspruchte, bekam er genauso viel Geld wie für eine ganze Schicht in der Unterkunft, und für einen langen Text im *Vorn*, eine Titelgeschichte etwa, wurde sogar 1200 oder 1500 Mark bezahlt. Wenn er damals in einer Bankfiliale seine Kontoauszüge ausdruckte und noch im Foyer die eingegangenen Honorare auf den Zetteln durchging, durchströmte ihn jedes Mal ein Glücksgefühl. Tobias gefiel die Vorstellung eines erwachseneren und arrivierteren Lebens. Und es gab in seinen ersten Monaten in der Redaktion eine Fülle von neuen Gesten, Redewendungen, Verhaltensweisen, die für diesen Wandel standen. Etwa die Art, wie man im *Vorn* andere Menschen begrüßte. Von Dennis ging fast ein amerikanisches Maß an Aufmerksamkeit aus, wenn in den Redaktionsräumen oder auch im Nachtleben Leute aufeinandertrafen, die sich nicht alle kannten. Frauen wurden grundsätzlich mit Küsschen auf die Wangen begrüßt, und dann stellte Dennis diejenigen, die einander noch nie begegnet waren, ganz förmlich vor. Tobias war das aus seinen Bekanntenkreisen bislang nicht geläufig: Hätte er im Substanz oder auf einem Konzert von Undone ein Mädchen zur Begrüßung auf die Wangen geküsst, wäre das allen gekünstelt und fast ein wenig affig erschienen, und wenn an diesen Orten abends jemand zu einer Runde stieß, weil er vielleicht einen der Leute kannte, wäre niemand auf die Idee gekommen, alle mit Namen vorzustellen. Doch im *Vorn* war das anders – vielleicht auch deshalb, weil mit dem Vorstellen in Journalistenkreisen gleich auch die Zeitung oder Zeitschrift genannt werden konnte, bei der jemand arbeitete. »Das ist Tobias – Tobias Lehnert, auch vom *Vorn*«, sagte Dennis oft, wenn sie irgendwo zufällig andere Journalisten getroffen hatten. An einem Abend, als Emily ausnahmsweise zu einem Redaktionsessen mitgegangen war, kam es in der Königsquelle zu einer solchen Begrüßungsszene. Die *Vorn*-Leute entdeckten beim Hineinkommen eine ganze Gruppe von Hamburger Journalisten in der Ecke gegenüber. Anne und Dennis kannten die meisten, weil sie regelmäßig für eine Frauenzeitschrift aus dieser Stadt Artikel schrieben, und als sich alle von ihren Plätzen erhoben und Küsschen tauschten, setzte Dennis zur großen Vorstellungsrunde an. Er musste die vier, fünf Leute an seiner Seite mit den ganzen Hamburgern bekannt machen, jedes Mal fiel ein Magazintitel hinter dem Namen – die eine arbeitete bei *Allegra*, der andere bei der *Woche*, dann die ganzen *Vorn*-Mitarbeiter natürlich –, und als Dennis zuletzt bei Emily landete, trat eine befremdliche Pause ein: »Und das ist Emily … – Äh, na ja, also die Freundin von Tobias. Was machst du eigentlich, Emily? Ich muss gestehen, das weiß ich gar nicht so genau?«, sagte er, den Schluss des Satzes, ohne eine Antwort abzuwarten, mit seinem charmanten Lachen überspielend. Und alle anderen fielen schnell ein, um die etwas peinliche Stockung zu lösen. Tobias aber sah in diesem Moment genau, wie unangenehm Emily das Ganze war.

Mit der Arbeit in der Redaktion war für Tobias so etwas wie eine Professionalisierung seiner Lebensweise verbunden. Sie konnte sich in den unmerklichsten Reflexen äußern, wie etwa der Geste, dass man im Restaurant den anderen am Tisch sofort Mineralwasser nachschenkte, wenn das Glas fast leer war. Und sie betraf auch die Selbstverständlichkeit des Taxifahrens: Bevor Tobias zum *Vorn* gekommen war, hatte er dieses Verkehrsmittel nur selten benutzt. Höchstens wenn er einmal am Ende einer Abendschicht in der Flüchtlingsunterkunft müde war und nicht mehr den langen Weg zur S-Bahn nehmen wollte, kam es vor, dass er sich eine

Taxifahrt leistete – immer mit einem schlechten Gewissen, weil ihn die Fahrt quer durch die Stadt ein Viertel des in den Stunden davor verdienten Geldes kostete. Als Tobias kurz nach seinen ersten Veröffentlichungen im *Vorn* einmal mit Carla Bertoni ausging, hielt sie ganz automatisch ein Taxi an. Er war noch nicht vertraut mit den Ritualen des Taxifahrens; sie öffnete die rechte hintere Tür und stieg ein, er öffnete die vordere und setzte sich neben den Fahrer, was sie, wie er zu beobachten glaubte, mit einem befremdlichen Blick quittierte. Sie hatte wohl erwartet, dass er sich zu ihr nach hinten setzen würde. (Carlas Reaktion brachte ihm damals kurz die peinliche Szene in den Sinn, wie er bei seinem ersten New-York-Aufenthalt ein Taxi anhielt und vorne einsteigen wollte. Die Tür ließ sich nicht öffnen, er versuchte es zwei- oder dreimal, und erst durch die irritierten Handbewegungen des Fahrers und den Blick auf den Beifahrersitz, auf dem ein Haufen Stadtpläne lagen, verstand er, dass dieser Platz gar nicht in Betracht kam.) Es dauerte dann aber nur zwei, drei Monate, bis Tobias als Teil der *Vorn*-Redaktion, die sich abends ausschließlich per Taxi fortbewegte, einen selbstverständlichen Umgang mit diesem Verkehrsmittel erlernt hatte.

6

Unter den neuen Orten, die Tobias durch seine Arbeit beim *Vorn*-Magazin kennenlernte, übte einer besonders große Anziehungskraft auf ihn aus: das Schumann's, eine bekannte Münchner Bar, in der die Redakteure unter der Woche häufig und am Freitag grundsätzlich landeten. Tobias kannte den besonderen Ruf des Lokals, sein regelmäßiges Auftauchen in den Gesellschaftskolumnen der Zeitungen, und deshalb wirkte der kleine, niedrige Raum beim ersten Anblick überraschend glanzlos auf ihn, fast ein wenig schmuddelig. Das Schumann's bestand aus einem vorderen und einem hinteren Teil, die durch eine Zwischenwand in der Mitte voneinander getrennt waren. Links von dieser Wand, in einer Nische, stand ein einzelner, besonders ruhiger Tisch, an dem Tobias, Ludwig und Dennis unter der Woche manchmal saßen, um Steaks zu essen. Das Publikum in den beiden Räumen unterschied sich erheblich voneinander. Während vorne eher Geschäftsleute und Besucher der nahe gelegenen Opern und Theater zu finden waren, saßen an den acht, neun Tischen im hinteren Teil viele Journalisten, Schriftsteller oder Schauspieler.

Jeder Freitagabend begann in dieser Zeit auf dieselbe Weise. Gegen zehn oder halb elf rief Tobias, der am weitesten von der Innenstadt entfernt wohnte, ein Taxi. Er holte zuerst Robert ab, nur ein paar Straßen weiter, dann bogen sie in die lange Lindwurmstraße ein, klingelten bei Dennis und fuhren zu dritt ins Schumann's. Freitag war der belebteste Tag – Samstag hatte die Bar ohnehin geschlossen –, und wenn sie sich auf dem Vorplatz absetzen ließen und die dunkle Holztür öffneten, war das Lokal meistens schon völlig überfüllt. (In den Sommermonaten spielte sich das Geschehen oft komplett auf diesem kleinen Vorplatz ab. In der Bar selbst saß dann über Stunden hinweg kaum ein Gast, die begehrten Plätze im hinteren Teil so leer wie nachmittags um fünf, und draußen standen hundert, zweihundert Menschen, die sich um die wenigen Tische vor dem Eingang scharten. Mitten durch den Menschenauflauf hatte sich im Lauf der Stunden eine Schneise gebildet, durch die die weißgeschürzten Kellner liefen, um ständig neue Tabletts mit Bier, Mojitos oder einem beliebten Getränk namens »Sommerschorle«, einer Mischung aus Weißwein und Tonic-Wasser, nach draußen zu bringen.) Im Schumann's galt die unausgesprochene Regel, dass man sich nicht einfach an freie Tische setzen konnte, sondern von den Kellnern einen Platz zugewiesen bekam, was dazu führte, dass Gäste manchmal stehen mussten, auch wenn die Bar fast leer war, oder umgekehrt auch im größten Gedränge noch ein oder zwei Tische im hinteren Teil unbesetzt blieben. Bei den meisten Besuchern hatte sich daher eine Art Bewährungssehnsucht eingestellt. Jeder wollte zu der Gruppe von Gästen gehören, für die immer ein Platz vorgesehen war. »Was, du kriegst einen Tisch im Schumann's?«, hatte der Verlagsleiter im *Vorn* etwa zu Robert Veith gesagt, als der nach dem Fußballspielen am Donnerstagabend einmal vorschlug, noch dorthin zu gehen. Man erkannte diese leichte Unsicherheit vieler Gäste bereits an dem betont vertraulichen Tonfall, in dem sie die Kellner anredeten. »Ach, Konrad, kannst du mir noch ein Bier bringen?«, rief einer, der an der Zwischenwand lehnte; »Milan, was gibt's denn heute zum Essen?«, fragte ein anderer gleich nach dem Reinkommen: Es gab vermutlich kein anderes Lokal, in dem die Vornamen der Kellner so häufig fielen. Doch das Selbstverständliche dieser Zurufe hatte einen eigentümlichen Unterton; es war ihnen fast immer ein bestimmter Nachdruck, eine Art erzwungene Beiläufigkeit anzumerken. Im Klang der Anrede schwang die unterschiedlich ausgeprägte Selbstgewissheit der Gäste mit: an den Ecktischen hinten das Stammpublikum, dessen Bestellungen der raschen Erledigung sicher sein konnten; in den Gängen dagegen die brüchigeren Versuche der Umherstehenden, die vielleicht darauf warteten, einen der freien Tische zugewiesen zu bekommen. Gerade ihre Zurufe machten deutlich, welche Kraft das Aufrechterhalten des familiären Tons kostete. Im Gedränge war ihr Wunsch bereits zum zweiten oder dritten Mal ignoriert worden, und es erforderte ein hohes Maß an Disziplin, weiterhin ruhig und souverän zu klingen, wie jemand, der genau weiß, dass er dazugehört. Und genau das war vielleicht das Erstaunlichste an dieser Bar: Dass sie die Übersehenen ermutigte, immer wieder zu kommen, und die Umsorgten, zu vergessen, wie sie anfangs behandelt worden waren.

Tobias kannte dieses Gefühl des Ignoriertwerdens allzu gut. An einem seiner ersten Abende dort war er mit Robert verabredet gewesen und wusste noch nichts von dessen Angewohnheit, sich gerne um eine halbe Stunde zu verspäten. Er bekam damals nicht einmal sein Getränk. Konrad, ein altgedienter Kellner im Schumann's, rannte im Gedränge Mal um Mal mit einem vollen Tablett vorbei – »Vorsicht!«, rief er mit seiner dunklen, voluminösen Stimme, mit langgezogenem V, um der Warnung den richtigen Nachdruck zu verleihen –, doch das seit längerem bestellte Pils war wieder nicht dabei. Auch als Tobias schon regelmäßiger Gast im Schumann's war, blieb etwas von dieser Unsicherheit, wenn er etwa eine Freundin zum Essen einladen wollte. An der Eingangsschwelle waren sie noch in ein Gespräch vertieft, doch auf dem kurzen Weg in den hinteren Teil, wo er die ihm bekannten Kellner vermutete, brach es unvermittelt ab. Tobias war dann immer ein wenig angespannt; er ging einen halben Schritt voraus, behielt aber – wie zum Schutz – eine Hand am Arm seiner Begleiterin. Hinten, an der Zwischenwand mit dem Edward-Hopper-Bild, versuchte er möglichst rasch den Blick Konrads oder Milans zu gewinnen und hoffte, in dem bereits gut gefüllten Raum noch einen Sitzplatz zu bekommen. Während dieser kurzen Wartezeit wechselten die beiden kaum ein Wort; die Zeit stand still und konnte nur vom Losungswort des Kellners wieder in Gang gesetzt werden. Schließlich wurden sie bemerkt und an einen freien Tisch gebeten. Wie selbstverständlich nahm er dann seine Bekannte an der Hand, schlenderte quer durch den Raum, doch man hätte Tobias beim Hinsetzen anmerken können, dass er erst jetzt zum ersten Mal richtig ausatmete.

Im Lauf der Abende wurde die Atmosphäre in der kleinen Bar immer dichter und aufgeheizter. Oft kannten sich fast alle Gäste im hinteren Teil zumindest vom Sehen; Stühle wurden dazugestellt, Tische zusammengerückt, und irgendwann saß eine Gruppe von vielleicht fünfzehn Menschen in einer Ecke, die Bar-Tische übersät mit Pilsgläsern und feucht gewordenen Papieruntersetzern mit dem geschwungenen Schumann's-Schriftzug. Einige bestellten auch etwas zu essen, obwohl Tobias in der Bar nie eine Speisekarte gesehen hatte. Am Ende des hinteren Raums, in einem uneinsehbaren Winkel, war die Küche, in der meistens der Besitzer des Lokals stand, eine eindrucksvolle Gestalt mit langen grauen Haaren und sonnengegerbter Haut, egal, zu welcher Jahreszeit. Es gab immer ein paar feste Gerichte, Roastbeef mit Bratkartoffeln, Steaks, Kräuterquark oder einen »Fernsehteller«, wie die Kombination aus Roastbeef-, Schinken- und Käsebroten aus rätselhaften Gründen hieß. (Ein Kellner meinte einmal, der Name stamme aus der Anfangszeit der Bar, als es in Deutschland nur drei Fernsehprogramme gab.) Wenn sonntags ein österreichischer Mitarbeiter kochte, konnte man auch Gerichte wie Backhuhn mit Preiselbeeren oder Topfenpalatschinken essen. Tobias und Dennis gingen am Anfang vor allem mit Philipp Nicolai und Robert Veiths älterem Bruder Johannes, der auch im Kulturteil der Tageszeitung arbeitete, ins Schumann's. Sie schienen langjährige Stammgäste der Bar zu sein, und nach Philipp war sogar ein eigenes Getränk benannt worden, der »Nicolai-Kaffee« in einem schmalen Glas, mit halbfest geschlagener Sahne. Wenn man mit den beiden das Lokal betrat, kam einem sofort einer der Kellner entgegen; das Gedränge im Raum hatte plötzlich nichts Abweisendes mehr an sich, und man wurde an einen unbesetzten Tisch im hinteren Teil geführt. Konrad hieß die Gäste mit seiner dunklen Stimme willkommen; sein »Grüß Gott« klang nicht rabiat wie das schallende »Vorsicht!« zu den Laufkunden im Durchgang, sondern warmherzig und einladend. Und wenn sie etwas zu essen bestellten, kam der Besitzer der Bar ausnahmsweise selbst mit den Tellern auf dem Arm aus der Küche heraus. In seiner so grobschlächtigen wie weltmännischen Art begrüßte er sie und rief ihnen auf dem Weg zurück in die Küche noch zu: »Jungs, wenn ihr mehr braucht, dann sagt ihr's, ja?«

An diesen Freitagabenden, an Tischrunden, die sich ständig erweiterten und neu zusammensetzten, wurde Tobias klar, mit welcher Aufmerksamkeit das *Vorn*-Magazin in München wirklich gelesen wurde. Als er dort angefangen hatte, wusste er zwar, dass die Zeitschrift als Beilage einer so wichtigen Tageszeitung einigermaßen bekannt sein musste. Aber erst die ganzen Begegnungen und Gespräche im Schumann's machten ihm deutlich, wie groß die neue Welt, die das *Vorn* für ihn eröffnete, wirklich war. Als regelmäßiger Autor des Hefts wurde Tobias auch immer wieder angesprochen: »Wie heißen Sie mit Nachnamen? ›Lehnert‹? Von Ihnen hab ich schon viel gelesen!«, sagte eine in der Runde, die sich als Chefredakteurin der Zeitschrift *Cosmopolitan* herausstellte und Tobias fragte, ob er auch einmal etwas für sie schreiben wolle. Eine andere Frau, eine junge Modedesignerin, die, wie er an den Etiketten ihrer über den Stuhl geworfenen Jacken sah, meistens ihre eigene Marke trug, sagte einmal: »Hast du neulich nicht den Artikel über das letzte Treffen nach einer Trennung geschrieben? Dass man sich immer in einem möglichst neutralen Café verabredet, in das man nie zusammen gegangen wäre, und dann die Sachen austauscht, die man noch voneinander hat? Daran muss ich oft denken, der Artikel war wirklich toll!«

Tobias kannte in diesen großen Runden anfangs nicht besonders viele Gesichter. Außer Philipp und Johannes traf er nur die paar Leute aus seiner Redaktion, die auch regelmäßig ins Schumann's gingen, etwa eine Mitarbeiterin aus dem Marketing, die aus wohlhabendem Elternhaus stammen musste. Sie bestellte nie etwas anderes als Champagner. Dass Geld für sie keine besondere Rolle spielte, wurde Tobias spätestens an dem Abend bewusst, als sie ihn nach Redaktionsschluss einmal in ihrem Auto mitnahm. Sie hatte die Angewohnheit, die paar hundert Meter zwischen ihrer Wohnung am Gärtnerplatz und dem *Vorn* jeden Tag mit ihrem kleinen Peugeot zurückzulegen. Wenn sie vor dem Redaktionsgebäude angekommen war, das in einer Seitenstraße nahe der Fußgängerzone lag, stellte sie das Auto immer direkt vor dem Hauseingang im absoluten Halteverbot ab. Abends nahm sie dann den obligatorischen Strafzettel von der Windschutzscheibe, so ungerührt, als wäre es ein Werbeprospekt. Als Tobias an dem Abend mit ihr ins Schumann's fuhr, fiel sein Blick auf ein dickes Bündel von Strafzetteln in der Mulde der Gangschaltung, sorgfältig zusammengehalten von einer Büroklammer, und auf seinen überraschten Gesichtsausdruck hin sagte sie lachend: »Ach ja, stimmt, da hat sich schon wieder was angesammelt.«

An den Tischen im Schumann's waren die Mitarbeiter des Magazins immer an den rosafarbenen *Vorn*-Feuerzeugen vor ihnen zu identifizieren, einem Werbegeschenk des Verlags. Eines davon gehörte der Bildredakteurin, einer schon älteren, anfangs etwas schroff wirkenden Frau namens Fanny von Graevenitz, mit der Tobias während der Arbeitszeit nur wenig zu tun hatte. Nun erfuhr er von mehreren Seiten, dass Fanny offenbar eine Legende des Münchner Magazinjournalismus war, die in den siebziger und achtziger Jahren bei Zeitschriften wie *Quick*, *Lui* oder *Transatlantic* gearbeitet hatte. Sie kannte auch den Besitzer der Bar schon seit mehr als zwanzig Jahren und gehörte zu den ältesten Stammgästen.

Über Dennis und Anne lernte Tobias fast an jedem Abend im Schumann's neue Leute kennen. Einmal kamen ein paar auffällig gut aussehende und elegant angezogene Jungs in den hinteren Teil und wurden von Dennis mit großem Hallo begrüßt. Einer von ihnen war der Londoner Autor des *Vorn*-Magazins, der meistens über elektronische Musik und Fußball schrieb. Er hieß Simon, stammte ursprünglich aus München und war vor zwei oder drei Jahren zum Studieren nach England gegangen. Jetzt verbrachte er gerade die Ferien zu Hause und war mit ein paar alten Schulfreunden unterwegs. Dennis und Anne hatten Simons Freunde, die alle als DJ oder Partyveranstalter arbeiteten, schon häufiger beim Ausgehen getroffen. Es fielen Namen von Clubs, in denen Tobias noch nie gewesen war. Simon sagte, sie würden nachher noch in die Mandarin Lounge gehen, weil da Boris Dlugosch auflege, später vielleicht ins Sugar Shack oder ins P1. Dann war auch von einem neuen Laden namens Sonic die Rede, den einer von Simons Begleitern gerade in der Nähe des Hofbräuhauses eröffnet hatte. In solchen Momenten wurde Tobias immer klar, wie sehr sich die Biografie seiner Kollegen im *Vorn* von den Kreisen unterschied, in denen er groß geworden war. Seit seinen ersten Punkkonzerten mit fünfzehn hatte sich Tobias eigentlich immer eher in Szenen aufgehalten, die zur Alternativ- oder Subkultur gehörten. Der Hintergrund der meisten *Vorn*-Leute lag dagegen in einem ganz anderen Bereich, in Club-, Hip-Hop- und Sprayer-Kreisen, von denen Tobias nie besonders viel mitbekommen hatte.

In manchen Nächten entstand im hinteren Teil des Schumann's eine geschlossene, fast clubartige Atmosphäre. Konrad und Milan sorgten irgendwann ungefragt für einen ständigen Nachschub der angenehm kalten Biere. Von vorne kamen zwar manchmal noch Leute auf dem Weg zu den Toiletten vorbei, doch ansonsten wirkte der Raum, als wäre er kein öffentliches Lokal mehr. Und wahrscheinlich waren es genau solche Momente, in denen sich Tobias zum ersten Mal wirklich bewusst wurde, wie schwer dieses neue Leben mit Emily in Verbindung zu bringen war. Einmal fragte ihn plötzlich seine ehemalige Kollegin Carla Bertoni, die mittlerweile bei einer Frauenzeitschrift arbeitete: »Tobias, warum bringst du eigentlich nie deine Freundin mit?« Und er musste sich eingestehen, dass diese Überlegung so abwegig war, dass er noch nicht einmal darüber nachgedacht hatte. Emily im Schumann's? Das passte nicht zusammen. Mit dem Ort konnte sie nichts anfangen, obwohl sie selbst noch nie dort gewesen war. Sie hatte aber natürlich in Zeitungsberichten schon häufig über die Bar und ihren Besitzer gelesen. »Was willst du denn schon wieder in dem Prominentenladen?«, fragte sie Tobias manchmal genervt, wenn er ihr am Telefon erzählte, dass er dort verabredet sei. Emily wollte mit dem Schumann's nichts zu tun haben, wie sie überhaupt den Kontakt mit dem *Vorn*-Umfeld mittlerweile konsequent zu vermeiden schien. Sie rief Tobias etwa nie mehr in der Redaktion an, ohne dass sie das genau begründet hätte. Und nachdem er gemerkt hatte, dass sie von seinen Erzählungen über den Redaktionsalltag im *Vorn* und über die neuesten journalistischen Gerüchte zunehmend angeödet war, wurden die Gespräche zwischen ihnen nach und nach etwas flüchtiger. Es war nicht so, dass sie sich wirklich schlechter verstanden hätten; wenn sie den Sonntag zusammen verbrachten und stundenlang auf einer Decke an der Isar lasen, war alles wie immer in den vergangenen fünfeinhalb Jahren. Aber jene neue Welt, die ihn beinahe pausenlos beschäftigte, teilte sie nicht mit ihm. Und Tobias merkte auch, dass er sich oft nicht mehr richtig auf Emily konzentrierte, wenn sie sich abends trafen. Es kam jetzt immer häufiger vor, dass sie ihm irgendetwas sagte und auf seine Nachfrage verärgert antwortete: »Sag mal, Tobi, hörst du mir eigentlich nicht mehr richtig zu? Ich hab dir doch schon heut früh länger davon erzählt.« Und Tobias, der eigentlich ein gutes Gedächtnis hatte, war irritiert, weil er sich tatsächlich nicht an dieses Gespräch erinnern konnte.

Das *Vorn*-Magazin wurde in dieser Zeit endgültig das Raster, durch das er die Welt wahrnahm. Sie waren so gut wie vierundzwanzig Stunden im Dienst des Hefts; noch um halb vier in der Nacht, wenn Milan mit seinem tschechischen Akzent die letzten Gäste im Schumann's zum Gehen aufforderte, konnten Dennis und Tobias plötzlich auf eine neue Idee für einen Artikel oder eine Rubrik kommen, die sie dann auf dem Heimweg weiter vorantrieben. Als sie einmal im Morgengrauen an der BP-Tankstelle beim *Vorn* einen kalten Milchkaffee in der Dose kaufte, fiel ihnen auf, dass sich das Angebot an Tankstellen von Woche zu Woche zu vergrößern schien; vor kurzem noch hatte es dort nur ein paar Getränke und Autozubehör gegeben, jetzt aber glich sich das Sortiment mehr und mehr einem Supermarkt an. Dennis hatte dann den Einfall, eine Rubrik namens »Neues von der Tankstelle« einzuführen, in der die merkwürdigsten Produkte aus dem Angebot vorgestellt werden sollten. Der Vorschlag wurde wenige Wochen später umgesetzt.

Sie waren auch versessen darauf, noch die abseitigsten Namen und Entstehungsdaten von Liedern oder Fernsehserien aus ihrer Kindheit parat zu haben, »unnützes Wissen«, wie sie es nannten, um es in ihren Artikeln jederzeit unterbringen zu können. Dennis, Ludwig und Tobias kamen an einem Abend im Schumann's auf die alte Fernsehserie »Ein Colt für alle Fälle« zu sprechen, und stundenlang versuchten sie vergeblich den Namen des Darstellers zu ermitteln, der den altgedienten Stuntman Colt Seavers gespielt hatte. Auch im Taxi nach Hause überlegten Dennis und Tobias noch fieberhaft, sangen sich die ganze Zeit die countryartige Titelmelodie vor, doch kamen zu keinem Ergebnis. Dennis stieg in der Lindwurmstraße aus, Tobias fuhr noch ein paar Straßen weiter, und als er schon längst im Bett lag, klingelte plötzlich das Telefon. Dennis war dran und sagte nur ganz ruhig: »Lee Majors.«

Überall, wo sie sich trafen, waren sie in ständiger Aufnahmebereitschaft für das Heft, taxierten ihre Umwelt, die Menschen in ihrer Umgebung. Zu den Artikeln, die im *Vorn* gerade am beliebtesten waren, gehörten alle möglichen Arten von Typologien und Klassifikationen, in denen die Redakteure ihre Haltung zum Ausdruck brachten. Robert und Tobias hatten etwa eine Titelgeschichte geschrieben, in der es darum ging, dass Mädchen so sind, wie sie heißen. In kurzen Artikeln behaupteten sie, dass Annes stets blond und ein wenig arrogant seien, Juttas leicht übergewichtige Stimmungskanonen, Claudias Schönheiten auf den zweiten Blick, deren wahre Faszination sich erst rückblickend erweise, Bärbels durchtrainierte Sportlerinnen mit sensiblem Kern, Julias wiederum strahlende Wesen, in die man sich grundsätzlich verlieben müsse. In den Wochen nach dem Artikel war das Vornamen-Interpretieren im Umkreis der *Vorn*-Redaktion ein großes Thema. Per Leserbrief beschwerten sich Annes, dass sie erstens brünett und zweitens sehr umgänglich wären; Julias schickten entzückte Dankesschreiben; und einige Leserinnen entwarfen auch Listen mit männlichen Vornamen, in denen sie feinste Differenzen zu klären versuchten, wie etwa die Frage, inwiefern sich »Stefans« von »Stephans« unterschieden. Wenn sie abends ausgingen, standen sie manchmal an der Bar eines Clubs und spielten »Julia-Raten«. Vor allem Tobias war der Überzeugung, dass Mädchen dieses Namens immer einen bestimmten Glanz ausstrahlten. Gemeinsam beobachteten sie die eintretenden Grüppchen, und wenn einer von ihnen sicher war, dass ein Mädchen – eine beeindruckende Erscheinung mit vollen Lippen und langen Haaren – eine Julia sein musste, ging er zu ihr und sagte: »Du, entschuldige, ich weiß, das klingt jetzt blöd. Aber heißt du zufällig Julia?« Manchmal bewahrheitete sich der Verdacht dann tatsächlich, und in diesen Momenten glaubten sie, dass ihre Namenstheorie nicht völlige Erfindung sei.

Tobias entwickelte in den Monaten nach dem Artikel auch die Ambition, irgendwann eine vollkommene Julia kennenzulernen, die ideale Repräsentantin dieses Namens. Auf einem Oktoberfest-Ausflug der Redaktion ein paar Monate später glaubte er, dieses Ziel erreicht zu haben. Nachdem sich die *Vorn*-Mitarbeiter zuerst am »Rallye 2000«-Autoscooter getroffen und Unmengen von bunten Chips investiert hatten (sie erfüllten sich nun den alten Kindheitstraum, wie die Aufpasser mit ihren Spezialschlüsseln endlos lange durch die Gegend zu fahren), kamen sie später alle an den reservierten Tischen im Bierzelt zusammen. Sie hatten schon einiges getrunken, als sie eines der Mädchen entdeckten, die in den Zelten mit Sofortbildkameras durch die Reihen gehen und zu überteuerten Preisen Bilder von den Gästen anbieten. Alle am Tisch fanden die Fotografin so bezaubernd, dass sie eine halbe Stunde lang bei ihnen blieb und unzählige Fotos von der Runde machen musste. Ludwig war dann der Erste, der unbedingt auch zusammen mit ihr aufs Bild wollte; er überredete sie, die Kamera für einen Moment Fanny von Graevenitz zu leihen, und Fanny fotografierte dann auch fast alle anderen *Vorn*-Redakteure mit dem Mädchen. Am Ende war der halbe Biertisch mit Polaroidbildern in herzförmigen Papierrahmen bedeckt; die Aktion kostete den Verlagsleiter des *Vorn*-Magazins mehrere hundert Mark. Als sich die Fotografin gerade verabschieden wollte, ging Tobias noch einmal zu ihr und fragte sie, ob sie Lust habe, mit ihm essen zu gehen, wenn das Oktoberfest vorbei sei. Sie sagte tatsächlich Ja, und als er sie nach ihrer Telefonnummer fragte, nahm sie einen Stift aus ihrer Tasche und schrieb hinten auf ihr gemeinsames Foto: »Julia 52 45 62.«

»Und dann heißt die auch noch Julia, ich fass es nicht«, sagte Robert am nächsten Tag, als er bei Tobias am Schreibtisch saß und sich noch einmal das Foto ansah, das neben dem Computer stand. Die meisten anderen Bilder aus dem Bierzelt hingen im Sekretariat des Verlagsleiters. Tobias wartete bis zum dritten Tag nach dem Ende des Oktoberfests, dann rief er sie an, und weil ihm noch kein richtiges Lokal eingefallen war, verabredeten sie sich für den Abend darauf am Rotkreuzplatz, in der Nähe des Hauses, wo Julia offenbar noch bei ihren Eltern wohnte. In den Stunden vor dem Treffen überlegte Tobias, wohin sie zum Essen gehen könnten; er ging in seinem Kopf die Restaurants durch, die er in der Gegend kannte. Gegen sieben brachen Dennis, Robert und Ludwig von der Redaktion aus ins Schumann's auf und sagten ihm, er könne ja noch nachkommen, wenn er wolle, sie blieben bestimmt lange. Tobias, der sich schließlich für das Freiheit an der Landshuter Alle entschieden hatte, fuhr eine halbe Stunde später mit der U-Bahn zum Rotkreuzplatz. Julia sah immer noch so unglaublich gut aus wie in seiner Erinnerung, hatte ihre Frisur mit mehreren Haarspangen zusammengehalten, und ihre Fingernägel waren mit kleinen weißgelben Blüten lackiert. Als sie jedoch im Restaurant die Speisekarte ungelesen zur Seite legte und sagte: »Ich werde eh nur einen kleinen Salat essen«, ließ Tobias' Begeisterung schlagartig nach, und die Unterhaltung war dann auch so mühsam, dass Tobias im Reden ständig neue Themen für sich durchging, um die Pausen möglichst reibungslos auszufüllen. Um dreiviertel zehn saß er schon im Taxi zum Schumann's, und als er im hinteren Teil der Bar auftauchte, war seinen Kollegen natürlich sofort klar, dass der Abend ein Reinfall gewesen sein musste. Dennis schaute demonstrativ auf seine nicht existente Armbanduhr, brach in lautes Gelächter aus; Tobias rief nur »Ein Debaster!« und bestellte bei Konrad ein Pils.

7

Tobias war in den Monaten vor seinem ersten Artikel immer wieder aufgefallen, wie hübsch die Gesichter waren, die im *Vorn*-Magazin auftauchten. Sie sahen sich auch alle ein wenig ähnlich. Auf einem Cover kurz vor jenem Sonderheft über Liebe war etwa ein blondes Mädchen abgebildet, in Nahaufnahme, mit unbeteiligtem, fast schläfrigem Blick und einem unglaublich schönen Mund. Am Wochenende nach dem Erscheinen des Hefts glaubte Tobias sie auf einem Münchner Flohmarkt hinter einem Verkaufsstand zu erkennen, und er war kurz davor, sie anzusprechen, traute sich dann aber nicht. »Ja, klar«, hatte Stefan, mit dem er unterwegs war, damals nur gesagt, »wieder so eine Hübsche mit weichen Gesichtszügen, bei der man nicht weiß, ob sie jetzt besonders unbedarft oder besonders arrogant ist.«

Dass Tobias gerade das Typische so faszinierte, hatte er lange Zeit nicht von sich gekannt. Sein Interesse an einem Mädchen war, wenn er jetzt zurückdachte, immer von etwas Unverwechselbarem, von einem Überraschtwerden ausgegangen. Als er mit sechzehn, siebzehn seine ersten Freundinnen kennenlernte, wäre er nie auf die Idee gekommen, dass sie ihm gefielen, weil sie einem bestimmten Typ entsprachen; sie sahen einander auch überhaupt nicht ähnlich. Das Einzige, was sie in Tobias' Augen vielleicht verband, war, dass sie ihm alle besonders selbstbewusst vorkamen, wie starke Persönlichkeiten. Die Mädchen verkörperten aber kein Bild, das er vor sich gehabt hätte. Bei Emily war es dann genauso: Dass sie ihm in dem Betreuerteam der Unterkunft auffiel, hatte damals vor allem mit der souveränen Art zu tun, mit der sie als Sprecherin des Teams die Arbeit koordinierte.

Irgendwann – er war vielleicht dreiundzwanzig oder vierundzwanzig – änderte sich das. Es bildete sich in seinen Vorstellungen ein bestimmter Typ heraus, jünger als er, der ihn begeisterte. Wenn er jetzt ein Mädchen sah, das ihm gefiel, in einer Kneipe, den Gängen der Universität oder der Fußgängerzone, dann musste nichts mehr Einzigartiges ausgehen von ihr. Ihn zog nun eher so etwas wie die Silhouette des Mädchens an, ein kurzes Aufscheinen, das gar nichts mit der persönlichen Eigenart zu tun hatte. Jahrelang hätte Tobias auf die notorische Frage, welchen Typ Frau er möge, nichts zu sagen gewusst. Mittlerweile wäre sie für ihn jedoch leicht zu beantworten gewesen; er hätte einfach auf das *Vorn*-Cover mit der Flohmarkt-Verkäuferin deuten können, auf die Bierzelt-Fotos von Julia oder auch auf das Mädchen, das immer am Ende des Werbespots für die Dresdner Bank auftauchte und »Das ist doch nicht normal für eine Bank« sagte. Tobias hätte diesen Typ vermutlich beschreiben können, an der Form der Lippen, der Länge der Haare, der Größe der Brüste. Aber das waren vielleicht schon zu persönliche Attribute. Denn am stärksten zogen ihn Gesten und Accessoires an, die ganz von der einzelnen Person abgelöst waren und in denen sich eher – er wusste kein besseres

Wort – das Mädchentum selbst offenbarte. Die Art etwa, wie sich eine *Vorn*-Mitarbeiterin manchmal den Pferdeschwanz neu band: Wie sie den Haargummi abnahm und über das Handgelenk streifte, die Haare bündelte, um dann mit raschen, geübten Bewegungen das Gummiband wieder von der Hand zu ziehen und die Haare darin zu verknoten. Tobias war empfänglich für solche Äußerlichkeiten; es reichte oft nur ein bestimmtes Detail der Kleidung aus: ein Spaghettiträger-Top mit schwarzem BH darunter, die beide über den Schultern leicht verrutscht waren und nicht mehr deckungsgleich übereinanderlagen; knielange Röcke in Kombination mit New-Balance-Turnschuhen (eine Marke, die im *Vorn* eine Zeitlang alle trugen und die auch auf den Fotografien im Heft ständig auftauchten); aufgetrennte Nähte unten an den Beinen der Jeans, die ihren Trägerinnen – vor allem wenn es geregnet hatte und der Saum nass wurde – etwas Verwegenes gaben. Und ein paar Jahre später dann die tiefsitzenden Jeans, die in Verbindung mit kurzgeschnittenen T-Shirts oder Blusen den berühmten Streifen Haut am Bauch offenlegten, der seitdem nicht mehr verschwunden ist. Vielleicht hatte diese leichte Reizbarkeit Tobias' einfach nur damit zu tun, dass seine ersten Freundinnen alle älter gewesen waren als er und die Mädchen für ihn nun, je jünger sie wurden, desto ähnlicher aussahen. Er konnte es nicht genau sagen. Jedenfalls fielen sie ihm ständig auf, wenn er durch die Innenstadt ging oder in der U-Bahn saß. Es gab Tage, an denen er sich in unzählige Gesichter verliebte. Manchmal wäre er gerne mit einer kleinen Zählmaschine in der Hand durch die Straßen gelaufen, wie sie von Stewardessen benutzt werden, die vor dem Start noch einmal durch das Flugzeug gehen, um die genaue Anzahl der Passagiere zu ermitteln: jedes Gesicht ein Knopfdruck.

Manchmal verstieg sich Tobias jetzt auch zu der Idee, einmal ein Mädchen zu treffen, das nichts als reiner Typ war, dessen Art, sich zu kleiden und zu bewegen, sich von allem Persönlichen gelöst hatte. Er wusste natürlich, dass er einem Phantom aufsaß, dass das Typische nur aus der Distanz sichtbar war und sich sofort auflösen würde, wenn er das Mädchen mitsamt seiner Geschichte, seiner Biografie besser kennenlernte. Dennoch hatte der Gedanke beim Anblick all der zum Verwechseln ähnlichen Erscheinungen in der Innenstadt mit ihren straff zurückgebundenen Pferdeschwänzen, den taillierten Jacken und hohen Stiefeln etwas Reizvolles. Tobias malte sich das auf dem Weg in die *Vorn*-Redaktion, die lange Sendlinger Straße hinunter, oft aus, wenn er die Mädchen hinter den Schaufenstern des Kookaï- oder Body-Shop-Ladens sah: Er fragte sich, ob es möglich wäre, einem von ihnen nur bis zu jenem kritischen Punkt nahezukommen – dem Moment, in dem sich die makellose Oberfläche des Typischen zu trüben begänne und sich die ersten Unreinheiten des Individuellen zeigen würden. Sogar der Duft der Mädchen ließ die Möglichkeit einer solchen Phantasie ja zu. Jede Zweite zwischen achtzehn und fünfundzwanzig benutzte gerade »Angel« von Thierry Mugler, ein Parfüm, dessen schweres, synthetisches Vanillearoma so intensiv war, dass es den eigenen Geruch vollkommen überdeckte; alle Mädchen, die »Angel« verwendeten, rochen genau gleich. Tobias überlegte, ob er im *Vorn* nicht einmal über die Eröffnung eines neuen H&M-Ladens in der Fußgängerzone schreiben sollte oder über die großen Mädchenrunden an den Tischen bei McDonald's am Stachus, am frühen Nachmittag. Bei der Recherche zu dieser Reportage, so dachte er, würde er womöglich ein solches Mädchen kennenlernen, und dass die meisten von ihnen einen völlig anderen Hintergrund hatten als er und in seinem gewohnten Umfeld nie auftauchen würden, erhöhte die Chancen vielleicht noch.

In Tobias hielt sich diese Sehnsucht über Monate hinweg. Sie wurde auch davon getragen, dass Emily dem Mädchentyp, dem er nun hinterherhing, so wenig entsprach. Er bemerkte mehr und mehr, dass ihm etwas fehlte. Sex spielte zwischen ihnen schon länger keine große Rolle mehr; an ihren Körpern, taub vor Gewohnheit, gab es kaum noch eine frische, empfängliche Stelle. Die Berührungen zwischen ihnen, die eher ein Abtasten als ein Streicheln waren, kamen ihm manchmal vor wie die Anstrengungen eines langjährigen Junkies, der keine brauchbare Vene mehr findet. Eine Art Zwiespalt bürgerte sich in seinem Leben ein: auf der einen Seite die Liebesgeschichte mit Emily, auf der anderen all die Gesichter, die in seiner Wahrnehmung nicht so sehr als Einzelpersonen existierten, sondern als Ansammlung schwärmerischer Bilder.

Und Tobias stellte sich manchmal die Frage, ob die Mädchen nun, in der zweiten Hälfte der neunziger Jahre, tatsächlich um so vieles besser aussahen als in seiner Schulzeit oder ob sich nur seine Perspektive geändert hatte. Lag es einfach in der Natur der Dinge, dass er mit siebenundzwanzig fast jede Abiturientin des aktuellen Jahrgangs toll fand, in der Erinnerung an seine eigene Kollegstufe aber nur unscheinbare Mauerblümchen ausmachte – oder waren die Mädchen innerhalb dieser Zeit wirklich objektiv hübscher geworden? Als ihm eine neue *Vorn*-Praktikantin einmal eine nur wenige Monate alte Aufnahme ihres Deutsch-Leistungskurses zeigte (er hätte auf den ersten Blick drei bis fünf weitere Mädchen sagen können, die ihm gefielen), wollte er es genau wissen und suchte nach dem Heimkommen ein paar alte Klassenfotos aus seiner Abiturzeit heraus. Er legte sie vor sich auf den Boden und rief sich zum Vergleich das Foto der Praktikantin in Erinnerung. Kein Zweifel, die Unterschiede waren eklatant! Wie sahen die Mädchen 1988 nur aus? Die meisten von ihnen hatten Dauerwellen oder formlos nach unten fallende lange Haare. Sie trugen buntgemusterte Wollpullover über Rüschenblusen, dazu Faltenröcke oder Karottenhosen, Jeansjacken mit Schulterpolster und – allen Ernstes – braune Lederblousons. Bei den Mädchen in der ersten Reihe konnte man außerdem Schuhe und Strümpfe erkennen: klobige Turnschuhe, dazu weiße Söckchen, im besten Falle hatte eine von ihnen Desert-Boots von Clark an. Doch es waren nicht nur die Kleidungsstücke, die berüchtigten Geschmacksvorlieben der achtziger Jahre, die Tobias so befremdeten. (Wahrscheinlich lag der Unterschied ohnehin nur darin, dass den Abiturientinnen in Deutschland 1988 noch kein H&M zur Verfügung gestanden hatte.) Auch in den Gesichtern selbst war nichts als Trägheit und Ereignislosigkeit zu lesen. Dagegen das Bild vom Leistungskurs der *Vorn*-Praktikantin, die Souveränität, mit der mindestens ein Drittel der Mädchen posierte, mit engen Trägertops und Sonnenbrillen im Haar. Vollkommen anders auch die Körperhaltung: Nichts mehr erinnerte hier an das schüchterne Sich-abfotografieren-Lassen, mit verschränkten Armen, wie es auf den Klassenfotos Ende der Achtziger Standard gewesen war. Die Mädchen lächelten den Fotografen selbstbewusst an, hatten ein ganz anderes Verhältnis zur Kamera; vermutlich sahen manche von ihnen das Abiturfoto schon als erste Übungseinheit für die bevorstehenden Moderationscastings und Fernsehpraktika an. Niemand konnte also leugnen, dass hier eine vollkommen neue Generation auftrat, Mädchen, die sich schon mit neunzehn ihrer Sache sicher waren. Andererseits – und diese Frage durfte man nicht unterschlagen: Wie wäre es einem 27-Jährigen Ende der achtziger Jahre ergangen? Hätte er ein ebenso ernüchtertes Urteil über diese Abiturientinnen abgegeben wie die damaligen Klassenkameraden all der Monikas, Heikes und Sabines? (Allein die Namen! Die Schülerinnen auf diesem Foto hießen Laura, Naomi, Aileen, Theresa.) Oder hätte bei ihm nicht auch sofort jener Begeisterungsreflex eingesetzt wie bei Tobias heute. Auf einer Redaktionskonferenz regte er kurz nach diesem Abend an, im *Vorn* einen solchen Bildvergleich zu unternehmen; Tobias wollte einfach sein altes Klassenfoto und das Bild der Praktikantin nebeneinanderstellen und eine kleine Abhandlung über den Widerstreit schreiben, der ihn beschäftigte. Der Redaktionsleiter lehnte diesen Themenvorschlag aber als zu speziell ab.

8

Im *Vorn*-Magazin gab es immer einige Praktikanten, die für die Dauer von zwei oder drei Monaten in der Redaktion mitarbeiteten. Die meisten von ihnen waren weiblich, und jedes Mal, wenn wieder neue Praktikanten erwartet wurden, herrschte unter den männlichen Redakteuren eine leichte Spannung. Manchmal sagte einer, er habe das Bewerbungsfoto zufällig auf dem Schreibtisch in Thomas' Büro gesehen – »da können wir uns auf was gefasst machen«. Die Praktikantinnen des Magazins stammten meistens aus ähnlichen Familienverhältnissen. Ihre Eltern hatten die Tageszeitung, der das *Vorn* beilag, schon lange abonniert und ihnen das Heft seit Jahren montags herausgelegt. Sie waren daher auffallend oft Mädchen aus akademischem Elternhaus, Arzt- oder Rechtsanwaltstöchter, die in einem der ersten Semester Literatur studierten oder die Journalistenschule besuchten.

Wenn die Redakteure am ersten Montag eines Monats ins Büro kamen, saßen die neuen Praktikanten, von Thomas kurz eingewiesen, schon eine Zeitlang an ihren Plätzen, von denen sich einer auch im Zimmer von Tobias, Dennis und Anne befand. Sie waren natürlich pünktlich um halb zehn, zum offiziellen Arbeitsbeginn, in der Redaktion gewesen, so wie bei der Einstellung vereinbart. (In irgendeiner früheren *Vorn*-Ausgabe hatte es sogar einmal einen Artikel über Praktika gegeben, der mit dem Hinweis begann, dass man am ersten Tag niemals, unter gar keinen Umständen, zu spät am Arbeitsplatz eintreffen dürfe.) Tatsächlich tauchten fast alle Redakteure aber erst zwischen zehn und halb elf auf. Tobias traf den Neuankömmling hinten links im Zimmer dann ein wenig verloren an. In der guten halben Stunde, in der die Praktikanten in den leeren Räumen warten mussten, hatten sie sich bestimmt gewundert, warum noch keiner der Redakteure erschienen war. In ihren Büros waren sie vermutlich an den Regalen entlanggegangen, hatten sich ein paar alte *Vorn*-Ausgaben angesehen, die sich ungeordnet in den Fächern stapelten, und sich dann mit einer herumliegenden *Allegra* oder *Cosmopolitan* an den Schreibtisch gesetzt. Tobias bemerkte beim Eintreten immer die leichte Irritation auf dem neuen Gesicht, sofort nach der Begrüßung allein gelassen worden zu sein; der Redaktionsleiter hatte in seinem Büro noch die Montagskonferenz um elf Uhr vorzubereiten, und außerdem war er ohnehin kein großer Redner, der den Praktikanten eine wortreiche Einführung gegeben hätte. Wenn man bedachte, wie lange die Bewerber auf ihre Stelle gewartet hatten, musste dieser Anfang, dieses Sich-selbst-Überlassen-Werden gleich in der ersten Stunde befremdlich auf sie wirken. Andererseits waren die Praktikanten fast immer langjährige Fans des Magazins und freuten sich darauf, die *Vorn*-Redakteure endlich einmal persönlich kennenzulernen, und deshalb wich ihre Unschlüssigkeit sofort einer großen Neugier, wenn die ersten Mitarbeiter auftauchten und sie begrüßten.

Offiziell vorgestellt wurden die neuen Praktikanten zu Beginn der Redaktionskonferenz am Montagvormittag. Thomas bat sie in dem schmalen, immer völlig überfüllten Konferenzraum, etwas über ihre bisherige Ausbildung und ihre Interessensgebiete zu sagen, was sie gewöhnlich mit wenigen Worten und brüchiger Stimme taten. Die meisten von ihnen waren ja zuvor nur an der Journalistenschule oder Universität gewesen und absolvierten nun ihr erstes, allenfalls zweites Praktikum; es war noch nicht die Zeit der eloquenten Dauerpraktikanten, die jahrelang von Redaktion zu Redaktion wechselten (und denen es auch nicht passiert wäre, die falsche Pluralform von »Praktikum« zu bilden, wie es im *Vorn* immer wieder geschah, wenn jemand von den »verschiedenen Praktikas« sprach, für die er sich beworben hätte). Die kurze Vorstellung endete damit, dass die Neuen noch einige Fragen von Seiten der Redakteure über sich ergehen lassen mussten. In solchen Momenten tat sich immer Robert hervor: Er prüfte die Praktikanten sofort auf ihre Nähe zum *Vorn*-Kosmos. Auf übertriebene, aber nicht ganz unernste Weise kommentierte er ihren Kleidungsstil, sagte: »Cooles Hemd, woher hast du das?«, oder: »Also, dieses Halstuch würd' ich an deiner Stelle noch mal überdenken«, und dann kündigte er an, dass die kommenden Wochen zweifellos ihr Leben verändern würden. Ohne Vorwarnung konnte er sich plötzlich an eine Praktikantin richten und sagen: »Jetzt noch das Wichtigste: Blur oder Oasis? Sag ja nichts Verkehrtes!« Und wenn sie dann zögerlich antwortete, dass sie eigentlich beide Bands ganz gern möge, sich nicht festlegen wolle und Musik »sowieso völlig querbeet höre«, antwortete Robert:

»Aha, querbeet also! Hoffentlich wird das in den nächsten Wochen anders.« Die Praktikanten reagierten auf diese verhörartige Situation mit schüchterner Neugier; sie fühlten sich etwas bedrängt, andererseits aber auch angezogen von Roberts charmanter Art und dem Wissen, dass sie jetzt für einige Zeit der Sphäre der *Vorn*-Redaktion angehören würden.

Wenn unter den neuen Praktikanten ein hübsches Mädchen war, lief in den Tagen nach ihrem Arbeitsbeginn die immergleiche Flirtmaschinerie im *Vorn* an. Die Methoden der Annäherung waren dabei vorhersehbar. Die Redakteure griffen auf verlässliche Anknüpfungspunkte zurück, um das Interesse der Neuen zu wecken. So wurde etwa Roberts und Tobias' Geschichte über die Bedeutung von Mädchennamen mit dem Auftauchen einer neuen Praktikantin wieder zum Gesprächsthema. Man konnte sich sicher sein, dass einer der beiden schon in der ersten längeren Unterhaltung mit ihr eine Bemerkung über ihren Vornamen fallen ließ. »Sophie, schöner Name!«, sagte Robert dann etwa zu einer neuen Praktikantin, die umwerfend aussah, auf die ersten Flirtversuche aber völlig ungerührt reagiert hatte. »Erinnerst du dich eigentlich an den Artikel, den wir vor ein paar Monaten mal geschrieben haben hier im *Vorn*. Dass Mädchen so sind, wir sie heißen?« Sie hatte die Geschichte vage im Gedächtnis und wollte wissen, ob auch ihr eigener Name darin vorkam. »Nein, der war nicht dabei«, sagte Robert, stellte aber aus dem Stegreif gleich ein paar Überlegungen auf, was ihm angesichts seiner Übung nicht besonders schwerfiel. »Sophie, na ja, das ist halt ein sehr würdevoller, aber auch bisschen ein altbackener Vorname«, sagte er dann, »besonders wenn er, wie bei dir, auf der zweiten Silbe betont wird. Ich glaube, dass Sophies oft deshalb so was Verwegenes haben, weil sie immer diese Namenshypothek spüren, die sie brav und distinguiert wirken lässt. Deswegen schalten Sophies dann so gerne einen Gang hoch, sind im Nachtleben die, die als Letzte nach Hause gehen und am meisten ausprobieren – praktisch als ständige Rebellion gegen die im Namen angelegte Biederkeit.« Und da Robert seine Ausführungen natürlich auf die wenigen Dinge, die man in der Redaktion schon über die Praktikantin wusste, ausgerichtet hatte – auf ihren Nachnamen, der nach altem preußischen Adel klang, auf ihre Internatsvergangenheit in England und ihre Bekanntschaft mit einem berühmten Londoner DJ –, erkannte sie etwas davon in sich und antwortete mit einem verlegenen Lächeln, dass er da mit seinen Interpretationen vielleicht gar nicht so falsch liege.

Ein anderer beliebter Ausgangspunkt der Annäherungen hatte mit den italienischen Espressobars zu tun, die zu dieser Zeit überall in der Münchner Innenstadt eröffneten. Auch in der Nähe der Redaktion gab es seit ein paar Monaten eine solche Bar, ganz in Segafredo-Rot gehalten. Seitdem Dennis und Tobias sie entdeckt hatten, gingen sie nach den gemeinsamen Redaktions-Mittagessen in der Zeitungskantine häufig dorthin, um noch einen Kaffee zu trinken. Dieser Moment, wenn die anderen *Vorn*-Mitarbeiter vom Tisch aufstanden und sich im Cafeteria-Bereich der Kantine verteilten, war immer gut geeignet, um die neue Praktikantin zum ersten Mal alleine zu treffen. »Gehst du noch einen

Kaffee mittrinken?«, fragte Tobias. »Hier um die Ecke gibt's so eine Espressobar, die hat vor kurzem aufgemacht.« Und wenn sie fünf Minuten später in dem schlauchartigen Raum standen und einen Cappuccino oder ein neues Getränk namens Latte Macchiato vor sich hatten, nahm die Unterhaltung fast immer denselben Verlauf. Sie redeten kurz über die ersten Eindrücke der Praktikantin, wie es ihr beim *Vorn* so gefalle, und irgendwann brachte Tobias das Gespräch auf die Art und Weise, wie die Leute in solchen Bars ihre Bestellungen formulierten. »Eins ist natürlich klar: Man darf in einer Espressobar niemals Italienisch reden«, sagte Tobias. Er erzählte von den peinlichen Verrenkungen vieler Besucher, die ein paar italienische Sprachbrocken zusammensammelten, um »due cappuccini, Francesco« zu ordern, und »una torta della nona«. »Beim Bezahlen«, so Tobias, »legen sie zwei Scheine in die Schale an der Kasse und sagen lässig: ›Mach' ma dodici, Francesco!‹« Es kam dann meistens zu dem Moment, dass Tobias darlegte, wie man an diesem Ort unter Wahrung der eigenen Würde zwei Tassen Espresso bestellen könne: »Es ist gar nicht so leicht: ›Zwei Espressi‹ verbietet sich aus naheliegenden Gründen, genauso wie ›due caffè‹; ›zwei Espressos‹ wiederum klingt zu provinziell, ›zwei Espresso‹ so, als würde etwas fehlen. Es bleibt also nur die Möglichkeit, jedes Mal aufs Neue den Vergesslichen zu spielen und zu sagen: ›einen Espresso, bitte … äh, und noch einen‹.« Die Praktikantin musste lachen über diese Geschichte, und das Treffen endete gewöhnlich mit Tobias' Anregung, man könnte im *Vorn* ja mal zusammen einen Artikel über das Phänomen schreiben.

Die leichte Trostlosigkeit der Unterhaltungen bestand natürlich darin, dass sich die Rituale über Monate hinweg kaum änderten; das Espresso- oder Vornamenthema wurde in dieser Zeit für fast jede Praktikantin aufs Neue herangezogen. Robert, Dennis und Tobias spulten ein erprobtes Repertoire ab, so wie Straßenkünstler in der Fußgängerzone oder routinierte Frontmänner einer Rockband, die sich sicher sein können, dass die anwesenden Zuschauer nur für eine einzige Vorstellung ihr Publikum bilden. Auch die *Vorn*-Redakteure gaben – halb aus Berechnung, halb aus Selbstvergessenheit – immer wieder dasselbe kaum variierte Programm zum Besten, als wäre es das allererste Mal.

Doch nicht nur die Strategien waren vorhersehbar. Auch der Erfolg ihrer Bemühungen, die neue Praktikantin für sich einzunehmen, stellte sich beinahe mit der gleichen Zwangsläufigkeit ein. Denn es hatte etwas Unausweichliches, dass sich das neue Mädchen in den aufregenden *Vorn*-Kosmos hineinziehen ließ. Fast immer kamen die Praktikantinnen ja aus einer anderen Stadt; außerhalb der Redaktion kannten sie kaum jemanden, waren in einer WG untergekommen oder in einem Vorort bei Verwandten. Die zwei, drei Monate in München waren jeden Tag von früh bis spät durch das *Vorn* geprägt, und auch ihr eigentliches Leben zu Hause geriet im Lauf der Zeit mehr und mehr in den Hintergrund. Dennis und Tobias konnten das im Spaßzimmer etwa an der Art sehen, wie die Praktikantinnen, die einen Freund hatten, mit ihm umgingen. In den ersten Tagen sahen sie die neue Bürokollegin häufig am Arbeitsplatz mit ihm telefonieren – Handys waren noch nicht verbreitet –; sie hatte ihm, gleich am ersten Vormittag, die Durchwahl ihres Apparats gegeben. Dass es ein besonderes Telefonat sein musste, war immer daran erkennbar, dass sich die Praktikantin an ihrem Schreibtisch mit dem Hörer in der Hand ein wenig von den anderen wegdrehte. Mit leiser Stimme sprach sie mit ihm, erzählte von den ersten Aufgaben, die sie übernommen hatte, und wie spannend alles war. Nach einigen Wochen wurden diese Telefonate spärlicher, und irgendwann, wenn es klingelte, konnte man sich fast sicher sein, dass sie ihn abwimmelte und sagte: »Nee, jetzt geht's grad nicht so gut. Ich ruf dich später zurück, okay?«, um weiter mit einem Redakteur an einem Text zu arbeiten oder sich an einer Unterhaltung über den letzten Abend im Schumann's zu beteiligen. Dennis und Tobias beobachteten das Verhalten der Praktikantinnen in ihrem Büro fast mit der Routine von Naturwissenschaftlern, die aus langjähriger Laborerfahrung vorhersagen können, dass ein häufig wiederholtes Experiment mit hoher Wahrscheinlichkeit wieder das erwartete Ergebnis hervorbringen wird. Es war eine unfaire Konstellation, denn für das Mädchen eröffnete sich gerade eine neue Welt, während sie mit der ruhi-gen Souveränität der Statistiker an die Sache gingen. Sie konnten fest damit rechnen, dass sich im Laufe des Praktikums ein Flirt oder sogar eine Affäre mit jemandem aus dem *Vorn*-Umfeld ergeben würde.

9

Die große Einmütigkeit unter den Mitarbeitern des Magazins fiel besonders den Besuchern von außen auf. An einem Nachmittag kam etwa Johannes Veith in die Redaktion, weil er gerade an einem Artikel für das Heft schrieb und noch etwas mit der Grafik absprechen wollte. Er unterhielt sich mit ein paar Leuten in den hinteren Büros, kam dann zu Dennis, Robert und Tobias zurück, die im Flur zusammenstanden, und irgendwann schüttelte er lachend den Kopf und rief: »Hey, ihr redet ja alle vollkommen gleich, das gibt's doch überhaupt nicht!« Die anderen sahen ihn etwas irritiert an, doch Johannes sagte: »Ja, hört ihr das nicht? Vorhin schon die Grafiker, und jetzt auch ihr: Alle haben hier diese komische Sprache, so einen langgezogenen Singsang.« Tobias erinnerte sich daran, dass er das bei seinen ersten Besuchen im *Vorn* auch bemerkt hatte. Besonders bei Robert war dieser bedächtige, aber melodiöse Tonfall im Sprechen ausgeprägt; wenn er am Telefon mit einem freien Autor oder der PR-Mitarbeiterin einer Plattenfirma redete, hörte man ihn immer wieder ein nasales »Verstehe« sagen, als leicht ironischen Kommentar zu einem vermutlich ambitioniert vorgetragenen Themenvorschlag. Oder er begann seine Sätze mit einem »Ja, mal sehn«, das erste und dritte Wort in die Länge gezogen, um dem Anrufer dann eine unverbindliche Antwort zu geben. Später fiel Tobias dieser exzessive Gebrauch des Wortes »Verstehe« auch bei Felix Mertens auf. Es signalisierte immer eine distanzierte Haltung im Gespräch; vor allem weitschweifende oder ein wenig prätentiös formulierte Anliegen wurden mit dieser Wendung abgefertigt. Felix war ein Meister darin, den Redefluss seines Gegenübers ins Stocken zu bringen. Es konnte passieren, dass ein Redakteur ihn zu einem bestimmten Artikel überreden wollte, ihm wortreich die Originalität des Themas nahelegte, und wenn er seinen Vortrag beendet hatte, nickte Felix nur, schob seine Brille zurecht und sagte »Verstehe«, so gedehnt wie möglich. Dann schwieg er, sekundenlang, und die Sätze des anderen versickerten langsam im Nichts.

Es gab unter den *Vorn*-Leuten eine zweite Wendung, die auf ähnliche Weise für Distanz sorgte, der Einschub »sogenannt« vor der Erwähnung eines Menschen oder einer Sache. »Die sogenannte Rabea von Edel Records hat schon wieder angerufen«, sagte Robert, wenn er sich über eine hartnäckige Pressefrau lustig machte, oder: »Einer von der *Woche* bietet einen sogenannten Essay über TripHop an.« Mit diesem Einschub setzte man die Namen und Gegenstände in Anführungszeichen, sprach ihnen jede Autorität oder Relevanz ab. Das Wort diente aber auch als Hinweis darauf, dass man sich in seiner eigenen Rede der Phrasenhaftigkeit eines Ausdrucks bewusst war. »Das Golden Goal lag ja wirklich nicht in der sogenannten Luft«, hatte Dennis etwa am Morgen nach dem entscheidenden Tor von Oliver Bierhoff in EM-Endspiel gesagt. Mit der Zeit nahm die Empfindlichkeit gegenüber jedem Hauch einer Floskel im *Vorn* aber derart überhand, dass das Füllwort fast in jedem zweiten Satz der Redakteure vorkam. Der Gebrauch der Wendung ließ daher schon bald wieder nach.

Niemand konnte Johannes Veith an diesem Tag Auskunft geben, wie es im *Vorn* zu der eigenartigen Sprachmelodie gekommen war, die sogar ein wenig auf die Redeweise der Sekretärinnen und Marketing-Leute im vorderen Teil der Redaktion abgefärbt hatte. Irgendwann klärte ein ehemaliger *Vorn*-Mitarbeiter das Rätsel Tobias gegenüber auf. Die Entstehung dieses Tonfalls hatte einen überraschend praktischen Hintergrund und hing damit zusammen, dass Felix Mertens – auch hier wieder der maßgebliche Impuls – ursprünglich aus Stuttgart nach München gekommen war, um an der Journalistenschule zu studieren. Er hatte damals offenbar einen deutlichen schwäbischen Akzent, und die einzige Möglichkeit, diesen Makel loszuwerden, sah er darin, so langsam zu sprechen, die einzelnen Wörter so stark zu dehnen, bis ihnen jede regionale Auffälligkeit ausgetrieben war. Auf diese Weise, so der alte Mitarbeiter, müsse diese Sprachmelodie wohl in die Redaktion gekommen sein und sich von einer logopädischen Technik in den charakteristischen *Vorn*-Sound verwandelt haben.

Ihre Redeweise war aber nicht der einzige Bereich, in dem sich die Nähe der Redakteure zueinander zeigte. Auch die Art zu schreiben begann sich vor allem zwischen Robert, Dennis und Tobias immer mehr zu vereinheitlichen. Sie teilten die Aversion gegen einen bestimmten Stil, über Popmusik zu berichten, wie er etwa im Kulturteil der Tageszeitung verbreitet war. Ganze Mittagessen lang konnten sie sich in ihrer Abneigung gegen Konzert- oder Plattenkritiken überbieten, in denen Wörter wie »schräg«, »schrill«, »Szene« oder »Kult« dominierten, eine betont flapsige, schematische Sprache mit den immergleichen Versatzstücken, von der sie sich so weit wie möglich abgrenzten wollten. Besondere Verachtung hatten sie auch für die Synonyme übrig, die in jenen Artikeln oft vorkamen, »Scheibe« für »Platte« oder »Combo« für »Band«. Überhaupt richtete sich das Schreiben im *Vorn*-Magazin gegen die falsche Jugendsprache in anderen Zeitschriften; bis in die Nacht hinein saßen sie oft gemeinsam über ihren Artikeln, und die große Zustimmung, die dem Heft von seinen Lesern entgegengebracht wurde, hatte mit dieser Sorgfalt zu tun. Als Gegenreaktion auf die Floskeln der anderen fingen sie an, in ihren Texten über Bands nicht mehr auf die Musik einzugehen, sondern nur noch über Begleitumstände zu schreiben wie den Kleidungsstil der Bandmitglieder oder die Gestaltung des CD-Booklets. In den Interviews, die Dennis und Tobias im *Vorn* führten, fügten sie nun auch die ganzen Vokabeln ihrer gemeinsamen Sprache in die Fragen ein; es wimmelte in den Artikeln von Wörtern wie »oha«, »verstehe« oder »sogenannt«. Das Heft wurde immer hermetischer, war nun stellenweise fast in einer Art Geheimsprache geschrieben.

Als Tobias in die Redaktion gekommen war, trug er meistens Jeans und Polohemden von Ralph Lauren. Dennis lief in HipHop-Sachen herum, weiten Baggy-Pants und Sweat Shirts; außerdem hatte er fast jeden Tag eine rote Jacke mit »Cheeseslider«-Schriftzug auf dem Rücken an, von einer Frankfurter Band, deren Mitglieder er kannte. Über Johannes Veith hörten sie dann zum ersten Mal den Namen des Modedesigners Helmut Lang. Johannes war von Dennis und Tobias angetan und wollte sie als Autoren für den Kulturteil gewinnen. »Zehn Jahre haben der Philipp und ich jetzt auf so Jungs wie euch gewartet«, sagte er einmal in seiner euphorischen Art. Johannes ging mittlerweile ein-, zweimal in der Woche mit ihnen mittagessen, und gelegentlich kam er mit einer der schmalen weißen Plastiktüten aus dem Helmut-Lang-Laden, der gleich in der Nähe des Zeitungshauses lag, in den Straubinger Hof oder ins Plitvice hinein. Johannes besaß kaum etwas anderes als Hemden und Anzüge dieser Marke: »Ich habe meinen Schneider gefunden«, sagte er manchmal selbstzufrieden, und es gab offenbar viele andere Journalisten bei der Zeitung, bei denen es genauso war. Dennis und Tobias konnten sich nicht vorstellen, regelmäßig Anzüge zu tragen; die Erinnerung an Konfirmationen, Beerdigungen oder ähnliche Anzug-Ereignisse war noch frisch, an kratzende Stoffe und steif am Körper anliegende Jacketts, die man so schnell wie möglich wieder gegen seine gewohnten Sachen eintauschen wollte. Johannes und Philipp hielten aber genau diese Vorstellung für falsch und versuchten sie für die Idee zu begeistern, einen Anzug gerade ohne jeden Anlass zu tragen. Und bei Helmut Lang, sagten sie, würden sie solche Sakkos und Hosen auch finden, bequem wie Jeans und T-Shirt, ohne Schulterpolster und Bundfalten.

An einem Nachmittag im Winter gingen Dennis und Tobias zum ersten Mal in die Boutique am Hotel

Bayerischer Hof. Der Laden war sehr elegant, doch da gerade »Sale« war, wie Johannes gesagt hatte, und die breite Eingangstür weit offen stand, traten sie ohne größere Scheu ein. In der Mitte des Geschäfts stand ein langer Tisch, auf dem Gürtel, Mützen und Taschen lagen, links davon war die Männer-, rechts die Frauenabteilung. Tobias fiel beim Blick auf die Garderobenstangen als Erstes auf, dass einige Lederjacken mit einer Art Stahlkabel an der Stange festgeschlossen waren; sie mussten sehr wertvoll sein. Ihm gefielen die Sachen in dem Geschäft sofort. Die gerade geschnittenen Hosen, die schmucklosen, fast uniformartigen Jacken entsprachen tatsächlich genau dem, was Tobias immer im Kopf gehabt hatte, wenn er in den letzten Jahren etwas zum Anziehen kaufen wollte. Es gab in diesem Laden *das* Hemd, *die* Hose, *den* Mantel, zu denen sich alle anderen Kleidungsstücke auf einmal wie unvollkommene Abweichungen verhielten. Ungefähr so wie es im Schumann's *das* Schinkenbrot oder *die* Linsensuppe gab. Der Verkäufer – er hieß Norbert, wie sie von Johannes Veith wussten – war freundlich zu ihnen, vielleicht eine Spur zu aufgedreht. (Tobias fühlte sich ein bisschen, als wäre er in einer »Kir Royal«-Folge gelandet.) Norbert fand sichtlich Gefallen an Dennis, und als der irgendwann sagte, dass ihr Kollege Johannes Veith ihnen den Laden empfohlen hätte, war das wie ein Losungswort. »Ach, schau an!«, sagte Norbert, »seid ihr vielleicht vom *Vorn*?« Er wollte ihre Namen wissen, hatte sogar schon manches von Dennis gelesen, und von diesem Moment an ließ er keine Gelegenheit mehr aus, die beiden mit ihrem Vornamen anzureden: »Tobias, wenn du Hilfe brauchst, rührst du dich, ja?«, sagte er oder: »Dennis, da habe ich noch einen Mantel, in den musst du unbedingt reinschlüpfen.« Er half ihnen auch, als sie sich beim Durchschauen der Sachen unsicher über ihre Kleidergrößen waren. Auf den Etiketten der Hosen und Jacketts standen nicht, wie sonst immer, Buchstaben wie S, M oder L, sondern Zahlen, mit denen Tobias nichts anfangen konnte. Norbert bemerkte seine Unschlüssigkeit und sagte gleich, ohne es irgendwie überprüfen zu müssen: »Du brauchst eine 52, Tobias. Und du, Dennis, eine 50, vielleicht sogar eine 48.« Die beiden kauften sich an diesem Nachmittag den gleichen dunkelgrauen Anzug. Es stimmte genau, was Johannes gesagt hatte: Die Hosen und Jacken fühlten sich so leicht an, dass sich das alte Konfirmationsgefühl, der Eindruck, sich verkleidet zu haben, überhaupt nicht einstellte. Außerdem kam es ja auch darauf an, was man dazu trug. Im Nachtleben waren Dennis und Tobias in letzter Zeit manchmal Leute aufgefallen, die New-Balance-Turnschuhe zum Anzug anhatten, und genau so wollten sie es auch machen. In die *Vorn*-Redaktion kamen die beiden von nun an regelmäßig im Anzug, wobei sie sich anfangs noch am Telefon absprechen mussten, wer ihn an welchem Wochentag tragen durfte, denn sie wollten natürlich nicht in identischer Aufmachung erscheinen.

Je tiefer Tobias in die Welt des Magazins eintauchte, desto mehr entfernte er sich von seinen alten Bekanntenkreisen, war sich ihrer nicht mehr ganz sicher. Er bemerkte das immer dann, wenn die beiden Sphären einmal miteinander in Berührung kamen, zum ersten Mal an dem Abend mit Carla Bertoni in seiner Anfangszeit als freier Autor beim *Vorn*. Der Anlass ihrer

Verabredung damals ging zurück auf einen Artikel, den Carla über »Herbal Ecstasy« geschrieben hatte, eine in Kalifornien legal erhältliche Substanz, deren Wirkung angeblich Ecstasy-Pillen ähnelte. Tobias war zu dieser Zeit für ein paar Wochen in Los Angeles gewesen, und da er wusste, dass Carla währenddessen Geburtstag hatte, brachte er ihr ein Päckchen Herbal Ecstasy aus einem Hippieladen am Santa-Monica-Pier mit in die Redaktion. Sie trafen sich ein paar Tage nach seiner Rückkehr, um die türkisblauen Tabletten miteinander zu nehmen. Carla fragte ihn, wo sie hingehen sollten, und Tobias schlug das Südstadt im Schlachthofviertel vor, eines jener Lokale, in denen laute Gitarrenmusik läuft und die Gäste Bier trinken und Kicker spielen. Tobias saß mit Carla, die viel zu elegant gekleidet war für den Laden, an einem Tisch. Sie unterhielten sich über das Magazin, und schon nach kurzer Zeit gab sie ziemlich deutlich zu verstehen, dass sie sich unwohl fühlte, und fragte Tobias, ob sie nicht lieber noch ins Schumann's gehen sollten.

Am klarsten wurde ihm der immer größere Abstand zu seinem alten Leben aber bei den wenigen Gelegenheiten, wenn Emily und die *Vorn*-Redakteure zusammentrafen. Emilys Reserviertheit gegenüber dem Heft hatte ohnehin dazu geführt, dass es fast ein Jahr dauerte, bis sie seine neuen Freunde überhaupt richtig kennenlernte. Eine der ersten Verabredungen kam am Vorabend von Tobias' 27. Geburtstag zustande. Er feierte im Café der Muffathalle und ging mit Emily und ihrer alten Freundin Katja dorthin. Dennis, Robert und Felix wollten gegen elf Uhr dazukommen. Der Abend wurde ein Fiasko. Wen genau die Schuld traf, hätte er danach nicht genau sagen können, doch die Kombination der Leute ging nicht auf. Das Verhalten seiner Freunde im *Vorn* etwa war eine Bestätigung dessen, was Tobias im Nachtleben schon häufiger an ihnen beobachtet hatte: Ihre ganze Herzlichkeit, ihre so mitreißende Art kühlte schlagartig ab, wenn die anderen in der Runde nicht ebenfalls Journalisten waren oder zumindest bekannte Namen des Kulturlebens. Sie machten dann aus ihrem Desinteresse und Gelangweiltsein kein Geheimnis, wandten sich schnell ab und begannen ein Spezialgespräch unter Kollegen. Tobias hatte das schon einmal miterlebt, als er einen alten Bekannten in das Wirtshaus mitnahm, in dem die *Vorn*-Leute immer die Champions-League-Übertragungen ansahen. Er wurde von den anderen sofort misstrauisch beäugt, weil er einen langen Pferdeschwanz hatte und selbstgedrehte Zigaretten rauchte. Sie ließen ihn dann auch nicht teilhaben an der allgemeinen Unterhaltung über das Spiel, behielten ihren *Vorn*-Jargon bei, voller Anspielungen und redaktionsinterner Redewendungen, und Tobias begann irgendwann ein Zweiergespräch mit ihm abseits der Runde. Für viele Journalisten, die er in den Monaten zuvor kennengelernt hatte, gab es im Grunde nur zwei Sorten von Unterhaltungen: das angeregte, aufgeheizte Reden über die Arbeit mit anderen Redakteuren und das Flirtding mit Mädchen. Emily und ihre Freundin Katja fielen aus beiden Kategorien heraus, weil sie keine Journalistinnen waren und seine Kollegen auch als Frauen nicht interessierten.

Die Überheblichkeit der *Vorn*-Leute war aber nur der eine Grund dafür, dass der Abend so katastrophal verlief. Denn die Distanz ging genauso auch von Emily aus. Auf dem Weg in die Muffathalle war sie auf ihre Zweifel an der Zusammensetzung der Geburtstagsrunde zu sprechen gekommen, hatte Tobias gesagt, dass sie sich in dieser Gesellschaft minderwertig fühle, nicht interessant genug. Und der spätere Verlauf des Abends zeichnete sich schon gleich bei der Begrüßung ab, in dem leicht verkrampften Zurückweichen, mit dem Emily auf Dennis' und Roberts Wangenküsschen reagierte. Die Unterhaltung an dem Stehtisch im Muffatcafé ging von Anfang an nur bemüht voran. In der halben Stunde vor Mitternacht schließlich hatte sich die Runde endgültig in zwei getrennnte Grüppchen geteilt: rechts Robert, Felix und Dennis, die sich laut lachend über irgendeine Episode auf der Konferenz vom Vormittag ausließen, links Emily und Katja, die eine nach der anderen rauchten und ihren Blick fahrig im Raum umherschweifen ließen. Tobias stand dazwischen, beugte sich immer wieder hinüber zu Emily, weil er ahnte, wie unwohl sie sich fühlte, wollte aber gleichzeitig auch unbedingt wissen, wie die Geschichten weitergingen, die rechts von ihm besprochen wurden. Robert, Dennis und Felix waren gerade bei der schon häufig diskutierten Frage angelangt, ob man einen Journalisten nett finden durfte, obwohl man seine Texte nicht mochte. Dennis hatte seinen gewohnt unerbittlichen Standpunkt eingenommen und sagte über einen jungen Autor aus der Zeitung, der häufig auch im *Vorn* Texte anbot: »Nimm doch nur den Gropp vom Feuilleton. Der schreibt doch ständig über genau die Themen, um die es uns auch geht, über Pop, Fußball, Bücher. Wie soll der als Typ interessant sein, wenn seine ganzen Gedanken über diese Dinge – Entschuldigung – Müll sind?« Felix widersprach ihm: »Komm, die Art, wie jemand schreibt, ist doch nur eine von 87 Eigenschaften. Eine der wichtigsten, klar. Aber ich weiß nicht, ob das wirklich gut ist, das so streng zu sehen. Es kann einer doch ein wahnsinnig schlechter Schreiber sein und trotzdem ein angenehmer Mensch, wenn du dich abends irgendwo mit ihm unterhältst. Und außerdem«, sagte Felix und nahm Dennis kurz in den Arm: »Ist es nicht anstrengend, wenn du die Messlatte bei Menschen genauso hoch ansetzt wie bei Texten? Dann gibt's eh nur noch zwei oder drei Leute, mit denen du wirklich was anfangen kannst.«

Irgendwann ging Emily zur Theke vor und kam mit sechs Gläsern Prosecco zurück. Sie sah auf die Uhr, und um Mitternacht fingen sie und Katja an, »Happy Birthday« zu singen. Anstatt einzustimmen, drehte sich Robert belustigt zu Dennis und Felix und sagte nur: »Ach so, verstehe, jetzt soll also auch gesungen werden, oder wie?« Sie sangen dann doch ein wenig mit, unbeteiligt, mit kaum geöffnetem Mund, so wie Nationalspieler bei der Hymne im Fußballstadion. Emily und Katja beeilten sich, mit dem Lied fertig zu werden, dann stießen alle auf Tobias an, und um zwanzig nach zwölf ging die Runde schon auseinander. In Emilys Wohnung hatten die beiden dann einen langen Streit. Tobias warf ihr vor, sich nicht auf seinen neuen Freundeskreis einzulassen, doch Emily fing plötzlich an zu weinen, was sie sehr selten tat, und sagte ihm, dass sie das Gefühl habe, er würde sich von ihr entfernen, von ihrem ganzen gemeinsamen Leben.

Ein paar Wochen nach seinem Geburtstag kam Tobias spätabends in Emilys Wohnung. Er war mit Dennis und Robert im Schumann's gewesen, wollte aber bei ihr übernachten, weil beide am Vormittag ausschlafen konnten. Tobias war in seinen Gedanken noch ganz bei dem Abend in der Bar, hatte auch vier oder fünf Biere getrunken und war deshalb noch gar nicht richtig angekommen, als er sich in Emilys Wohnküche auf einen der Stühle setzte. Er wollte einfach nur schnell ins Bett und freute sich auf das gemeinsame Frühstück am nächsten Morgen. Emily saß ihm ein paar Meter gegenüber, in einer anderen Ecke der Küche, und als er sich gerade die Schuhe aufmachen wollte, hörte er ihre Stimme: »Du, Tobi, ich muss dir etwas sagen.« Er hatte gar keine Zeit, sich über den merkwürdig ernsten, belegten Tonfall Emilys zu wundern, denn sie redete sofort weiter; in seiner Müdigkeit und leichten Betrunkenheit nahm er ihre stockenden Worte wahr, als kämen sie von weit her: »Ich sag's dir jetzt einfach, Tobi, ich habe lange überlegt. Aber jetzt, wo ich es gerade endgültig beendet habe … – Also, ich hatte die letzten vier Monate eine Affäre mit Lars.«

Wahrscheinlich war genau das gemeint, wenn man von jemandem sagte, dass »eine Welt in ihm zusammenbricht«. Tobias empfand nichts in diesem Augenblick, keine Wut, keinen Hass, keine Trauer. Er konnte es einfach nicht glauben, was Emily gesagt hatte. Ein solcher Betrug war doch gar nicht möglich zwischen ihnen. Mit Lars von Undone? Mit jemandem aus dem Freundeskreis, den sie die ganzen Jahre über geteilt hatten? Vier Monate: Wie oft hatten Emily und er in dieser Zeit die Undone-Leute gesehen, waren gemeinsam im Substanz gewesen, auf Partys, bei Konzerten der Band? In seiner Fassungslosigkeit fiel ihm nichts anderes ein, als sie mit Fragen zu überhäufen: »Was heißt das genau – vier Monate? Wann hat es angefangen, an welchem Tag?« Sie schüttelte den Kopf, sagte, das wisse sie nicht mehr; außerdem sei ja ohnehin alles zu Ende zwischen Lars und ihr. Doch Tobias fing zu rechnen an, ging die Tage Anfang Juni in Sekundenschnelle durch. »Es muss nach der Geburtstagsparty bei David gewesen sein«, sagte er plötzlich, »stimmt's?« Und dann noch einmal, viel lauter, als begänne er jetzt erst richtig zu begreifen: »Stimmt's? Los, sag schon!« Emilys eingeschüchtertes Schweigen nahm er als Bestätigung. Er dachte daran, wie er damals um eins, halb zwei nach Hause gegangen war, weil er am nächsten Morgen für das *Vorn*-Magazin nach Berlin flog, und sich von Lars und Emily verabschiedet hatte, die noch auf der Hollywoodschaukel in Davids Garten saßen. Es zerriss ihn jetzt fast bei der Vorstellung, dass es in dieser Nacht passiert sein musste. Ihre Souveränität als Paar, auf die Tobias immer so stolz gewesen war; dass sie nicht die ganze Zeit aneinander hingen wie die vielen Kletten-Pärchen in ihrer Umgebung – alles von einem Moment auf den anderen zerstört! Emily hatte sich in ihrem Sessel verschanzt, die Beine an den Körper gezogen, und Tobias schrie weiter auf sie ein: »Und, wie oft habt ihr's gemacht?« Sie sagte nur weinend: »Hör doch auf, Tobi, das ist doch jetzt wirklich nicht das, worum es geht?« Doch er brüllte immer wieder »Wie oft? Wie oft?«, und als sie dann doch irgendetwas antwortete, »keine Ahnung, was weiß ich, zehn Mal, zwölf Mal«, ging er manisch die letzten Monate durch, versuchte die Nächte zu ermitteln, die in Frage kamen. Juni, Juli, August – was war in dieser Zeit alles geschehen? Tobias dachte an die Europameisterschaft, die vielen Spiele, die er mit Emily angeschaut hatte, an die ganzen Isarpartys. Manchmal hielt er kurz inne, wie um den Moment herbeizusehnen, in dem sich alles als Alptraum erweisen würde. »Tobi, glaub mir, es hatte nichts mit dir zu tun, wirklich«, sagte Emily. Doch er lachte nur verächtlich: »Nichts mit mir zu tun? Natürlich hat das was mit mir zu tun. Du hast unsere Beziehung kaputtgemacht!« Und er rannte aus der Küche heraus und verließ die Wohnung.

Auf dem Weg nach Hause, die lange, menschenleere Kapuzinerstraße entlang, am Schlachthof und der Großmarkthalle vorbei, stellte er sich immer wieder dieselben Fragen: Warum war ihm in dieser langen Zeit nichts aufgefallen; warum hatte er keinen Verdacht geschöpft? Welche Selbsttäuschung, sich für ein glückliches Paar zu halten und dann vier Monate lang nichts zu merken! Wie viele Telefonate musste es abends zwischen ihnen gegeben haben, bei denen Emily genau wusste, dass sie gleich noch zu Lars gehen oder in ihrer Wohnung auf ihn warten würde? Natürlich, er war in den Monaten zuvor mit den Gedanken meistens beim *Vorn*-Magazin gewesen. Aber das hatte doch nichts mit der tiefen Vertrautheit zwischen ihnen zu tun. Tobias sperrte sich gegen jede Überlegung, was dieser Betrug für die Zukunft mit Emily bedeuten könnte; er hatte Angst, darüber nachzudenken. Sein ganzer Hass richtete sich dagegen auf Lars. Als er auf den alten Südbahnhof zuging, die Straße, in der das Substanz lag, überkamen ihn Mordphantasien; er malte sich immer wieder aus, wie er am nächsten Abend dort auftauchen und ihm vor den Augen aller anderen mit einer Bierflasche den Schädel zertrümmern würde. Warum überhaupt Lars, der bei Undone immer den Clown gab? Wenn Emily sich doch wenigstens einen wirklich eindrucksvollen Typen genommen hätte! Aber Lars, dieser Eierkopf mit Brille und Stirnglatze, der seit Jahren damit kokettierte, dass er nie eine Freundin finden würde, der auf Undone-Konzerten gerne zwischen den Liedern ans Mikrofon vorging und das Publikum fragte, ob jemand einen Job für ihn wisse, er sei gerade arbeitslos. In der Band hatte er immer die Rolle des Freaks, der zwar seit der Schulzeit eng mit den anderen befreundet war, den man aber nicht ganz für voll nahm, dessen Erfolglosigkeit bei Frauen und grundsätzliche Desorientierung im Leben – abgebrochenes Gymnasium, gescheiterte Anläufe in mehreren Berufen – im Tourbus ein endloses Reservoir für Witze und hämische Kommentare abgab.

Wenn Tobias später an die Monate nach Emilys Geständnis zurückzudenken versuchte, war seine Erinnerung so gut wie ausgelöscht. Im Jahr darauf waren sie wieder zusammen, so vertraut wie immer (mit dem Unterschied, dass sich ihr gemeinsamer Freundeskreis aufgelöst hatte). Für die Zeit dazwischen jedoch, den Herbst und den Winter, waren ihm nichts als einzelne

Bilder im Gedächtnis geblieben, ohne inneren Zusammenhang. Er wusste nur noch, dass er weiterhin ganz in der Arbeit im *Vorn*-Magazin aufging. Seine Faszination für das Heft, für die Welt des Journalismus hatte nicht nachgelassen, und auch wenn er sich in den Tagen danach gegen die Vorstellung sträubte, wie es mit Emily und ihm nun weitergehen würde – was er damals sofort spürte, war die Gewissheit, den Kontakt mit dem ganzen Undone-Umfeld abbrechen zu wollen, sich endgültig auf seine neuen Bekanntenkreise über das Magazin zu beschränken. Als er dann auch noch erfuhr, dass alle Bandmitglieder außer Marius schon lange in Lars' Affäre eingeweiht waren, nahm er sich diesen Schritt sogar regelrecht vor: Von nun an würde er das Substanz kein einziges Mal mehr betreten und jedes Konzert meiden, auf dem er die Undone-Leute vermutete. Tobias war sich sicher, dass ihm dieser Entschluss nicht einmal besonders schwerfallen würde. Das *Vorn*-Magazin schien ihm ohnehin die weitaus inspirierendere Umgebung für ihn zu sein. Und hatte er auf dem letzten Konzert von Undone, bei einem Festival kurz nach seinem Geburtstag, nicht sogar schon das Gefühl gehabt, die Songs inzwischen zu oft gehört zu haben? Dass er jeden Ton, jeden unerwarteten Übergang in den Liedern auswendig kannte, erschien ihm nicht mehr wie früher als schönes Geheimwissen, sondern erzeugte beinahe Überdruss in ihm. Robert und Dennis, denen er gleich am nächsten Tag von Emilys Betrug erzählt hatte, bestärkten ihn in dieser Entscheidung. Sie verstanden es auch nicht, warum sich Tobias nicht sofort von ihr trennte. Und jetzt kam natürlich zur Sprache, was er ohnehin immer schon gewusst hatte: dass beide nicht besonders viel mit Emily anfangen konnten und sie für die falsche Frau für ihn hielten.

Tobias aber konnte Emily nicht verlassen. Er hätte diesen Schritt zwar als konsequent empfunden, ging jetzt auch ohne schlechtes Gewissen ständig mit anderen Mädchen aus und schlief in einem Hotel am Lago Maggiore, wo er für die Tageszeitung von einer Veranstaltung berichtete, sogar zum ersten Mal seit Jahren wieder mit einer anderen. Doch die Vorstellung, sich von der Frau zu trennen, mit der er fast sein ganzes erwachsenes Leben geteilt hatte, schien ihm unmöglich. Es war dann sogar Emily, die sich zurückzog und sagte, sie könne jetzt nicht einfach so weitermachen – und zu den wenigen Erinnerungsbildern aus dieser Zeit gehörten ihre regelmäßigen Verabredungen in einer Tapasbar in Neuhausen, in der sie darüber redeten, was aus ihnen werden sollte. Dieser ungeklärte Zustand muss noch monatelang angehalten haben, denn was Tobias dann erst wieder deutlich im Gedächtnis hatte, war der späte Abend des 24. Dezember. Sie trafen sich – wie immer in den vergangenen Jahren – nach den Fondue-Essen bei ihren Familien noch in Emilys Wohnung. Es muss das erste Mal gewesen sein, dass sie wieder eine Nacht miteinander verbringen wollten. Denn als sie beide vor Emilys Bett standen, konnte Tobias plötzlich den Gedanken nicht ertragen, dass Lars darin gelegen haben musste. Mit einem Schlag kam sein ganzer Zorn wieder hoch; er warf die Decken auf den Boden, wollte das Leintuch von der Matratze reißen und schrie immer wieder: »Und da habt ihr gefickt, oder, hier, auf diesem Bett habt ihr gefickt?« Wie er sich damals wieder beruhigte, ob er in dieser Nacht überhaupt bei Emily blieb – das konnte Tobias nicht mehr sagen. Sie mussten sich dann aber schnell wieder versöhnt haben, denn im Frühling waren sie wieder ein Paar.

Die Freundschaft zu den Undone-Leuten dagegen ging nach Emilys Affäre abrupt zu Ende. Tobias hielt seinen Vorsatz monatelang ein und begegnete Lars tatsächlich kein einziges Mal, obwohl seine Gewaltphantasien in dieser Zeit nicht nachließen. Beim Fernsehen fiel ihm jetzt auch immer auf, dass es kaum eine Serie, kaum einen Film gab, in dem es nicht um dieses Thema ging, um Betrug und zerstörte Freundschaften. Erst ein halbes Jahr später hatte Tobias genügend Abstand, um wieder einmal zu einem Auftritt von Undone zu fahren, in einen Vorort von München. Im Garten neben dem Konzertsaal sah er beim Reinkommen die Band stehen, lachend und Bier trinkend wie immer vor dem Auftritt, doch als er mit rasendem Herzklopfen auf sie zuging und alle so normal wie möglich begrüßte, war schon im ersten Moment klar, dass nichts mehr so sein würde wie früher. Die Unterhaltung war verlegen und reserviert, ging über »Na, wie geht's, Tobi, lang nicht mehr gesehen« kaum hinaus, und als sich Tobias dann mit Marius an einen Tisch setzte, entnahm er seinen Reden, dass sich die Band seit der Affäre immer mehr zerstritten hätte und vielleicht sogar bald ganz aufhören würde. Das Konzert – das letzte, das er jemals sah von Undone – verließ Tobias dann schon nach der Hälfte der Lieder.

10

An einem Montag Anfang Oktober – Tobias war seit etwa zwei Jahren beim *Vorn*-Magazin – musste er für den Kulturteil der Tageszeitung, für den er jetzt regelmäßig Artikel schrieb, auf eine wissenschaftliche Tagung fahren. Abends im Hotelzimmer telefonierte er, wie immer, wenn er auf Reisen war, als Erstes mit Emily und erzählte ihr von der Konferenz, von der entwürdigenden Art, mit der ein paar der Referenten ihn davon zu überzeugen versuchten, sie in seinem Artikel namentlich zu erwähnen. Später rief ihn Dennis, dem er vor der Abreise noch seine Hotel-Telefonnummer gegeben hatte, von der Redaktion aus an. (Seit es die neuen ISDN-Anlagen im *Vorn* gab, konnte Tobias zu Beginn des Gesprächs immer erkennen, ob Dennis den Büroapparat benutzte. Da er vor dem Wählen zuerst die Lautsprechertaste drückte und nur dann den Telefonhörer abnahm, wenn sich jemand meldete, kam es immer zu einer kurzen Verzögerung, bevor Dennis seinen Namen sagte – es war der Moment, in dem er die Lautsprechertaste ausschaltete und zum Hörer griff.) Sie unterhielten sich über Neuigkeiten in der Redaktion, und Tobias fragte auch nach der Praktikantin in ihrem Zimmer, die an diesem Tag angefangen hatte. Sie hieß Sarah, wie Dennis ihm sagte. »Und, hübsch?«, fragte Tobias. »Ziemlich. Hat aber, glaub ich, einen Freund, einen Christian oder so. Auf jeden Fall telefoniert sie manchmal ganz leise.«

In diesem Gespräch mit Dennis hörte Tobias zum ersten Mal Sarahs Namen. Als er drei Tage später von seiner Reise zurückkehrte und morgens in die Redaktion kam, sah er sie an ihrem Praktikantenplatz sitzen, hinten links im Büro, gegenüber von seinem eigenen Schreibtisch. Tobias ging auf sie zu, gab ihr die Hand und sagte den Satz, mit dem er jeden neuen Praktikanten im *Vorn* begrüßte: »Hallo, ich bin Tobias, Tobias Lehnert, ich betreue hier die ›Details‹-Rubrik.« Er schenkte Sarah in diesem ersten Moment keine besondere Beachtung. Es stimmte, was Dennis gesagt hatte: Sie sah gut aus, hatte lange hellbraune Haare und einen schönen Mund; als sie aufstand und das Zimmer verließ, fiel Tobias auch ihre Figur auf. Er bekam allerdings schnell mit, dass Dennis und Sarah ziemlich vertraut miteinander waren. Sarah recherchierte sogar schon etwas für seine Rubrik; sie hatte von ihm ganz kurzfristig einen Auftrag für einen Artikel in der nächsten *Vorn*-Ausgabe bekommen. Als Dennis' Telefon ein paar Mal hintereinander klingelte und er sich jedes Mal mit seiner weichen Stimme meldete – »Hagen«, sagte er, mit langem a, und diesen ausgeruhten Tonfall behielt er auch im größten Redaktionstrubel bei –, sah Sarah lächelnd zu ihm herüber, und nachdem er aufgelegt hatte, rief sie ihm zu: »Hey, Dennis, du hast ja eine tolle Stimme, du könntest echt Radiomoderator sein.« Später an diesem Vormittag kam Fanny von Graevenitz ins Spaßzimmer und bat Sarah bei einer Bildrecherche um Hilfe. Sarah fragte, ob das bis nach dem Mittagessen Zeit habe, weil sie, wie sie sagte, gerade »was für Dennis schreiben« müsse. Diese Formulierung ließ Tobias aufhorchen. Er hatte sie schon häufiger von früheren

Praktikantinnen gehört. Aus diesen Worten klang eine bestimmte Nähe, so als gehe es für Sarah nicht nur darum, etwas für Dennis' Rubrik zu schreiben, sondern für diesen selbst, als richte sich der Artikel an den Redakteur persönlich und nicht an die Leser des Magazins.

Tobias musste lächeln. In den drei Tagen, in denen er nicht im *Vorn* gewesen war, hatte sich zwischen Dennis und Sarah also sofort wieder die übliche Tauschbeziehung zwischen Redakteur und Praktikantin ergeben. Er hatte ihr eine größere Aufgabe zugeteilt, sie himmelte ihn ein wenig an, und es war nicht zu sagen, wie viel Berechnung hinter beiden Verhaltensweisen stand. Tobias hatte inzwischen oft den Eindruck, dass sich dieses Verhältnis auf einem schmalen Grat bewegte. In anderen Redaktionen, etwa im Kulturteil der Tageszeitung, begegnete er auch immer häufiger Redakteuren, die ihm wie in die Jahre gekommene Zerrbilder der *Vorn*-Mitarbeiter erschienen. Einer noch sichtlich überforderten Praktikantin gaben sie schon nach ein paar Tagen übermäßig verantwortungsvolle Aufträge, in der Hoffnung, diesen großzügigen Kredit in der Währung des Flirts und der Bewunderung zurückgezahlt zu bekommen. Wenn die Praktikantin dann die erste Version des Artikels ablieferte, schrieb ihn der Redakteur insgeheim vollständig um, um ihr nach Erscheinen des Texts erstauntes Lob in der Redaktionskonferenz einzubringen. Doch auch von der Seite der Mädchen her hatte es im *Vorn* manchmal abschreckende Beispiele gegeben. Es waren Praktikantinnen, denen überdeutlich anzumerken war, dass es ihnen nur um die Aussicht auf Karriere und Weiterkommen ging, egal in welchem Zusammenhang. Bei der kurzen Vorstellung auf der Montags-Konferenz sagten sie gerne, es sei schon immer ihr Traum gewesen, »was mit Medien« zu machen, sie seien sich aber bislang noch unschlüssig, ob es »nicht doch eher so in die PR-Richtung gehen« solle. Es war auch nach ihrem ersten Vormittag in der Redaktion klar, dass diese Praktikantinnen innerhalb der drei Monate keinen einzigen Artikel schreiben würden. Nur für lange Telefonrecherchen waren sie gut, weil sie es genossen, sich am Apparat mit routinierter Bürostimme als Vertreterin des *Vorn*-Magazins ausgeben zu dürfen. Wenn diese Mädchen beim Mittagessen oder in der Teeküche ankündigten, welches Praktikum sie nach dem Ende beim *Vorn* nahtlos anschließen würden, hätte man ihnen am liebsten zurufen wollen, sie sollten doch erst einmal ein Theoretikum einschieben und dann weiterschauen.

Sarah stammte aus München, und als Tobias sie fragte, auf welchem Gymnasium sie gewesen sei, stellte sich heraus, dass sie eineinhalb Jahre zuvor auf der Schule neben seiner Abitur gemacht hatte. Das Theodor-Fontane- und das Helmholtz-Gymnasium lagen im Süden Münchens auf demselben Grundstück neben einer großen Sportanlage, und während das »Fontane« ein neusprachliches Gymnasium mit hohem Mädchenanteil war, gingen auf das naturwissenschaftliche »Helmholtz« fast nur Jungen. In Tobias' Kollegstufe damals waren von knapp hundert Schülern zehn oder zwölf Mädchen gewesen. Zu seiner Zeit hatten sich die beiden Direktorate alle Mühe gegeben, den Kontakt zwischen den

Schülern zu unterbinden; die Pausenhöfe waren getrennt, die Pausen selbst zu verschiedenen Tageszeiten gewesen. In den acht Jahren, die zwischen Tobias' und Sarahs Abitur lagen, hatte sich das, wie sie erzählte, vollständig geändert. Jetzt gab es offenbar gemeinsame Pausen, sogar gemeinsamen Unterricht; sie habe, sagte Sarah, einen Deutsch-Leistungskurs besucht, der sich zum Teil aus Helmholtz-, zum Teil aus Fontane-Leuten zusammensetzte. Tobias stellte sich einen Moment lang vor, wie anders seine Schulzeit womöglich verlaufen wäre, wenn sich diese Annäherung schon ein Jahrzehnt früher ergeben hätte. Seine Jahre am Helmholtz-Gymnasium waren, was den Zusammenhalt unter den Schülern betraf, eher trostlos verlaufen. Da so gut wie keine Mädchen auf diese Schule gingen (und die Wenigen, die es gab, trugen fast alle eine Brille), wurde in den Klassen und später in den Kollegstufen-Kursen nichts in größeren Gruppen unternommen. Der Deutsch-Leistungskurs etwa, den er am Helmholtz-Gymnasium besucht hatte, bestand aus einem halben Dutzend zerstrittener Jungs, die ständig Konkurrenzkämpfe austrugen und sich im Umfang ihrer Referate zu überbieten suchte, und einem schweigsamen, leicht übergewichtigen Mädchen namens Britta, das meistens fehlte, weil es seine Pferde auf dem Land versorgen musste. Mit Ausnahme seines ältesten Freundes gab es in der Schule niemanden, mit dem Tobias außerhalb des Unterrichts Zeit verbracht hätte. Sarah dagegen erzählte ihm nun von den ganzen Pärchen in ihrer Stufe und den gemeinsamen Urlaubsreisen in den Sommerferien; gleich nach dem Abitur seien sie sogar zu zwölft in ein Haus auf Korsika gefahren, und auch wenn es dort zu verhängnisvollen Liebesdramen gekommen sei, hätten sich die meisten Freundschaften bis heute erhalten. Tobias konnte nur entgegnen, dass so etwas mit den Aktenkofferträgern und kommenden Filialleitern in seiner Kollegstufe nicht denkbar gewesen wäre. Und er erzählte Sarah, die sich das alles sehr belustigt und mit gespieltem Mitleid anhörte, die trostlose Geschichte seiner Abiturverleihung, die in nichts anderem als einer kurzen, offiziellen Übergabe der Zeugnisse durch den Direktor bestand. Abiturrede, Abiturstreich, Abiturfeier, das alles habe es mangels Engagement der Schüler nicht gegeben, und eine Stunde nach Beginn der Veranstaltung in der gemeinsamen Turnhalle von Helmholtz- und Theodor-Fontane-Gymnasium sei er schon mit seinen Eltern und seiner Schwester in einem mexikanischen Restaurant gesessen.

Vielleicht lag es an diesen Berührungspunkten in ihrer Vergangenheit, dass Tobias von Tag zu Tag begeisterter von Sarah war. Erst jetzt fiel ihm auch auf, wie gut sie wirklich aussah: der Liv-Tyler-artige Mund, die strahlenden Augen; besonders mochte Tobias auch ihre immer ein wenig raue Stimme. Im Büro unterhielten sie sich nun häufiger miteinander. Ihre Schreibtische lagen ja nur ein paar Meter voneinander entfernt im hinteren Teil des Zimmers, und immer wieder rollte einer von ihnen auf dem Bürostuhl in die Richtung des anderen, damit sie leiser reden konnten und Dennis und Anne nicht störten. Bei diesen Gesprächen bemerkte Tobias auch zum ersten Mal Sarahs Parfüm, das, wie er später von ihr erfuhr, eigentlich ein Herrenduft war, von Joop. (Noch lange Zeit danach traf es ihn wie ein Schlag, wenn er irgendwo diesen herben Duft wahrnahm, und dass es Männer waren, die ihn benutzten, ein Taxifahrer oder der Sitznachbar in der Straßenbahn, machte diese Wiederbegegnung umso irritierender.) Einen Freund namens Christian gab es tatsächlich; gegen Ende des Arbeitstages rief Sarah ihn häufig an. Sie hatte ihn offenbar während des Journalistikstudiums kennengelernt, bei ihrem Auslandssemester in London, von dem sie gerade zurückgekehrt war. Sarah redete aber auf so unbeteiligte, fast gleichgültige Art von ihm, dass Tobias den Eindruck bekam, sie seien gar kein richtiges Paar mehr.

Die »Details«-Rubrik war Sarahs Lieblingsseite im *Vorn*, wie sie Tobias in den ersten Tagen erzählte. Sie hatte auch sofort eine Idee und wollte, nachdem sie den Artikel in Dennis' Rubrik beendet hatte, etwas über das Thema »Zufall« schreiben. Sarah sagte, sie interessiere sich vor allem auch für die falschen, vorgetäuschten Zufälle, die man inszeniere, wenn man verliebt sei und auf unbemerkte Weise in die Nähe des anderen kommen wolle: »Weißt du, Tobias, ich denke da an Situationen wie eine Urlaubsreise in einer größeren Gruppe, wenn sich die Leute auf die verschiedenen Autos verteilen, und man es irgendwie schaffen muss, in denselben Wagen zu kommen. Es muss wie Zufall aussehen, klar«, sagte sie, »doch man kann natürlich darauf einwirken; man braucht einfach nur gezielt an der Seite des anderen bleiben.« Für Tobias gab es dank diesem Artikel jetzt die Möglichkeit, mehrmals am Tag länger mit Sarah zu reden. Gemeinsam an einem Text zu arbeiten, das war im Redaktionsalltag die Lizenz, dem anderen auf ganz beiläufige und unaufdringliche Weise nahe zu sein. Er nutzte auch seine Position als Redakteur aus und fragte Sarah manchmal, ob sie inzwischen weitergekommen sei: »Ich habe den Text schon für die 46 vorgesehen«, sagte er mit vorgetäuschter Strenge, »es wird langsam Zeit.« Sarah rollte mit ihrem Drehstuhl dann wieder Richtung Tobias' Schreibtisch, und wenn etwa Robert Veith am Spaßzimmer vorbeikam, sah er die beiden wie schon einige Male zuvor gemeinsam vor dem Bildschirm sitzen, grinste in ihre Richtung und sagte »Verstehe!« oder, wie es seine manchmal etwas dreiste Art war: »Oha, Tobias, hast du nicht eine Freundin?«

Tobias war wirklich angetan von Sarah, und er hatte sogar angefangen, ihr nach der Mittagspause, wenn er sich unten am Kiosk noch eine Flasche Volvic kaufte, etwas mitzubringen, meistens ein Hanuta, das seit kurzem nur noch im Zweierpack erhältlich war. Er legte ihr dann immer eines davon auf den Schreibtisch; es war fast schon ein kleines Ritual zwischen ihnen. Einmal lud Tobias Sarah auch zu einem Cappuccino in die Segafredo-Bar ein, um weiter über den »Zufälle«-Text zu reden, und er musste sich dabei zuhören, wie er vor ihr das ganze »Espressi«- und »Mach ma Dodici«-Programm herunterspulte. Sarah war amüsiert und meinte, sie müsse jetzt sicher jedes Mal, wenn sie irgendwo einen Espresso bestelle, an dieses Gespräch denken; er dagegen kam sich so schäbig vor wie noch nie. Bei all diesen Gemeinsamkeiten mit Sarah hatte Tobias aber weiterhin den Eindruck, dass sie an Dennis mindestens genauso interessiert war wie an ihm; die beiden waren sogar schon zweimal gemeinsam Mittagessen gewesen, und er versorgte sie regelmäßig mit Themen und Rechercheaufträgen. Dass sich eine ernsthafte Konkurrenz zwischen Tobias und Dennis anzubahnen schien, war auch daran zu erkennen, dass sie über Sarah niemals miteinander redeten. Bislang waren die spielerischen Flirts mit Praktikantinnen immer ein beliebtes Gesprächsthema gewesen, wenn sie abends noch essen gingen oder eine Partie TippKick spielten. Seit dem Telefonat in Tobias' Hotel, an Sarahs erstem Arbeitstag, war von ihr aber nicht mehr in diesem plauderhaften Ton die Rede gewesen, und die Zurückhaltung zwischen ihnen war das sicherste Zeichen für Tobias, dass es diesmal anders war, weniger harmlos.

Sarah war etwa vierzehn Tage beim *Vorn*, als Philipp Nicolai im Schumann's seinen 35. Geburtstag feierte. Am frühen Abend hatte sich die gesamte Redaktion noch bei der Eröffnung einer Fotoausstellung getroffen, und als Dennis und Tobias ins nahegelegene Schumann's aufbrachen, fragten sie Sarah, ob sie mitgehen wolle. Sie reagierte zuerst zögerlich. »Ich kenne doch da keinen – meint ihr wirklich?«, fragte sie, ließ sich dann aber doch überzeugen. Sie unterschrieb sogar auf der Geburtstagskarte, die Dennis, Tobias und Johannes ihrem Geschenk, einem neuen Tischtennis-Schläger für die regelmäßigen Turniere in Philipps Garten, beigelegt hatten. Als die drei den hinteren Teil der Bar betraten – die Tische auf der linken Seite waren zu einer langen Geburtstagstafel zusammengeschoben –, hatten die vielleicht zwanzig Gäste gerade begonnen, sich auf die Plätze zu verteilen. Es entstand ein unübersichtliches Gedränge, einige schoben die Tische zur Seite und setzten sich auf die lange Lederbank, die anderen nahmen sich einen der Stühle in der Mitte des Raumes.

Als Tobias etwas verzögert reagierte und sich einen Stuhl suchte, bemerkte er, dass nur noch ein einziger frei war, etwas abseits, am Rand der Tafel. Er setzte sich hin, um sich herum eine Reihe von Filmleuten und Kinokritikern, die er nicht kannte, und auf einmal entdeckte er Sarah und Dennis, die schräg gegenüber auf der Bank in der Mitte der Runde saßen und sich eindringlich unterhielten. Tobias durchfuhr es beim Anblick der beiden. Er wusste ja von Sarah, welche Bedeutung er dieser Sitzkonstellation beimessen konnte. Und er beobachtete den aufmerksamen, gewinnenden Gesichtsausdruck von Dennis, den er mittlerweile so genau kannte. Wie er sich in seinem neuen Helmut-Lang-Sakko zu Sarah herüberbeugte (in der Anzugswertung stand es jetzt schon vier zu zwei für Dennis), wie er ihr zuhörte, lächelte, irgendetwas antwortete. Das war Dennis: Es gab kaum einen anderen Menschen, der seinem Gegenüber im Gespräch ein derart angenehmes Gefühl vermittelte, der so gut auf den anderen eingehen konnte. Tobias hörte ihn lachend »genau, ganz genau« sagen oder »unfassbar«, dann erzählte er eine offensichtlich sehr amüsante Anekdote, denn auch Sarah fing zu lachen an, auf ihre umwerfende Art. Dennis war bester Dinge, wie immer eigentlich – und wahrscheinlich hing es mit der leisen Eifersucht Tobias' in diesem Augenblick zusammen, dass ihm diese konstant gute Laune plötzlich auf die Nerven ging. War es nicht so, dass es im Gespräch mit Dennis eigentlich nie zu einem Moment der Unstimmigkeit kam oder zumindest einer befremdlichen Pause? Dennis hatte das Talent, sich ganz auf den anderen einzustellen, die eigenen Standpunkte notfalls ein wenig im Hintergrund zu belassen, um den reibungslosen Ablauf der Unterhaltung nicht zu gefährden. Tobias glaubte auf einmal zu wissen, dass dieses Vorgehen mit den ganzen Interviews zusammenhing, die Dennis im *Vorn* Woche für Woche führte. Interviews, vor allem mit Prominenten, waren sein Spezialgebiet, und bei diesen Treffen kam es ja gerade darauf an, den Gesprächsfaden nicht reißen zu lassen, Stockungen zu vermeiden, um dem Interviewpartner in der begrenzten Zeit so viele interessante Geschichten wie möglich zu entlocken. Und diese Taktik, so dachte Tobias nun, war Dennis derart in Fleisch und Blut übergegangen, dass er mittlerweile auch jedes private Gespräch so anging wie ein Prominenten-Interview – immer bedacht auf das Gelingen, auf den Ertrag, so als würden dieselben journalistischen Verwertungsregeln gelten wie für seine vielgelobten Beiträge im *Vorn*. War er nicht einfach nur ein virtuoser Gesprächsdarsteller? dachte Tobias in einem kurzen Anflug von Groll. Er sah nun, wie Dennis Sarah den umsitzenden Gästen vorstellte, einigen Kulturredakteuren der Tageszeitung und bekannten Größen aus der Münchner Filmbranche, die mit Philipp Nicolai befreundet waren. Natürlich sah es in diesem Moment so aus, als wäre sie Dennis' neue Freundin. Auf einmal trafen sich Sarahs und Tobias' Blicke, nur für einen ganz kurzen Moment, doch er hatte das Gefühl, dass in diesen Zehntelsekunden in rasanter Geschwindigkeit ein ganzer Dialog zwischen ihnen durchgesprochen wurde. »*Zufall*, oder, Sarah?« – »Ich weiß schon, was du jetzt denkst.« – »Na, was soll ich anderes denken? Ist doch klar, wir haben ja lange darüber gesprochen. Das hättest du jetzt nicht so deutlich bringen müssen.« – Wie ihre letzte Antwort lautete, ob sie ihm zustimmte oder eher sagen wollte, dass das entgegen ihrer Thesen in dem *Vorn*-Artikel wirklich reiner Zufall gewesen war, dass sich diese Sitzordnung ergeben hatte, konnte er ihrem Blick nicht mehr entnehmen. Denn in dem Moment kamen schon Konrad und Milan an den Tisch, mit einem riesigen Tablett voller Gläser und zwei Flaschen Champagner – »Schampus«, wie Milan in solchen festlichen Momenten spöttisch in die Runde zu rufen pflegte. Die beiden Kellner schenkten die Gläser ein und verteilten sie unter den Gästen.

Tobias' Befremden über die Platzverteilung am Tisch verflog an diesem Abend bald, weil sich die Geburtstagsgesellschaft ohnehin nach einiger Zeit verkleinerte und er gegenüber von Sarah zu sitzen kam. Die Schumann's-Kellner brachten eine Runde Pils nach der anderen, und alle stießen auf Philipp Nicolai an, der im Journalistenbetrieb eine so ungewöhnliche Erscheinung war. Die aufgedrehte, immer ein wenig nervöse Atmosphäre im hinteren Teil der Bar schien an ihm völlig abzuprallen. Wenn die anderen ganze Stunden lang über ihr letztes Interview mit einem Hollywood-Star referierten oder mit einer häufig wiederkehrenden Redewendung in die Runde riefen, sie hätten diesen Regisseur oder jene Band doch erst »erfunden« durch ihre Artikel, saß Philipp meistens nur schweigend daneben, mit einem in sich gekehrten Lächeln. Es gab niemanden unter den Redakteuren, von dem eine ähnliche Gelassenheit ausgegangen wäre – vielleicht auch, weil sich niemand anderer einer so umfassenden Wertschätzung der eigenen Arbeit sicher sein konnte. Bei der Tageszeitung war er nicht fest angestellt, schickte die Artikel meistens von seinem Haus im Isartal in die Redaktion, wo er mit seiner Frau und den beiden Kindern wohnte, und dass er sehr ungewöhnliche Arbeitszeiten haben musste, bemerkten die *Vorn*-Redakteure immer dann, wenn sie am Mittwochmorgen seine Kolumne im Faxgerät fanden, versendet um 2.37 Uhr oder 3.12 Uhr. Philipp Nicolai war jemand, dessen Position in einer Gesprächsrunde man selbst gerne eingenommen hätte; Tobias dachte das häufig, wenn sie in *Vorn*-Konferenzen über ein Thema oder einen Artikel stritten und er wieder einen Satz zu viel gesagt hatte, eine Nuance zu laut geworden war. Er ärgerte sich dann immer, dass er es nicht geschafft hatte, souverän zu bleiben und die »Nicolai-Position« zu bewahren, wie er es manchmal für sich nannte. Bei Philipp war es auch so, dass seine Person und der Tonfall seiner Texte vollkommen übereinstimmten. Er sah genauso aus, wie man ihn sich als Leser immer vorgestellt hatte – so wie Tobias überhaupt bemerkte, dass es unter den Journalisten in seinem Bekanntenkreis zwei Grundtypen gab: diejenigen, die in eine Rolle schlüpften beim Schreiben, die eine Haltung beschworen, die ihnen im Leben selbst abging – eine bestimmte Lakonie, eine cowboyhafte Verwegenheit –, und diejenigen, bei denen es eine große Deckungsgleichheit gab zwischen Schreibstil und eigenem Auftreten. Philipp, unrasiert wie fast immer, saß zufrieden auf einer Eckbank in dieser Nacht, und als die Schumann's-Kellner vorne schon die Stühle auf die Tische stellten, wurde ihm vom Besitzer der Bar noch ein »Nicolai-Kaffee« gebracht.

In den Tagen darauf sprachen Tobias und Sarah kaum miteinander. An fast jedem Abend traf sich die Fußballmannschaft zum Training, weil ein Spiel gegen das Freizeitteam von Ralf, dem *Vorn*-Grafiker, anstand, das mit ein paar sehr guten Spielern besetzt war. Tobias fiel nur auf, dass Sarah in dieser Woche viel zu tun hatte; wenn er gegen sechs das Büro verließ, saß sie immer noch an ihrem Schreibtisch und schien an einem größeren Artikel zu arbeiten. Er registrierte auch erleichtert, dass es zwischen Sarah und Dennis nach dem Abend im Schumann's zu keiner größeren Vertrautheit gekommen war; sie gingen immer noch auf dieselbe leicht flirtige, aber unverbindliche Weise miteinander um. Tobias dagegen wusste von Tag zu Tag genauer, dass Sarah für ihn keine bloße Schwärmerei war wie frühere *Vorn*-Praktikantinnen; er bemerkte das schon daran, dass er sich nicht ohne weiteres traute, sich mit ihr zum Essen zu verabreden. Einmal, als die Sehnsucht nach ihr besonders groß war, holte er spätabends in seiner Wohnung das Münchner Telefonbuch aus einem Schrank, um ihren Namen darin zu suchen. Sarah hatte einen der geläufigsten Nachnamen, sie hieß Schröder, und aufgeregt ging Tobias die vielen Spalten mit den gleichlautenden Einträgen durch. Zuerst suchte er die Telefonnummer ihrer WG im Westend; er fand sie schnell, denn es gab nur wenige Sarah Schröders in München, und der Anschluss war wirklich auch unter ihrem Namen eingetragen. Danach blätterte er weiter und wollte auch die Nummer ihres Elternhauses finden. Tobias wusste zwar nicht die genaue Adresse, aber sie hatte einmal erwähnt, dass es eine Straße am Waldfriedhof war, in einer Gegend mit Einfamilienhäusern, in der auch seine Großmutter wohnte. Er ging rasch die Namen durch, suchte nach Telefonnummern, die mit einer 7 begannen, der Anfangsziffer in diesem Stadtteil; er war sich außerdem sicher, dass es eine kurze, noch sechsstellige Nummer sein musste, weil Sarahs Eltern bestimmt seit vielen Jahren denselben Anschluss hatten. Tatsächlich entdeckte Tobias irgendwann auch diesen Eintrag; es gab nur einen, auf den alle Kriterien passten, in einer Straße mit dem schönen Namen »Am Waldrand«. Tobias empfand ein eigentümliches Glücksgefühl, die Telefonnummern gefunden zu haben, so als wären die Einträge eine Bestätigung, dass es Sarah wirklich gäbe. Es hatte auch fast etwas Romantisches für ihn, dieses so neutrale, für jeden zugängliche Verzeichnis zu einem Ort der Zweisamkeit zwischen ihnen zu machen, hier, spätabends in seiner Wohnung. Er spürte plötzlich eine große Nähe zu Sarah. Dass sie am Theodor-Fontane-Gymnasium Abitur gemacht hatte, dass sie in dem Stadtviertel aufgewachsen war, das ihm durch das Haus seiner Großmutter so altbekannt war – all diese Dinge erschienen ihm jetzt wie Zeichen dafür, dass sie zusammengehörten. Er ertappte sich sogar bei der Vorstellung, dass alles in seinem bisherigen Leben nur eine Vorstufe der Begegnung mit Sarah gewesen sei. Denn obwohl er sie erst seit wenigen Wochen kannte, kam ihm sein Gefühl für sie vertraut und ursprünglich vor. Seine Beziehung zu Emily, so besonders und eigentlich unantastbar sie war, erschien ihm nun fast wie eine jahrelange Zwischenepisode. Als wäre Sarah das Mädchen, auf das er immer schon gewartet hatte, mit dem er schon zu Abiturzeiten hätte zusammenkommen sollen.

Am Samstag nach Philipp Nicolais Geburtstag spielte die Band Stereolab im Backstage. Tobias ging mit Emily dorthin. Er hatte bei der Plattenfirma zwei Gästelistenplätze reservieren lassen: ein Nebeneffekt von Tobias' journalistischer Arbeit, den Emily immer sehr zu schätzen wusste. Sie waren in den vergangenen sieben Jahren auf unzähligen Konzerten miteinander gewesen, und Emily mochte es, dass sie nun Tobias' »Plus eins« sein durfte, wie sie in Anspielung auf die übliche Redewendung bei der Vergabe von Gästelistenplätzen immer sagte. Tobias hatte im Lauf der Zeit auch eine gewisse Routine im Umgang mit diesem Vorrecht entwickelt. Als er seine ersten Konzertkritiken für die lokale Kulturseite der Tageszeitung schrieb, ging er noch jedes Mal voller Aufregung zu dem Kassenhäuschen oder der Person am Einlass und sagte zögerlich seinen Namen. Er hatte immer die Befürchtung, dass die Sekretärin des Zeitungsressorts die Benachrichtigung vergessen haben könnte. Bei einem seiner ersten Aufträge als Konzertkritiker war es auch zu der unangenehmen Situation gekommen, dass die Frau an der Tür lange mit dem Finger die Liste auf und ab fuhr und mehrmals kopfschüttelnd sagte, sie könne seinen Namen nicht finden, ihn schon als Wichtigtuer abwimmeln wollte, bevor sie ihn, in einem handschriftlich ergänzten Vermerk ganz unten, doch noch entdeckte. Irgendwann jedoch wurde dieser kurze Dialog an der Tür für ihn zur Selbstverständlichkeit, und der Satz »Mein Name ist Tobias Lehnert vom *Vorn*-Magazin, ich müsste auf der Gästeliste stehen« ging ihm leicht über die Lippen. Tobias und Emily ließen sich den Stempel auf den Handrücken geben und gingen in die Halle hinein. Sie hatten Stereolab schon häufiger zusammen live gesehen, und die Songs der Band waren auch immer wieder auf seinen Mixtapes für Emily gewesen.

Tobias musste später noch häufig daran denken, wie er diesen Abend im Backstage empfand. Er fühlte sich so wohl wie immer, wenn er mit Emily auf Konzerte ging. Ständig trafen sie im Publikum auf Bekannte, den Moderator eines Lokalradios, der ihnen gewohnt ausschweifend von einer neuen Platte vorschwärmte, oder auf Mitglieder einer Münchner Band, deren letztes Konzert Tobias besprochen hatte. Auch wenn sie jemanden von Undone entdeckten, konnte er das mittlerweile gut aushalten und freute sich schon fast wieder über die Begegnung. Gerade an solchen Abenden war sich Tobias der Gültigkeit seiner Beziehung mit Emily gewiss; er fühlte sich aufgehoben bei ihr. Das Vertrauen in ihre Zusammengehörigkeit bildete auch an diesem Abend das ruhige, sichere Fundament seines Gefühls. Auf der Oberfläche des Fundaments jedoch spürte er immer wieder ein Flirren, ein wohltuendes Vibrieren, wenn er an Sarah dachte. Sie hatte ihm am Freitagabend in der Redaktion noch gesagt, dass sie am Samstag im Atomic Café sein würde, einem neuen Club in der Innenstadt, der in den ehemaligen Räumen des Sonic eröffnet hatte. Tobias wusste, dass er nach dem Konzert noch irgendwie dorthin kommen musste, und zwar am besten alleine. Das leichte Ziehen im Bauch, wenn er sich vorstellte, Sarah in ein paar Stunden zu sehen, machte das vertraute Zusammensein mit Emily aber nicht weniger schön. Es war merkwürdig, doch die Empfindungen traten nicht in Konkurrenz zueinander, konnten beide für sich bestehen. Nach dem Konzert trafen sie vor der Halle Robert Veith und seine neue Freundin Claudia, die auf dem Weg ins Atomic waren. »Geh doch noch mit, Tobi, ich bin schon ziemlich müde«, sagte Emily zu ihm, »du kannst ja später noch zu mir kommen, dann können wir morgen zusammen frühstücken.« Sie gab ihm auch ihren Autoschlüssel, da sie, wie sie meinte, ein Bier zu viel getrunken habe. Emily verabschiedete sich und ging die Treppe hinauf Richtung S-Bahn-Station, während Robert, Claudia und Tobias die schmale Anfahrtsstraße zum Backstage zurückliefen, wo die Autos standen.

Das Atomic Café war wie an jedem Freitag und Samstag nach Mitternacht auf grandiose Weise überfüllt. Wenn man nach dem Bezahlen in dem kleinen Vorraum zur Tür hereinkam, entsprach die Atmosphäre sofort auf mustergültige Art dem Bild einer frenetischen Clubnacht. Die kleine Tanzfläche in der Mitte hatte sich im Lauf der Stunden immer weiter ausgedehnt und nahm jetzt den ganzen Raum ein. Tobias war aufgeregt. Würde er Sarah hier begegnen? Er entschuldigte sich bei Robert und Claudia, die an der Garderobe ohnehin gleich in ein Gespräch verwickelt wurden, und ging nach links oben zur vorderen Bar, weil er Sarah dort vermutete. Sie waren sich am Freitag einig gewesen, dass das der beste Platz im Atomic sei. Und tatsächlich – sie war da! Er sah sie sofort; sie stand an der Bar und hatte gerade eine Runde Gin Tonic für sich und ihre beiden

Freundinnen bestellt. Sarah begrüßte ihn mit strahlendem Blick, sie schien sich wirklich über sein Kommen zu freuen. Sie verteilte die Getränke, und wie selbstverständlich setzte sie sich mit ihm auf das Sofa neben der Treppe, auf dem gerade zwei Plätze frei geworden waren. Die Unterhaltung war dann, wie immer mit Sarah, vom ersten Moment an in Gang. Es gab zwischen ihnen nie einen Moment des Zögerns oder das zähe Gefühl, man hätte sich gerade nichts zu sagen; sie waren sofort an einem interessanten Punkt, und immer wieder passierte es, dass die Unterhaltung nach einem Gedankensprung auf einen neuen Gegenstand überging und Tobias sich vergeblich vornahm, später noch einmal auf das vorige Thema zurückzukommen. Sie redeten über Sarahs Londoner Zeit, ihre Begeisterung für diese Stadt; sie fragte, wie es bei Stereolab gewesen war, die sie auch sehr mochte, und beide überlegten, wer die tollste der drei Sängerinnen sei. (Sarah entschied sich für die kleine dunkelhaarige, die ein paar Jahre später bei einem Fahrradunfall ums Leben kam.)

Sarah war aufgedreht, vielleicht auch ein bisschen betrunken, und Tobias musste ständig in ihre leuchtenden grünen Augen schauen. Er hatte die Aufmerksamkeit für die Augenfarbe eigentlich immer als Mangel empfunden, denn wenn er wirklich von einem Mädchen eingenommen war, blieb ihm diese Einzelheit nicht in besonderer Erinnerung. Doch in dem Moment schien es Tobias, als hätte er grüne Augen noch nie bewusst wahrgenommen. Sie kamen ihm auf einmal wie eine vollkommene Synthese aus den beiden gewöhnlichen Augenfarben vor, aus dem Frischen, Klaren der blauen und der Wärme der braunen. Als Tobias vorschlug, noch zwei Gin Tonic an der Bar zu holen, berührte Sarah ihn ganz kurz am Handgelenk und meinte, das sei eine gute Idee. Beim Aufstehen hörte er dann, wie eine ihrer Freundinnen, die inzwischen neben dem Sofa standen, Sarah zuflüsterte: »Ist er das jetzt, dein Redakteur?«, und sie nickte. Sie hatte also offensichtlich schon von ihm geredet, von *ihm* und nicht von Dennis. Als Tobias mit den Gläsern zurückkam, vertieften sich die beiden Mädchen sofort wieder in ihre Unterhaltung. Tobias spürte, dass die Zeichen unmissverständlich waren. Ihr Erzählen nun war fast nur noch ein schönes Hinauszögern, eine verlängerte Vorfreude auf den Moment, in dem es geschehen würde. Wenn einer von beiden etwas sagte, antwortete der andere übermütig »Ja, stimmt, das kenn ich« oder »Klar, das ist mir auch schon passiert«; sie gaben sich einer fortdauernden Zustimmungsseligkeit hin. Irgendwann berührte Tobias ihre Hand, und das Überschreiten dieser Schwelle hatte etwas Selbstverständliches, fast Beiläufiges. (Es war nicht wie früher oft, wenn im Kino oder beim Spazierengehen das Arm-um-die-Schulter-Legen über eine halbe Stunde hinweg geplant wurde, als gelte es, das Mädchen im richtigen Moment zu überrumpeln.) Tobias hörte auf zu reden, und dann küssten sie sich, versanken immer tiefer in dem alten, ausgeleierten Sofa, und er registrierte die Außenwelt erst in dem Moment wieder, als die Musik schon aufgehört hatte und die üblichen Geräusche beim Aufräumen eines Clubs zu hören waren. Das Atomic Café war fast leer, Sarahs Freundinnen waren verschwunden. Die beiden standen auf, lächelten sich an (gar nicht befangen oder verlegen, wie es vielleicht nach ein paar wenigen Küssen gewesen wäre) und gingen zur Garderobe. Im Auto, vor ihrer Wohnung im Westend, konnten sie sich dann lange nicht voneinander trennen. Als Sarah schließlich im Morgengrauen ausstieg, verabredeten sie sich nicht. Sie wussten, dass sie sich am Montag früh wieder im *Vorn* sehen würden und dass der Sonntag bei Tobias anders verplant sei, darüber herrschte zwischen ihnen in diesem Moment ein stilles Übereinkommen. Als er den Zündschlüssel umdrehte und losfuhr, fiel sein Blick auf seinen Handrücken, auf den schon blass gewordenen Abdruck des Backstage-Stempels.

11

Tobias fuhr in dieser Nacht tatsächlich noch zu Emily. Er öffnete leise die Tür, mit dem Schlüssel, der seit vielen Jahren an seinem Bund hing und sich längst so vertraut anfühlte wie der zu seiner eigenen Wohnung, und legte sich zu Emily ins Bett. Sein Blick fiel noch auf ihre Anziehsachen auf dem Boden, die Jeans und den Pullover, in dem das Unterhemd steckte. Emily hatte die Angewohnheit, sich auf dem Weg ins Bett in Sekundenschnelle auszuziehen und den Kleiderhaufen einfach ineinandergerollt liegen zu lassen. Der Anblick rührte Tobias in diesem Moment. Am nächsten Tag dann war es ihm immer noch möglich, die Begegnung mit Sarah völlig von Emily zu trennen. Die Berührungen und Küsse der vergangenen Nacht wirkten zwar nach, Tobias glaubte sie sogar noch auf seiner Haut zu spüren, doch das beeinträchtigte das Glück ihres Sonntags nicht, das Gefühl der Geborgenheit in Emilys Gegenwart. Auf ihre Frage beim Frühstückmachen, wie es im Atomic gewesen sei, erzählte Tobias sogar von der neuen *Vorn*-Praktikantin, die er dort getroffen hatte, als würde die Erwähnung ihres Namens den Betrug ein wenig mildern.

Sarah sah er am Montagmorgen in der Redaktion wieder. Als er das Büro betrat, tat sie so, als ob nichts zwischen ihnen geschehen wäre, sagte nur kurz »Hallo«, ohne richtig vom Computer aufzublicken. Tobias fürchtete, dass der Abend für sie vielleicht nur eine flüchtige Episode gewesen sei, die sie jetzt schon bereute. In der Redaktion wusste ohnehin niemand davon, denn Robert hatte das Atomic Café schnell wieder verlassen, wie er vor der Morgenkonferenz zu Tobias sagte: »Wie war's denn noch bei dir? Claudia und ich waren müde und sind schnell gegangen« – »Ja, ganz okay, bin auch bald heim«, antwortete Tobias. Nach der Konferenz, auf der Sarah seinen Blicken weiterhin aus dem Weg zu gehen schien, beeilte er sich, um sie noch auf dem Flur vor dem Büro zu erreichen, und fragte sie, ob sie mittags etwas mit ihm essen gehen würde. Sie nickte, und an ihrem Lächeln glaubte er zu erkennen, dass auch sie den Samstagabend nicht vergessen hatte. Den restlichen Vormittag arbeiteten alle vier im Spaßzimmer vor sich hin, telefonierten, gingen die Post durch, und Sarah und Dennis tauschten sogar wieder ein paar Komplimente aus wie in den Wochen zuvor. Tobias hätte geglaubt, sie würden miteinander flirten, wenn er es nicht besser gewusst hätte, wobei Dennis ja tatsächlich nichts ahnte von den Ereignissen des Wochenendes. Mittags dann verließen Tobias und Sarah die Redaktion und stiegen in den Fahrstuhl, in dem immer ein leicht stechender, metallischer Geruch lag, als wäre die Kabine gerade erst eingebaut worden, obwohl sie schon viele Jahre lang in Betrieb war. Tobias drückte die Erdgeschoss-Taste, und in dem Augenblick, in dem sich der Fahrstuhl in Bewegung setzte, legte Sarah ihre Arme um ihn und begann ihn zu küssen, so selbstverständlich, als wäre seit dem langen Abschied am Sonntagmorgen keine Zeit vergangen. Der Fahrstuhl wurde von nun an ihr Zufluchtsort im Verlagsgebäude.

Auf dem Weg über den Viktualienmarkt, Hand in Hand, sprachen die beiden kaum ein Wort darüber, wie es weitergehen würde. Von Sarahs Freund war nicht die Rede (sie hatte in den Tagen davor ohnehin kaum mit ihm telefoniert), und auch nicht von Emily, von der sie ja dank Roberts flapsigen Bemerkungen schon häufiger gehört hatte. Nur beim Zurückkommen, im Treppenhaus der Redaktion, sagte Sarah plötzlich, dass es vielleicht besser wäre, jetzt alles abzubrechen und sich genau ein Jahr nach dem Atomic-Samstag, am 18. Oktober 1998, wieder zu treffen, mitten auf dem Marienplatz. Dann würden sie ja sehen, ob es wirklich etwas werden könnte mit ihnen. Sarah nahm ihn aber schon in dem Moment, da sie den Satz ausgesprochen hatte, in den Arm, um ihm zu versichern, dass sie den Vorschlag nicht ernst gemeint hatte.

Abends in der Redaktion warteten sie, bis alle anderen gegangen waren, und dann küssten sie sich überschwänglich in ihrem Büro, wie um den Raum, in dem sie sich zum ersten Mal gesehen hatten, in die neuen Verhältnisse einzuweihen. Tobias schlug vor, ins Rustico am Sendlinger Tor zu gehen. Am Tisch schob er sofort die kleine Blumenvase und die Salz- und Pfefferstreuer zur Seite, um Sarahs Hand halten zu können (eine Bewegung, die er dann bei jedem ihrer Restaurantbesuche wiederholte). Gleich nach dem Bestellen begann eine lange Unterhaltung zwischen ihnen, die wie eine Ergänzung, wie ein zweiter Teil zu der im Atomic Café wirkte. Das Gespräch hatte aber eine ganz andere Energie und Richtung; es wurde nicht mit der Euphorie zweier Verliebter geführt, die auf den ersten Kuss zusteuern, sondern zurückblickend, im sicheren Gefühl der Zusammengehörigkeit. Sie erzählten einander von ihren früheren Zweifeln, von der Unsicherheit, ob der andere auch Interesse haben würde. Vor jedem ihrer Sätze stand ein unausgesprochenes (und manchmal auch wirklich ausgesprochenes) »Jetzt kann ich es ja sagen …« Der Moment war gekommen, in dem die ganzen Versuche und Strategien, den anderen für sich zu begeistern, gebeichtet werden durften.

Sarah beteuerte, wie sehr sie sich darüber geärgert hatte, bei Philipp Nicolais Geburtstagsfeier so weit entfernt von ihm gewesen zu sein. Und wie sie dann die Tage darauf jeden Abend im Büro ausgeharrt und darauf gewartet hatte, dass Tobias sie ansprach und zum Essen einlud. »Weißt du, ich hatte ja in der Woche gar nicht viel zu tun«, sagte sie und drückte seine Hand fester; »schon um halb sechs hätte ich gehen können, aber ich bin dageblieben und habe irgendwann sogar nur noch in Zeitschriften geblättert. Ist dir das nicht aufgefallen?« Tobias schüttelte den Kopf und sagte ihr, dass er seinerseits nur bemerkt hatte, dass sie jeden Abend ungewöhnlich lange in der Redaktion gewesen war. Und wie er nach dem Abend im Schumann's ohnehin endgültig sicher war, dass sie etwas von Dennis wollte. Sie sah ihn befremdet an, fast ein wenig erbost: »Das hast du wirklich geglaubt? Dass ich in Dennis verliebt bin? Nein, natürlich ist der nett und alles, ein toller Journalist sowieso, aber er ist überhaupt nicht mein

Typ.« Sie blickte ihm noch einmal mit ungläubigem Lächeln in die Augen. Und dann kam er auf den Abend im Atomic zu sprechen; wie schwierig es für ihn gewesen sei, den richtigen Grad der Deutlichkeit seines Interesses zu finden. Wie ein 17-und-4-Spieler habe er sich anfangs gefühlt, sagte Tobias: Er habe zwar das Gefühl gehabt, dass es nicht ganz aussichtslos sei, dass er vielleicht bei 15 oder 16 stehe, aber er habe vor dem entscheidenden Satz, der entscheidenden Bewegung gezögert. Am liebsten hätte er sie schon beim Reinkommen einfach küssen wollen, aber damit hätte er womöglich eine zu hohe Karte riskiert, eine nicht wieder gutzumachende Übertretung.

Nach dem Essen machten sie noch einen Spaziergang, die Fraunhoferstraße hinunter zur Isar, und Tobias zeigte Sarah den neuen Trainingsplatz der *Vorn*-Fußballmannschaft am Schyrenbad, neben dem großen Rosengarten. Dann liefen sie am Isarufer entlang, bis zur Brudermühlbrücke, von dort Richtung Harras und den ganzen Weg weiter zum Messegelände, wo Sarah wohnte. Als sie an der großen Kreuzung bei der U-Bahn-Station schließlich auseinander gingen, rief sie ihm ihre Telefonnummer zu, jene, die er ein paar Tage zuvor im Telefonbuch nachgeschlagen hatte, er wusste noch die Anfangsziffern. Im Gehen trug er die Nummer in sein Adressbuch ein, mit einem kaum funktionierenden Stift, und es war nicht zu sagen, ob die verwackelte, abwechselnd zu blasse und zu kräftige Schrift eher mit diesen äußeren Unzulänglichkeiten zusammenhing oder mit seiner eigenen Aufregung. In den Wochen darauf erinnerten ihn die schiefen, ein wenig zu großen Ziffern jedenfalls immer an die Umstände des Eintragens. Er kannte die Nummer längst auswendig, aber die ungelenke, ins Dunkle hinein geschriebene Zahlenfolge trug über den bedeutungslos gewordenen Informationsgehalt hinaus etwas Beständigeres, nur für ihn Lesbares in sich: das Andenken an diesen zweiten Abend mit ihr, die Hoffnung im Augenblick des Schreibens, dass es mit ihnen gutgehen würde.

Sarahs Erscheinung entsprach dem Mädchentyp, der Tobias in den letzten Jahren so angezogen hatte, vollkommen. Ihm gefiel die Silhouette ihres Körpers, ihre betont aufrechte Haltung, die dafür sorgte, dass Sarah im Gehen ein bisschen stolz, fast majestätisch aussah. Er liebte auch jedes ihrer Kleidungsstücke: die leicht taillierte Lederjacke, den weißen Mantel mit den großen Knöpfen, die enge dunkelblaue Jeans, die Herrenanzugs-Hose mit Nadelstreifen, ihre V-Ausschnitt-Pullis und Strickjacken (alle eng geschnitten und so kurz, dass immer ein schmaler Streifen Haut frei blieb zwischen Oberteil und Hose), die schwarzen Lederstiefel. Sarahs Garderobe war nicht besonders umfangreich. Sie wusch deshalb ständig, und jedes Mal, wenn Tobias in den Wochen darauf bei ihr war, stand mitten in ihrem WG-Zimmer der Wäscheständer, so dicht behangen, dass der Platz nicht ausreichte und Sarah an den Rändern immer noch ein paar Kleiderbügel anbrachte, auf denen die frisch gewaschenen Oberteile hingen.

Im *Vorn*-Magazin ließen sich Sarah und Tobias noch nichts anmerken. Mittags trafen sie sich nur selten zu zweit, in einem Bistro, in das niemand aus der Redaktion gegangen wäre. Wenn Sarah an der Universität war, wo sie trotz ihres Praktikums ein oder zwei Seminare besuchte, holte sie Tobias vor dem Institutsgebäude in der Schellingstraße ab, und dann saßen sie eine halbe Stunde in einem der Cafés im Universitäts-Viertel, bevor sie gemeinsam die Ludwigsstraße Richtung Innenstadt zurückliefen. Tobias wusste, dass es nicht lange so weitergehen konnte, dass eine Entscheidung bevorstand. In den Jahren mit Emily hatte es zwei oder drei Mal ein anderes Mädchen gegeben, für eine Nacht oder höchstens ein paar Tage, aber immer war es damals schnell zu dem Augenblick gekommen, in dem Tobias durch einen bestimmten Satz Emilys oder eine vertraute Geste blitzartig klar wurde, zu wem er gehörte. Das Verliebtsein in das andere Mädchen war dann buchstäblich mit einem Schlag verschwunden. Seine Nähe zu Sarah aber, das ahnte er, würde sich nicht mehr durch einen solchen Moment auflösen. Und Tobias ließ die Dinge mit einer eigentümlichen Passivität einfach weiterlaufen.

Zwei Wochen nach der Nacht im Atomic Café, an einem Freitag, feierte die Praktikantin, die mit Sarah angefangen hatte und nur einen Monat beim *Vorn* geblieben war, ihren Abschied im Schumann's. Es war die erste offizielle Redaktionsveranstaltung, seitdem sich Tobias und Sarah nähergekommen waren, und er wusste genau, dass sie bei diesem Treffen nichts mehr verbergen würden. An dem Abend gab auch Radiohead ein Konzert in München. Emily hatte Tobias schon Wochen zuvor von diesem Auftritt erzählt; die »OK Computer«-CD war im Sommer erschienen, und Emily hörte seitdem kaum etwas anderes als diese Platte. Sie hatten damals auch ausgemacht, gemeinsam dorthin zu gehen, Emily wollte Karten besorgen. Als sie am Abend vor dem Konzert miteinander telefonierten, kam plötzlich alles Aufgeschobene zwischen ihnen zur Sprache. Tobias saß in seiner Küche; das Telefon stand auf dem pastellfarbenen Fünfziger-Jahre-Buffet neben dem Esstisch. Er besaß noch kein Mobilgerät zu Hause, und das Kabel des Telefons hatte sich im Lauf der Zeit derart verwickelt, dass die Leitung sofort unterbrochen wurde, wenn man das Telefon in einen anderen Raum mitnahm als in die Küche. (In den Wochen bis zu ihrer endgültigen Trennung führte Tobias noch viele lange Telefonate mit Emily, immer am selben Ort, das Kabel von Tag zu Tag verdrehter.) An diesem Abend sagte er ihr, dass er nicht zu dem Radiohead-Konzert mitkommen würde. Er erzählte ihr von der Party im Schumann's; dass er diese Verabschiedung ganz vergessen hatte. Doch Emily glaubte ihm natürlich nicht, wurde wütend und wiederholte ständig denselben Satz. »Da ist doch sicher auch deine Praktikantin«, sagte sie immer wieder. Das war ihre Bezeichnung für Sarah gegenüber Tobias, »deine Praktikantin«. Ihren Namen sprach sie kein einziges Mal aus.

Emily hatte den Telefonhörer aufgeknallt, und Tobias wurde langsam bewusst, vielleicht zum ersten Mal, dass sein Leben nicht mehr so weiterlaufen würde wie bisher. Er konnte sich zwar immer noch nicht vorstellen, dass die Beziehung zu Emily, die fast sein ganzes Erwachsenenalter eingenommen hatte, jemals zu Ende gehen würde. Doch diese Gewissheit war in dem Moment nur Theorie, abstrakte Überlegung. Alles, was ihn wirklich interessierte, war Sarah. Er empfand beinahe eine körperliche Notwendigkeit, ihr nahe zu sein. Tobias hatte noch nie ein Mädchen kennengelernt, mit dem Küssen so viel Spaß machte. Keiner von ihnen war zu stürmisch oder zu zurückhaltend. Es stellte sich bei einer neuen Begegnung ja ohnehin jedes Mal die Frage, wie das Küssen sein würde. Und nur selten stimmte der Grad an Intensität bei beiden wirklich überein. Tobias hatte Mädchen gekannt, die so zaghaft und defensiv küssten, dass es ihm irgendwann fast so vorkam, als würde er im Mund der anderen herumstochern. Dann gab es auch Mädchen, deren offensive Leidenschaft wie ausgedacht wirkte, so als müssten sie einen Wettbewerb gewinnen. Mit Sarah dagegen war es von Anfang an genau richtig.

An diesem Freitagabend gingen Tobias und Sarah zuerst in eines der weitläufigen Touristenlokale in der Fußgängerzone essen: ein Ort, der in seiner Herausgelöstheit aus ihrem gewöhnlichen Umkreis ihre Zusammengehörigkeit noch verstärkte. Gegen halb elf kamen sie ins Schumann's. Fast die ganze Redaktion drängte sich um die Eckbank des kleinen Tisches in der Nische. Zwischen den Gläsern lagen etliche Gauloise-Schachteln und die rosafarbenen Feuerzeuge mit dem *Vorn*-Schriftzug. Alle waren in ausgelassener Stimmung, tranken Whisky Sour, der hier besser als irgendwo sonst schmeckte, weil er mit frisch ausgepresstem Saft gemacht wurde, und es war erstaunlich, wie selbstverständlich es plötzlich schien für Tobias und Sarah, sich in dieser Umgebung als Paar erkennen zu geben. Sie standen nebeneinander, küssten sich manchmal, und keiner der anderen nahm besondere Notiz davon, so als hätten sie es ohnehin gewusst. Nur Dennis blinzelte Tobias für einen Moment lächelnd zu, nickte anerkennend, und wie so oft war es nicht klar, wie er diese Entdeckung tatsächlich aufnahm, ob er jemals ernsthaftes Interesse an Sarah gehabt hatte oder ob er das Flirten mit ihr eher als sportlichen Wettkampf betrachtet hatte, dessen Verlust er jetzt mit Respektbezeugungen an den Gewinner einräumte. Tobias fühlte sich wohl mit Sarah, und er spürte an diesem Abend zum ersten Mal, was er in den Wochen darauf häufig fast mit Erleichterung feststellte: dass er jetzt mit einem Mädchen zusammen war, für das er sich in größeren Runden nicht verantwortlich fühlen musste. Das war immer schon eines der Probleme mit Emily gewesen, dass er auf Partys oder im Nachtleben das Gefühl hatte, sie nicht allein lassen zu dürfen, weil sie von sich aus nicht auf andere Leute zugegangen wäre. Es war ihm dann an solchen Abenden fast zum Reflex geworden, in Unterhaltungen von Zeit zu Zeit nach ihr Ausschau zu halten, um sich davon zu vergewissern, dass auch sie sich gut amüsierte. Emilys Scheu ging so weit, dass sie sich im Supermarkt weigerte, einen Verkäufer zu fragen, wo ein bestimmtes Produkt stehe. Sie beharrte immer darauf, selbst zu suchen, und für Tobias war das so unverständlich, dass sie sich beim Einkaufen manchmal stritten. Jetzt, an diesem Abend im Schumann's, wusste er schon im ersten Moment, dass es diese Schwierigkeiten mit Sarah nicht geben würde. Denn sie hatte keinerlei Mühe, jemanden kennenzulernen, war auch hier schon ins Gespräch mit einer Gruppe von Gästen gekommen, die an der Zwischenwand standen. Tobias hörte deutlich, wie Sarah ein paar Meter weiter hinten etwas erzählte. Er liebte diese Stimme, die immer an der Grenze zur Heiserkeit war, in Gesellschaft manchmal auch ein bisschen laut. Als sie Wochen später, an einem langen Sonntagnachmittag im Bett, einmal »Wahrheit oder Pflicht« spielten und Tobias irgendwann »Wahrheit« wählte, fragte ihn Sarah, was er an ihr nicht so mochte. Er legte seinen Arm um sie, sagte flüsternd, immer wieder unterbrochen von Küssen, dass es da nichts gebe. Aber Sarah ließ nicht locker, meinte lachend: »Komm, da wird dir doch was einfallen«, und als er dann sagte, dass er vielleicht ihre Stimme hin und wieder zu laut finde, wenn sie in größerer Runde etwas erzähle, war sie wirklich gekränkt, und er brauchte lange, um sie davon zu überzeugen, wie toll er ihre Stimme in Wahrheit fand.

Später tauchte noch Robert im Schumann's auf, der auch auf dem Radiohead-Konzert gewesen war. Als er Tobias mit Sarah in der Ecke stehen sah, kam er auf ihn zu und erzählte ihm, dass er sich vor dem Auftritt länger mit Emily unterhalten hatte. Tobias ärgerte sich über Roberts mangelndes Feingefühl, aber im nächsten Moment war es ihm fast gleichgültig. Sarah und er verließen das Schumann's kurze Zeit später. Als sie vor dem Lokal in ein Taxi stiegen, sagte Tobias seine Adresse; ohne dass sie darüber geredet hätten, war klar, dass sie beide zu ihm fahren würden. In dieser Nacht schliefen sie zum ersten Mal miteinander, und als es Sarah am frühen Morgen kalt wurde, holte Tobias ihr ein altes T-Shirt mit dem *Vorn*-Schriftzug aus der Kommode, das die Fußballmannschaft manchmal als Trikot benutzte. Am späten Vormittag gingen sie in ein Café frühstücken, ins Camus in der Nähe ihrer Gymnasien, das sie beide noch aus Schulzeiten kannten.

Tobias und Sarah verbrachten zweieinhalb Monate miteinander. Wenn er später an diese Wochen zurückdachte, kamen ihm als erstes Bild immer die Adventssamstage vor Augen, ihre stundenlangen Spaziergänge durch die weihnachtlich dekorierte Innenstadt. Sie liefen Hand in Hand die Sendlinger Straße entlang, und wenn sie an dem großen Kookaï-Laden in der Nähe der *Vorn*-Redaktion vorbeikamen, empfand Tobias eine tiefe Zufriedenheit. Mit Emily war er sich vor diesen Schaufenstern immer der Unstimmigkeit bewusst gewesen, dass seine eigene Freundin nichts mit all den Mädchen, die hinter den Scheiben die Röcke und Blusen an den Kleiderständern begutachteten, zu tun hatte. Jetzt war er, wie er fand, mit der schönsten von allen zusammen. Und es hatte sogar etwas Reizvolles für ihn, dass Sarah in ihren hohen Stiefeln, dem knielangen Rock und dem Pferdeschwanz vielen anderen Mädchen in der Innenstadt ähnlich sah. Wenn sie sich am Marienplatz trafen, der Kälte wegen oft im Eingangsbereich des Kaufhofs, verwechselte Tobias sie von Zeit zu Zeit, während er auf sie wartete. Doch die Enttäuschung, dass das Mädchen, das er im Gedränge der Fußgängerzone im ersten Moment für Sarah gehalten hatte, erneut jemand anderes war, wurde überlagert von einem merkwürdigen Glücksgefühl.

Mit Sarah war es zum ersten Mal auch so, dass ein Mädchen für Tobias als Vorstellung begehrenswert blieb, obwohl er mit ihr zusammen war. Bei allen seinen früheren Freundinnen war der Moment, in dem sie ein Paar wurden – oder sogar schon der Zustand des Verliebtseins – gleichbedeutend damit gewesen, dass sie als Sexphantasie verschwanden. Es kam ihm immer so vor, als würde seine Zuneigung das Mädchen veredeln, mit einer Schutzschicht versehen, und jenen Rest an Fremdheit oder Rohheit tilgen, der für diese Vorstellungen notwendig war. Körperliche Anziehung ging dann auch nur noch von unmittelbaren Berührungen oder Küssen aus, nicht mehr davon, dass Tobias an das Mädchen dachte. Bei Sarah war das vollkommen anders. Er spürte eine tiefe Verbundenheit zu ihr, vielleicht eine tiefere als jemals in seinem Leben, doch dieses Gefühl nahm ihrem Bild nicht den Reiz. Ständig hatte er ihren Körper vor Augen, stellte sich ihre Brüste vor, ihre Unterwäsche. Und Tobias fand auch nicht mehr wie früher, dass er das Mädchen entwürdigte, wenn er es zum Bild machte.

Sie verbrachten jetzt mehrere Nächte in der Woche miteinander, und ihre zunehmende Vertrautheit ließ sich an einem kleinen Zeichen ablesen: an der Art, wie die beiden ihre Schuhe auszogen, nachdem sie die Wohnung betreten hatten. In der ersten und zweiten Nacht bei ihm war es selbstverständlich, dass sie sich nach dem Hereinkommen noch mit ihren Schuhen an den Füßen aufs Bett warfen (nur die Mäntel hatten sie an den Garderobenhaken im Flur gehängt); das Ausziehen ihrer Stiefel, seiner Turnschuhe durfte keinen Moment der

Unterbrechung bedeuten. Vielleicht war das genau das Kennzeichen des ganz frischen Zusammenseins: dass nichts eine Stockung duldete, so als wäre jede kurze Pause zu riskant, als würden sie fürchten, der andere könnte in letzter Sekunde noch zur Besinnung kommen. Alle Handgriffe mussten *eine* fließende Bewegung ergeben: das Aufschließen der Wohnungstür, das Ausziehen der Mäntel, die Küsse im Flur, der Weg ins Schlafzimmer, der eher ein gegenseitiges Sich-Schieben war. Im Bett dann versuchten beide ihre Schuhe so beiläufig und unbemerkt wie möglich abzustreifen, während sie sich küssten, was bei Sarahs Stiefeln nicht unkompliziert war. Der Satz »Wart mal, ich muss meine Schuhe ausziehen« hätte zu dieser Zeit noch nicht ausgesprochen werden können. In der dritten oder vierten Nacht dann war das Überschreiten dieser Anfangsphase genau daran zu erkennen, dass der Satz jetzt möglich war. Sie versuchten es auf ironische, spielerische Weise: »Das ist aber nicht so superbequem mit den Stiefeln, oder?«, sagte Tobias leise und zog ihr die Schuhe dann selbst aus. Ihr Verliebtsein war noch genauso euphorisch wie ganz am Anfang, aber es gab jetzt schon ein dünnes Fundament, das einen solchen Kommentar erlaubte. Und dann war es fast ein bisschen traurig, wie schnell die zweite Phase in jene dritte überging, in der sie beim Hereinkommen in seine Wohnung oder ihre WG sofort die Schuhe auszogen und nebeneinander im Flur abstellten, als wären sie schon ein routiniertes Paar. Ungefähr zu dieser Zeit empfing ihn Sarah auch nicht mehr an der Wohnungstür im zweiten Stock, wenn er bei ihr zu Hause das Treppenhaus heraufkam, sondern ließ die Tür offen und wartete in der Küche auf ihn.

Sarahs Praktikum dauerte bis Weihnachten; sie hatte aber bereits mit Thomas vereinbart, Mitte Januar noch einmal zurückzukommen und für zwei Wochen einen kurzfristig abgesprungenen Praktikanten zu vertreten. In der Redaktion machten Tobias und Sarah nun kein Geheimnis mehr aus ihrem Zusammensein. Abends gingen sie auch häufig mit anderen *Vorn*-Leuten aus, und Tobias wurde von Dennis und Anne immer wieder zugeflüstert, was für ein schönes Paar sie doch seien. In diese Zeit fiel die endgültige Trennung von Emily. Tobias hatte sie ein paar Wochen lang vertröstet, am Telefon immer wieder gesagt, dass er nicht genau wisse, was mit ihm los sei, er brauche einfach Zeit. Emily ahnte natürlich, dass er jetzt ständig mit Sarah zusammen war, auch die Nächte mit ihr verbrachte. Tobias' Gefühl für sie war vollkommen verschwunden. Manchmal versuchte er sich fast mit Gewalt daran zu erinnern, was ihn sieben Jahre lang so angezogen hatte. Aber er musste sich eingestehen, dass ihm Emily nicht mehr richtig gefiel, seitdem es Sarah gab. Einmal trafen sie sich nachmittags in einem Waldgasthof im Isartal, in dem sie oft miteinander gewesen waren, und dort sprach Emily die Trennung zum ersten Mal aus. Sie beschimpfte ihn dafür, dass er sie nicht nur wegen einer anderen verlassen habe, sondern nun nicht einmal den Mut aufbringe, das auch selbst zu sagen. Zwei Wochen später, es war Mitte Dezember, rief ihn Emily in der Redaktion an und sagte ihm mit kurzen, seltsam mechanischen Sätzen, dass sie abends gegen acht kommen und ihre Sachen holen würde: »Ich habe ja noch einen Schlüssel, es ist mir egal, ob du da bist.« Als sie die Wohnung betrat – sie hatte geklingelt, aber dann sofort aufgesperrt – und, ohne ihn anzusehen, nach hinten ins Schlafzimmer ging, fiel Tobias erst auf, wie viel von seiner Einrichtung mit Emily zu tun hatte. Sie schmiss seine T-Shirts und die Unterwäsche aus der alten weißen Truhe, die sie ihm kurz nach ihrem Zusammenkommen geschenkt hatte (er konnte sich im ersten Moment gar nicht mehr daran erinnern); dasselbe tat sie mit dem kleinen, von ihr selbst gebauten Holzregal im Badezimmer, in dem Tobias seine Handtücher aufbewahrte. Danach ging sie durch die Räume der Wohnung und warf alles in die Truhe, was ihr gehörte, Kerzenständer, Wolldecken, ein paar Bücher, Schminkzeug, Zahnbürste, Tamponschachtel und zuletzt ihre Strickjacke, die an der Garderobenstange im Schlafzimmer hing. Tobias' Blick fiel in diesem Moment auf sein dunkelgrünes Gap-Sweatshirt neben der Jacke, das Emily morgens immer benutzt hatte, wenn sie bei ihm gewesen war; die Ärmel waren noch aufgekrempelt. Emilys Bewegungen wirkten wie auf Autopilot gestellt, als hätte sie sich beim Reinkommen vorgenommen, erst beim Verlassen der Wohnung wieder Luft zu holen. Als sie fertig war und seinen Schlüssel vom Ring gezogen hatte, fragte sie Tobias mit tonloser Stimme, ob er ihr kurz helfen könne, die Truhe und das Regal hinunterzutragen, ihr Auto stehe in der Einfahrt. Im Treppenhaus kam es dann zu einer bitteren, fast komödiantischen Szene: Ein Nachbar auf dem Stockwerk verließ gerade seine Wohnung und dachte, die beiden würden umziehen. »Ach, nehmen Sie sich jetzt doch was Größeres zusammen?«, fragte er freundlich. Emily und Tobias, zum letzten Mal als Paar angesprochen, sagten nur »Nein, nein«, so beiläufig, wie es ihnen möglich war, und schleppten die Sachen nach unten.

Emily hatte also tatsächlich einen Schlussstrich gezogen, und diese Gewissheit ging an Tobias nicht spurlos vorüber. Er empfand keine richtige Trauer, doch manchmal glaubte er jetzt zu bemerken, dass seine Leidenschaft für Sarah etwas in ihm überlagerte: wie ein örtlich betäubter Patient, der die Wunde zwar nicht spüren kann, sie aber dennoch registriert, an einem ungewohnten Körpergefühl, einer im Zaum gehaltenen Spannung. Tobias' Gefühl des Verliebtseins überstrahlte aber weiterhin alles, und es beglückte ihn jedes Mal, wenn er sah, dass es Sarah genauso ging. Am Nikolausabend – ein paar Tage bevor Emily ihre Sachen holte – hatte er etwa einen großen Plastikstiefel mit Geschenken vor seiner Wohnungstür gefunden. Sarah musste irgendwann am Nachmittag in das Haus gekommen sein (sie hatte noch keinen Schlüssel) und ihm den Stiefel vor die Tür gestellt haben. Zwischen den Nüssen, Orangen und Schokoladenfiguren fand Tobias auch zwei von ihr selbst aufgenommene Kassetten, Drum & Bass- und House-Sachen, unter anderem die erste CD von Dimitri From Paris, »Sacrebleu«. Tobias mochte diese Platte besonders, vor allem den Song »Une very stylish Fille«, und wenn er Sehnsucht nach Sarah hatte, spulte er die Kassette immer bis zu dieser Stelle vor. Eine weibliche Stimme fragt in dem Stück mehrmals »How do I look«, eine männliche antwortet »Very good, I must say I'm amazed«, und wenn er das Lied hörte, glaubte Tobias, die Dialoge würden sich auf Sarah beziehen, sie selbst sei das »very stylish girl«, das in dem Stück besungen wird.

Tobias wollte sich bei Sarah möglichst schnell mit einer eigenen Mixkassette bedanken. Er zögerte aber, weil er ein paar Tage vor der Nacht im Atomic Café noch ein Tape für Emily begonnen hatte. Fast die Hälfte der ersten Seite war bereits bespielt, mit den besten Stücken der CDs, die Tobias in den vergangenen Monaten gekauft oder von Plattenfirmen geschickt bekommen hatte. Die Kassette, mit der angebrochenen Songliste auf der Hülle, lag anfangs unberührt auf dem Verstärker seiner Anlage; er verstaute sie dann aber in einem Regal, nachdem Sarah zum ersten Mal bei ihm gewesen war. Eines Abends beschloss Tobias, mit einer Ungerührtheit, die ihn selbst verblüffte, das bereits angefangene Tape einfach für Sarah zu verwenden. Natürlich musste sich nun die Grundkomposition des Ganzen ändern, denn während er für Emily alle drei, vier Monate eine neue Kassette zusammengestellt hatte, war es nun notwendig, Sarah erst einmal einen grundsätzlichen Einblick in seine Musik zu geben. Also überspielte Tobias die drei zuletzt aufgenommenen Lieder, um nicht zu viel Aktuelles am Anfang des Tapes zu haben, nahm ein paar seiner ewigen Favoriten auf (Rites of Spring, Moving Targets, Hüsker Dü, Fugazi) und stellte dann eine Mischung aus älteren Stücken zusammen – »Tin Cans & Twine« von Tortoise, »Cut your Hair« von Pavement, »Savory« von Jawbox, »Nothing like you« von The Notwist, die er Emily schon vor Jahren aufgenommen hatte – und neuen Sachen, The Sea and Cake, DJ Shadow, Kruder & Dorfmeister oder den fünften Song der »OK Computer«-Platte von Radiohead. (Vor allem dieses Lied, dessen Titel sich Tobias nie merken konnte, wurde für ihn zum Soundtrack der Wochen mit

Sarah. Noch lange danach musste er nur die ersten Töne des Gitarrenmotivs am Anfang hören, und er fühlte sich mit einem Schlag zurückversetzt in diese Zeit, erinnerte sich an Sarahs Gesicht, sah sich in seiner spärlich eingerichteten Wohnung sitzen, die ein wenig vernachlässigt wirkte seit Emilys letztem Besuch. Sein Erinnerungsvermögen war genau auf diesen Akkord gestimmt, auf den Fünfvierteltakt des Gitarren-Pickings, der sich dann auf verschlungene Weise mit dem Viervierteltakt der anderen Instrumente verbindet.)

Als er Sarah die Kassette ein paar Tage später schenkte, überkam ihn für einen kurzen Moment ein schlechtes Gewissen. Er spürte zum ersten Mal wirklich so etwas wie Schmerz über die Trennung von Emily, bemerkte mit leichtem Erschrecken, wie er die über die Jahre eingespielten Liebesrituale plötzlich mit Sarah wiederholte. Und es gab in den Tagen darauf eine Reihe von anderen Situationen, in denen ihm das plötzlich auffiel. Als er einmal mit ihr die Rolltreppe in der U-Bahn-Station hinunterfuhr, stellte er sich automatisch eine Stufe unter sie, um sie zu küssen, so wie er es immer mit Emily getan hatte, die wesentlich kleiner war als er. Mit Sarah wäre dies aber gar nicht nötig gewesen, denn sie war fast genauso groß wie Tobias selbst. Kurze Zeit später ergriff er beim Spazierengehen Sarahs Hand und berührte ganz unwillkürlich den Nagel ihres kleinen Fingers. Emily hatte die Angewohnheit, diesen Nagel ein wenig länger wachsen zu lassen als die anderen, und es war eine der vertrautesten Gesten zwischen ihnen gewesen, dass er beim Hand-in-Hand-Gehen immer wieder über die Spitze des Nagels fuhr, wie um sich davon zu vergewissern, dass alles beim Alten war. Es durchfuhr Tobias, als er die Bewegung nun an dem anderen Körper wiederholte, als er bemerken musste, dass sie ins Leere zielte und es diese Stelle bei Sarah nicht gab. Er empfand diesen Moment wie einen doppelten Betrug: einerseits an Emily, die er, wie ihm jetzt schien, mit der Geste vielleicht auf noch schmählichere Weise hinterging als durch die Trennung selbst, andererseits an Sarah, die ihm für einen Augenblick vorkam, als wäre sie nichts als ein neues Bild in einem bekannten Rahmen.

Es war in den Tagen vor Weihnachten, als Tobias immer häufiger ins Zweifeln kam. Einmal in dieser Zeit beschlossen Sarah und er beim Verlassen der *Vorn*-Redaktion, noch ins Kino zu gehen. Sie wollten sich im City in der Sonnenstraße eine Komödie mit Cameron Diaz ansehen, und als sie an der Kasse standen und die Karten kauften, hatten sie eine Meinungsverschiedenheit darüber, welche Plätze sie nehmen sollten. Tobias saß gerne in einer der vorderen Reihen, in der dritten oder vierten. Emily hatte diese Gewohnheit immer geteilt; sie waren beide der Meinung gewesen, dass man hinten zu weit entfernt vom Geschehen war. Außerdem redeten die Leute im Publikum dort ständig, kommentierten die Szenen; es kam Tobias so vor, als seien die Zuschauer im Kino desto unkonzentrierter, je weiter hinten sie saßen. Auf die Frage der Frau an der Kasse, welche Kartenkategorie sie haben wollten, antwortete Tobias instinktiv »Reihe eins bis fünf«, doch als er sich zu Sarah wendete, sah er ihren missbilligenden Gesichtsausdruck: »Nee, lass uns lieber was weiter hinten nehmen«, sagte sie, »was willst du denn so weit vorn? Das Kino ist doch nicht mal voll.« Tobias gab nach, sie setzten sich in eine der hintersten Reihen, doch diese Kleinigkeit ließ ihn auf einmal alles in Frage stellen. Er achtete kaum auf den Film, begann darüber nachzudenken, ob sein Verhalten in den vergangenen zwei Monaten nicht doch Irrsinn gewesen war. Gab er nicht eine jahrelange glückliche Liebesbeziehung auf für nichts als ein schönes Gesicht, eine vollendete Repräsentantin seines Mädchentyps?

In den Tagen darauf wurde Tobias diese Ahnung nicht mehr los, und er begann fast Indizien dafür zu sammeln, warum es mit Sarah vielleicht doch nicht gehen konnte. Als er zu Hause die Dimitri-From-Paris-Kassette aus der Hülle nahm, fiel sein Blick auf Sarahs Handschrift. Es war eine große, rundliche Schreibschrift, die ihm auf einmal ziemlich unausgeprägt und klobig vorkam. Die Buchstaben änderten auch von Wort zu Wort ihren Neigungswinkel und den Abstand zueinander. Unwillkürlich kam ihm Emilys Handschrift ins Gedächtnis, die ihm damals im Flüchtlingsheim schon aufgefallen war, bevor sie überhaupt zusammenkamen. Emily hatte immer die Schichtpläne für das Betreuerteam angefertigt, schrieb auch regelmäßig Einträge in das große Notizbuch im Büro, und Tobias dachte daran, wie sehr ihm die Regelmäßigkeit dieser Schrift von Anfang an imponiert hatte. Emilys Handschrift war reif, von immergleicher Gestalt, und unter den zwei Dutzend Schriften im Schichtbuch des Teams war sie auf den ersten Blick zu identifizieren. Er hatte später auch den Eindruck, dass Emilys ganze Persönlichkeit in dieser Schrift enthalten war. Bei Sarah dagegen war kein eigener Stil zu erkennen. Ihre Mädchenschrift verkörperte noch nichts, blieb erlernter Standard, ohne Verbindung zur Urheberin. Sein Freund Stefan kam ihm in den Sinn, der Sarahs junges Gesicht einmal mit einer Formulierung, die Tobias verächtlich vorkam, als »teigig« bezeichnet hatte. Doch er musste sich eingestehen, dass dieses Wort auf ihre Handschrift zutraf. Die Buchstaben waren noch wie von einer Schicht aus Babyspeck umgeben.

Sarah war seine erste jüngere Freundin, und die sieben Jahre zwischen ihnen bedeuteten auch, dass die beiden nicht, wie es etwa mit Emily immer selbstverständlich gewesen war, über die gleichen Erinnerungen an Namen oder Ereignisse von früher verfügten. Anfangs hatte Tobias es gerade anziehend und sogar befreiend gefunden, dass er nun eine Freundin hatte, deren Lebensgeschichte nicht parallel zu seiner verlaufen war, die den ganzen Bestand von Figuren aus seiner Kindheit, Fernsehhelden oder Popstars, nicht kannte. Aber jetzt empfand er es als Mangel, dass er so viele Dinge, die für sein Leben mit sieben, neun oder dreizehn bedeutsam gewesen waren, nicht mit Sarah teilen konnte. Beim Fernsehen auf der Wohnzimmercouch ihrer WG stießen sie in einer Nacht auf eine Dokumentation über die Neue Deutsche Welle; Markus wurde gerade interviewt und redete über seinen Hit »Ich will Spaß«. Tobias nahm Sarah in den Arm und sagte: »Hey, schau mal, Markus, war das vielleicht ein bescheuertes Lied!« Doch sie sagte nur gereizt: »Ich kenne das gar nicht. ›Neue Deutsche Welle‹– den Begriff habe ich zwar schon mal gelesen, aber ich kann überhaupt nichts damit verbinden. Ich bin ja auch erst fünf oder sechs gewesen damals.« Immer wieder kam es jetzt zu kleinen Unstimmigkeiten, und Tobias bemerkte sofort, dass solche Auseinandersetzungen mit Sarah ganz anders abliefen, als er es aus den letzten Jahren gewohnt war. Zwischen Emily und ihm hatten sich kleine Krisen immer sehr schnell auflösen lassen; einer machte dann während eines lauten Wortwechsels plötzlich eine Pause, sah den anderen ironisch an, und dann fingen beide zu lachen an. Mit Sarah ging das nicht: Wenn sie sich stritten, gab es noch keine erprobte Methode der Besänftigung; ohne dass Tobias genau wusste, warum, schaukelten sich die Meinungsverschiedenheiten zwischen ihnen immer weiter hoch und endeten in einer dauerhaften Verstimmung.

Tobias fiel bei einer dieser kurzen Streitereien wieder ein, was Sarah schon am zweiten Abend, bei ihrem langen Gespräch im Rustico, erwähnt hatte. Sie hatte ihm damals mit der Hand über die Haare gestrichen und gesagt: »Übrigens, es kann sein, dass ich manchmal so komische fünf Minuten habe. Bitte denk dir dann nichts und warte einfach ab, bis es vorbei ist, ja?« Damals war dieses Geständnis für ihn ohne Bedeutung gewesen; im Taumel seiner Verliebtheit hatte er die angekündigte Launenhaftigkeit Sarahs sogar eher anziehend gefunden. Doch jetzt geschah es tatsächlich oft, dass ihre Stimmung ohne jede Ankündigung kippte. Das war vor allem am Telefon ein Problem, wenn ein falsches Wort dazu führte, dass Sarah immer einsilbiger wurde und über einen langen Zeitraum hinweg gar nichts mehr sagte. Mit Emily, daran dachte er jetzt oft, waren gerade die langen Telefonate immer ein besonderes Zeichen ihrer Zusammengehörigkeit gewesen. Sogar in der Zeit der Trennung konnte es geschehen, dass sie nach einer halben Stunde voller Vorwürfe und Rechtfertigungsversuche plötzlich, durch einen kleinen, versöhnlichen Einschub – »Sag mal, geht's deinem Vater eigentlich wieder besser?« – noch zehn Minuten lang ganz ruhig miteinander telefonierten. Ihre Vertrautheit hatte über die Jahre hinweg etwas Felsenfestes angenommen; zwischen Sarah und ihm nun reichte ein einziger unbedachter Kommentar, eine missverstandene Wendung, und ihre gemeinsame Basis schien komplett einzubrechen. Sie schwiegen dann lange am Telefon (nur die rhythmischen Störgeräusche in Tobias' wackliger Leitung waren zu hören), und es bedurfte einer großen Anstrengung, damit sie sich vor dem Auflegen wieder versöhnten.

Er hatte sich kurzfristig entschlossen, in den Tagen um Silvester nach New York zu fliegen, alleine, um an jenem Ort Zeit zu verbringen, an dem Emily und er so oft gewesen waren. Er wollte sich den Erinnerungen an ihre Reisen dorthin aussetzen, nahm sich auch vor, ihre gemeinsamen Freunde zu treffen, um nach dem Zurückkommen eine Entscheidung für sich zu fällen. Beim Abflug weinte er minutenlang in Gedanken an Emily, den Kopf in ein Kissen am Fenster gestützt, damit es die Sitznachbarn nicht mitbekamen. In New York aber hatte er dann ständig Sehnsucht nach Sarah, wenn er an seinen Lieblingsplätzen vorbeikam. Er wollte ihr alles zeigen: das berühmte 2nd-Avenue-Deli im East Village; das alte Café in der Greenwich Avenue, das einzige weit und breit, in dem man stundenlang sitzen konnte, ohne ständig etwas bestellen zu müssen; den Bryant Park mit den unzähligen grünen Gartenstühlen; die stille, schattige Upper East Side, die nach dem Menschengewimmel auf der Fifth Avenue immer so beruhigend auf ihn wirkte. In dem Barnes-and Noble-Buchladen am Union Square entdeckte Tobias am ersten Tag eine große Biografie über Kiss, die vor seiner Punk-Zeit viele Jahre lang die wichtigste Band für ihn gewesen waren. Er kehrte dann jeden Nachmittag dorthin zurück, um oben im Café des Ladens in dem Buch zu lesen, und die stundenlange Beschäftigung mit den vertrauten Songtiteln und Plattencovern verstärkte seltsamerweise auch das Zusammengehörigkeitsgefühl mit Sarah, so als würde ihre Verbindung eine genauso tiefe Schicht seines Lebens berühren wie die Liebe zu Kiss. Am Silvestermorgen rief er von seinem Hotel aus Emily an, abends dann Sarah, ein paar Minuten vor sechs New Yorker Zeit. Sie machte ein Fest in ihrer WG, und er wollte sie möglichst kurz vor Mitternacht erreichen. Zwei Tage später flog Tobias zurück. Im Gepäck hatte er für beide ein Geschenk, jeweils ein Kleidungsstück von Banana Republic: für Emily einen schwarzen Wollpullover mit V-Ausschnitt, den er sich auch selbst gekauft hatte, für Sarah ein elegantes Top. Er hatte die Kleidungsstücke an den entgegengesetzten Enden seiner Reisetasche verstaut, wie um dadurch seine Konfusion in Schach zu halten.

Jedes Mal, wenn Tobias allein in New York gewesen war in den Jahren davor, hatte ihn Emily mit ihrem Auto vom Flughafen abgeholt. Den Tag seiner Ankunft verbrachten sie dann immer auf dieselbe Weise: Sie machten einen langen Spaziergang auf dem Land und gingen in ein bayerisches Gasthaus essen (die weite Landschaft, der im Ofen geschmorte Braten zwei erholsame Maßnahmen gegen das horizontlose Manhattan und die schnellen Grillgerichte in den Coffee Shops). An diesem Vormittag wartete Sarah in der Flughafenhalle auf ihn. Sie saß ein paar Meter abseits des Gates, wie Tobias enttäuscht feststellte, als er mit seiner Tasche durch die gläserne Schiebetür kam; sie stand nicht wie die anderen Leute erwartungsfroh davor. Spätestens an der Art ihrer Begrüßung erkannte er dann, dass sich Sarahs Freude über das Wiedersehen in Grenzen hielt. Tobias' Idee, mit der S-Bahn gleich irgendwo aufs Land zu fahren, fand sie merkwürdig; sie sagte, sie sei müde, außerdem müsse er ja erst die Tasche in einem Schließfach unterbringen. Am Hauptbahnhof stiegen sie doch noch in eine S-Bahn Richtung Starnberg um, gingen eine Zeitlang im Mühltal spazieren, doch mit Sarah konnte Tobias das alte Ankommensritual nicht einfach weiterführen. Sie fuhren schnell wieder in die Stadt zurück.

Die alte Vertrautheit stellte sich nach seiner New-York-Reise nicht mehr ein. Am Abend seiner Rückkehr wollte Sarah alleine sein; früh am nächsten Morgen rief sie ihn jedoch aufgewühlt an, sagte ihm, sie habe die schrecklichste Nacht ihres Lebens gehabt und werde jetzt sofort zu ihm kommen. Sie verbrachten dann den ganzen restlichen Tag bei ihm im Bett. Ein paar Tage später – es war ein Sonntag – verabredeten sie sich zu einem Ausflug und gingen abends ins Kino, in »Titanic«, der gerade angelaufen war. Nach dem Film, schon weit nach Mitternacht, saßen sie im Café Ivan, einem in die Jahre gekommenen Achtziger-Jahre-Bistro in der Innenstadt, in dem man mangels Alternativen nach dem Kino meistens landete. Tobias war während des Films wieder in Zweifel über ihre Zukunft geraten, und an einem der niedrigen Bistrotische im ersten Stock begann er Sarah davon zu erzählen: dass er nicht genau wisse, ob es wirklich funktionieren würde mit ihnen. Sie hörte sich die ersten Sätze an, dann stand sie auf, sagte nur »Das ganze Hin und Her ist mir jetzt endgültig zu viel« und lief die Treppe hinunter. Tobias legte schnell ein paar Münzen auf den Tisch (»Wie im Film«, dachte er noch) und rannte ihr nach, durch die Passage hinaus auf die Straße. Er sah Sarahs weißen Mantel vor sich, die aufrechte Gestalt, wie sie die menschenleere Sonnenstraße Richtung Stachus ging, dann in einem U-Bahn-Zugang verschwand. Tobias blieb stehen. Ein paar Meter neben ihm stand eine Telefonzelle, und auf einmal überkam ihn das große Bedürfnis, Emily anzurufen. Als sie sich meldete, sagte er sofort, ohne jede Begrüßung: »Du, ich hab mich gerade von Sarah getrennt.« Doch mitten in seine Worte hinein hörte er die Türklingel in Emilys Wohnung. Es war fast ein Uhr früh, und auf seine Frage, wer das denn um diese Zeit noch sein könne, sagte Emily teilnahmslos: »Das ist wahrscheinlich Lars.« Tobias legte den Hörer auf; er wusste nicht mehr, was er denken sollte, und nahm sich ein Taxi nach Hause. In der schlaflosen Nacht dann spürte er mit brennender Klarheit, von Stunde zu Stunde deutlicher, dass er mit Sarah zusammen sein wollte. Alle seine Zweifel waren plötzlich verschwunden. Am nächsten Tag versuchte er sie von der Redaktion aus zu erreichen, rief alle zehn Minuten in ihrer WG an, doch keiner hob ab. Nach der Arbeit wartete er auf sie vor dem Haus im Westend. Irgendwann kam sie ihm auf der langen Ganghoferstraße von der U-Bahn-Station aus entgegen, machte ein irritiertes Gesicht, als sie ihn erkannte. Er überredete sie, mit ihm in ein Café um die Ecke zu gehen, und dort erzählte er ihr von seiner Erkenntnis in der zurückliegenden Nacht. Er wollte ihre Hand nehmen, doch er merkte sofort, dass seine Worte überflüssig waren, dass sie ihrerseits schon abgeschlossen hatte. Sarah hörte sich seine Beteuerungen an und sagte von Zeit zu Zeit ganz ruhig: »Tobias, nein, glaub mir, es ist vorbei! Ich bin, ehrlich gesagt, auch einfach nicht mehr verliebt in dich.«

12

Er litt auch deshalb so unter der Trennung von Sarah, weil er auf den Straßen ständig eines ihrer Kleidungsstücke sah, die Lederjacke von H&M oder den weißen Mantel von Kookaï. Die Innenstadt kam ihm wie ein Kriegsschauplatz vor, gepflastert mit Minen, in die seine Erinnerung trat. Überall wimmelte es von Gesichtern, in denen er Sarah zu erkennen glaubte: Sie schaute von den Werbeplakaten der LBS-Sparkasse herunter, die in fast jedem U-Bahnhof hinter den Gleisen hingen; sie stand in den kleinen Modeboutiquen in der Sendlinger Straße; und wenn Tobias sich aus Langeweile eine der Vorabend-Soaps im Fernsehen ansah, dauerte es nicht lange, bis ein Mädchen ins Bild kam, das ihn an Sarah denken ließ. Er nahm sich Urlaub beim *Vorn*, weil er die Vorstellung nicht aushalten konnte, noch einmal zwei Wochen lang im selben Büro wie sie zu sitzen. Doch auch in seiner Wohnung stieß er immer wieder auf Spuren von ihr. In einer Nacht, in der sie bei ihm geschlafen hatte, war ein Weinglas auf dem Nachttisch umgefallen, und die blassroten Flecken an der Wand machten ihn für einen Augenblick fassungslos. Beim Staubsaugen fand Tobias eine Haarnadel von ihr unter dem Bett, und er fragte sich einen Moment lang, ob es möglich wäre, sich mit dieser Nadel zu erstechen.

Ein paar Tage nach ihrer Trennung schrieb er einen flehenden Brief, in dem er Sarah davon überzeugen wollte, zu ihm zurückzukehren. Kurz nach dem Einwerfen fiel ihm auf, dass er die mit etlichen Korrekturen übersäte Rohfassung des Briefes aus Versehen mit in den Umschlag gesteckt hatte, und er raste auf dem Fahrrad zurück zum Briefkasten, um die nächste Leerung abzuwarten und den Zettel aus dem Kuvert zu nehmen. Die Tage darauf tat Tobias dann nichts anderes, als auf eine Reaktion von Sarah zu warten. Anstatt zu duschen, badete er nur noch, um das Klingeln des Telefons jederzeit hören zu können. Wenn er von einem Spaziergang oder vom Einkaufen nach Hause kam, schloss er jedes Mal wieder den Briefkasten auf, auch wenn er wusste, dass der Postbote längst dagewesen war. Er hoffte darauf, dass Sarah in der Zwischenzeit vielleicht einen Brief bei ihm vorbeigebracht hatte, so unbemerkt wie damals den Nikolausstiefel vor seiner Wohnungstür. Doch er bekam keine Antwort. Oft musste Tobias an die großen Worte denken, die Sarah benutzt hatte in den Wochen ihres Zusammenseins. »So was hab ich echt noch nie erlebt«, hatte sie gesagt, als sie in einem Café gesessen waren; einmal auch: »Ich kann mich nicht erinnern, schon mal so verliebt gewesen zu sein.« Jetzt bereute es Tobias, dass er in seiner Anoraktasche nicht ständig ein kleines Aufnahmegerät mit sich geführt hatte, das er am Anfang eines solchen Bekenntnisses unbemerkt hätte einschalten können, um einen Beweis in Händen zu halten.

Eines Nachmittags, als Tobias es nicht mehr aushielt, fuhr er zu ihr an die Universität; es lief ja noch dasselbe

Semester wie vor den Weihnachtsferien, und Tobias hatte die Zeiten ihrer Seminare im Gedächtnis behalten. Doch innerhalb von Wochen war aus dem Abholen ein Abpassen geworden. Er stand wie früher vor dem Institutsgebäude, als Sarah mit einer anderen Studentin zur Tür herauskam. Schon von weitem hatte er ihre Stimme erkannt, die so überschwänglich wie immer klang, doch als sie ihn sah, verstummte sie abrupt, entschuldigte sich bei ihrer Begleiterin und gab Tobias mit wenigen Worten zu verstehen, dass er so etwas lassen solle.

Es dauerte vier oder fünf Wochen, bis Tobias sich einigermaßen beruhigt hatte. Er wusste, dass es unmöglich war, Sarah umzustimmen; Dennis und Anne hatten ihm auch erzählt, dass sie in der Redaktion kein einziges Mal nach ihm gefragt hatte. Er gab seine Hoffnungen endgültig an jenem Nachmittag auf, als er Sarah noch einmal für ein paar Stunden sah. Er schrieb an einer Titelgeschichte für die Rubrik »*Vorn* zur Wahl«, die in den Monaten vor der Bundestagswahl immer wieder im Heft auftauchte; es war eine Anekdotensammlung über Helmut Kohl, und bei den Vorbereitungen stellte sich heraus, dass die Nachbarin von Sarahs Eltern früher einmal als Sekretärin für ihn gearbeitet hatte. Tobias überwand sich, Sarah anzurufen, sie zu fragen, ob sie die Frau zusammen treffen wollten, und gemeinsam fuhren sie in jene kleine Straße am Waldfriedhof, die er an dem Abend kurz vor ihrem Zusammenkommen im Telefonbuch nachgeschlagen hatte. Nach dem Gespräch nahmen sie einen Bus zurück Richtung Innenstadt, und als Tobias an einer Haltestelle in der Nähe seiner Wohnung ausstieg, wollte er sie zum Abschied küssen. Das Befremden, mit dem sie reagierte – sie wies ihn nicht einmal besonders schroff ab, sondern war nur überrumpelt, wie jemand, der mit nichts in der Art gerechnet hätte –, war eine letzte Bestätigung für ihn, dass es vorbei war.

Tobias begann wieder im *Vorn* zu arbeiten, nachdem die Vertretungszeit Sarahs geendet hatte. Der Redaktionsalltag tat ihm gut – die Konferenzen, das Telefonieren, das TippKick-Spielen, das In-der-Teeküche-Stehen –, und Tobias hatte mit Thomas sogar vereinbart, vorübergehend eine volle Stelle anzunehmen, an allen fünf Tagen der Woche zu arbeiten und nicht nur an dreien wie bislang. Manchmal telefonierte er nun auch wieder mit Emily. Sie war anscheinend schon ein wenig über das Ende ihrer Beziehung hinweggekommen und freute sich darüber, wieder mit Tobias zu reden. Er fing in diesen Gesprächen sogar an, Emily von Sarah zu erzählen, was sie aber immer mit der halb spöttisch, halb bitter klingenden Bemerkung abwehrte, dass sie so weit nun auch wieder nicht sei. Tobias kam immer besser zurecht, und er begann der Aussicht auf das Alleinsein nach so langer Zeit fast etwas Gutes, Spannendes abzugewinnen. Doch als er eines Abends, etwas mehr als einen Monat nach der Trennung von Sarah, ein Telefonat mit Emily beendete, geschah etwas Unerwartetes mit ihm, ohne jede Vorankündigung. Nicht dass ihm irgendeine bestimmte Bemerkung Emilys besonders nahegegangen wäre, nein, es war ein unaufgeregtes, fast plauderhaftes Gespräch gewesen – aber auf einmal, im Moment des Auflegens, fühlte er, wie ein Riss mitten durch ihn hindurchging, wie er sich, auch körperlich ganz deutlich zu spüren, spaltete. Mit aller Kraft nahm die Erkenntnis in ihm überhand, die letzten Jahre im Widerspruch gelebt zu haben, in zwei unvereinbaren Sphären. Tobias wusste sofort, dass etwas Schwerwiegendes mit ihm passiert war, ungefähr so wie ein Fußballspieler, der sich bei einer Aktion das Knie verdreht und noch im Hinfallen ein Zeichen Richtung Trainerbank gibt, dass er ausgewechselt werden muss. Sein ganzes Leben brach in diesem Moment auseinander: in die *Vorn*-Welt einerseits und die Emily-Welt andererseits. Er konnte sich nicht mehr zusammenfügen, war sich sicher, den Gegensatz der Welten, in denen er gelebt hatte, übermäßig ausgereizt zu haben. Tobias ging ins Badezimmer und sah in den Spiegel. Er glaubte, in seinem Gesicht die Spaltung zu erkennen, als würde ein Riss mitten durch die Stirn gehen.

Die erste Nacht verbrachte er noch in seiner eigenen Wohnung, doch im Dunkeln wurde seine Verstörung immer größer. Gegen halb vier konnte er nicht mehr, stand aus dem Bett auf und lief in Jogginghose und Anorak stundenlang durch die Straßen seines Viertels. Am Morgen rief er Stefan an, erzählte ihm mit wenigen Sätzen, was geschehen war, und fragte ihn, ob er eine Zeitlang bei ihm und seiner Freundin wohnen könne. Noch am selben Abend zog er mit einer Reisetasche in ein schmales Reihenhaus an einer Ausfallstraße im Münchner Osten, in dem Stefan und Regina mit einer dritten Mitbewohnerin lebten. In den ersten Nächten, oben in dem kleinen Gästezimmer, war das Gefühl der Spaltung so übermächtig, dass er nachts oft wie mit Blitzen in seinem Kopf aufwachte. Wenn sie abends im Wohnzimmer zusammen einen Film im Fernsehen ansahen, hätte er danach nichts über den Gang der Handlung sagen können, so sehr hatte er mit der Anstrengung zu kämpfen, die widerstreitenden Eindrücke in ihm zu bändigen. Nicht einmal Fußball, der verlässlichste Orientierungspunkt in seinem Leben, konnte ihn in dieser Zeit beruhigen: Einmal wurde in den Abendnachrichten die Schimpfrede Giovanni Trappatonis über die Spieler vom FC Bayern gezeigt, doch er nahm die Bilder nur wie hinter einem dichten Schleier wahr, verstand nicht einmal genau, worum es ging.

Tobias überwand sich aber dennoch, weiterhin Tag für Tag in die Redaktion zu gehen; jeden Morgen fuhr er mit dem Bus zur nahegelegenen S-Bahn-Station und von dort aus zum Marienplatz. Der feste Rahmen der Tage half ihm auch jetzt, obwohl das Heft selbst im Zentrum seiner Verzweiflung stand. Tobias war überzeugt davon, dass die Euphorie, mit der er sich damals in die *Vorn*-Welt begeben hatte, mit einer Übertretung verbunden war. Er konnte die vergangenen zweieinhalb Jahre nicht als Entwicklung in seinem Leben denken, sondern empfand sie als unzulässigen Sprung. Auch wenn er immer noch genau wusste, dass er nicht mehr mit Emily zusammen sein wollte: Es kam ihm vor, als hätte er nicht nur seine Freundin verleumdet, sondern auch seine innersten Überzeugungen. Tobias versuchte sich nun immer wieder die ersten Begegnungen mit den *Vorn*-Redakteuren in Erinnerung zu rufen. Er begann seinen eigenen Instinkten zu misstrauen: Hatte er sich mit den falschen Leuten angefreundet? Zeit seines Lebens war es ihm in einer neuen Umgebung leichtgefallen, mit anderen in Kontakt zu kommen; Emily hatte ihm sogar manchmal gesagt, wie sehr sie ihn um diese Fähigkeit beneide. Jetzt aber war es gerade das allzu reibungslose Aufgehen in der *Vorn*-Welt, das Tobias komplett verunsicherte. Das Magazin war in seiner Anfangszeit eine Autorität für ihn gewesen; jemanden wie Robert Veith hatte er als Instanz empfunden, deren Geschmacksurteile ihm fast – er musste sich das eingestehen – wie Gesetze erschienen waren. Und diese Erkenntnis machte ihm nun alle Unbefangenheit im *Vorn*-Umfeld unmöglich. Tobias wurde im Redaktionsalltag von einer Art Überprüfungszwang ergriffen. Jeden einzelnen Satz, der im Gespräch mit Robert, Dennis, Anne oder auch mit Johannes Veith und Philipp Nicolai fiel, musste er im Moment des Aussprechens daraufhin untersuchen, ob er seinen eigenen Standpunkten entsprach. Die ganze Ordnung seiner Überzeugungen und Abneigungen war eingestürzt, nicht mehr das Geringste im Denken und Reden selbstverständlich. An den Redaktionskonferenzen und den Unterhaltungen beim Mittagessen konnte sich Tobias kaum noch beteiligen. Manchmal fragten ihn seine Kollegen, warum er so still sei. Doch es war ihm unmöglich, eine Antwort zu geben. Er hatte Angst, bei einem weiteren unbedachten Satz, einem weiteren vorschnellen Geschmacksurteil endgültig auseinanderzubrechen.

An einer Überfülle von Einzelheiten glaubte Tobias zu erkennen, dass er im Widerspruch gelebt hatte. Als er sich am ersten Morgen nach dem Telefonat mit Emily an seinen Schreibtisch im *Vorn* setzte, konnte er es etwa nicht mehr akzeptieren, dass, wie immer seit zwei Jahren, eine Volvic-Flasche neben dem Computer stand. Hatte er vor seiner Zeit in der Redaktion nicht immer Wasser mit Kohlensäure getrunken? Tobias dachte daran, wie er bei seinen ersten Besuchen im *Vorn* die eleganten blauen Volvic-Plastikflaschen, eine bis dahin unbekannte Wassersorte für ihn, auf den Schreibtischen von Carla und Anne gesehen hatte; wie ihm diese Flaschen, edler und teurer als die gewöhnlichen Marken, als ein weiteres Zeichen für die Souveränität und Stilsicherheit der Redakteure erschienen waren. Als er dann zum ersten Mal als Urlaubsvertretung aushalf, kaufte er sich am Kiosk anfangs noch ein einfaches Mineralwasser mit Kohlensäure, doch schon am dritten oder vierten Tag stieg er auch auf Volvic um. Die weißen Glasflaschen mit den Allerweltsetiketten kamen ihm plötzlich hässlich vor, das kohlensäurehaltige Wasser wie etwas allzu Grobes, fast Plumpes, das nicht in diese Umgebung passte. Nun aber stellte die Flasche auf dem Schreibtisch Tobias vor Probleme. War das wirklich er, der sich damals für Volvic entschieden hatte?

Das beiläufigste Gesprächsthema, der unscheinbarste Gegenstand konnte Tobias in große Unruhe versetzen. In den Tagen darauf fuhr er gelegentlich in seine Wohnung, um noch ein paar weitere Sachen in Stefans Haus mitzunehmen und die Post durchzugehen. In der Küche fiel sein Blick einmal auf das Regal mit den Milchkaffeeschalen. Dieses Bild war für ihn kaum auszuhalten. In den sieben Jahren mit Emily hatten die bauchigen Schalen, die Stunden des gemeinsamen Milchkaffeetrinkens, immer eine besondere Bedeutung für sie gehabt (und in der Form der Schalen, in der behutsamen Geste, mit der man sie in der gewölbten Hand hielt, schien ihm jetzt das ganze Glück ihres Zusammenseins aufgehoben zu sein). Lange Zeit waren sie auch der einzige Teil der Küchenausstattung, den er wirklich sorgsam behandelte. Teller, Gläser und Tassen hatte er nach dem Einzug in die erste eigene Wohnung von seinen Eltern übernommen, und dieses Geschirr, in den unterschiedlichsten Formen und Mustern, stapelte sich ungeordnet und ein wenig lieblos im Küchenregal. Nur die stetig anwachsende Kollektion von Milchkaffeeschalen empfand er als Eigenes, als erste Bestandteile eines selbständigen Haushalts; die Schalen hatten einen besonderen Platz, und beim Einräumen nach dem Abwasch war es ihm wichtig, dass sie sich in der Ordnung des Regals nicht mit den gewöhnlichen Müsli- oder Salatschüsseln vermischten. Wenn Emily und Tobias in der ersten Zeit in Urlaub fuhren oder durch die Straßen der Münchner Innenstadt gingen, hielten sie auch immer nach neuen Milchkaffeeschalen Ausschau. Auf diese Weise kam über die Jahre eine Sammlung von fünfzehn oder zwanzig Tassen zusammen, und noch jetzt, beim Blick auf das Küchenbuffet seiner neuen Wohnung, konnte er sich bei den meisten Schalen an die Umstände des Einkaufs erinnern: zwei hellblau-weiß gestreifte mit geriffelter Oberfläche, wie sie häufig in alten französischen Filmen zu sehen sind; eine weinrote und eine schwarze mit weißer Innenseite, entdeckt in einem Möbelladen, kurz nachdem sie sich kennengelernt hatten; zwei weiß-grau gesprenkelte aus Paris; dann sogar zwei bunte Schalen aus Los Angeles, handbemalt, aus einer

Bäckerei in der Main Street in Venice, die sie vor der Abreise mehrfach in Umschlagpapier einwickelten, damit sie den Flug zurück nach Deutschland auch gut überstanden. Als Tobias sich damals die ersten Male mit Robert Veith traf, um in einem Café in der Nähe des *Vorn* über den Mädchennamen-Artikel zu sprechen, stellte sich heraus, dass Milchkaffeeschalen für Robert eine besondere Zielscheibe der Verachtung abgaben. »Schon bisschen peinlich, diese Schalen, findest du nicht auch?«, sagte er, als die Bedienung in dem Café ein Tablett vorbeitrug. Und er setzte zu einem kurzen Vortrag darüber an, dass die Schalen für ein bestimmtes Milieu stünden, für die studentischen Dauerfrühstücker, die nichts auf die Reihe kriegten, außer in Cafés zu sitzen und Pläne zu schmieden. Kurze Zeit später holte Robert einmal Tobias von zu Hause ab, und als er ein paar gebrauchte Milchkaffeeschalen in der Spüle stehen sah, sagte er ein wenig abfällig: »Ach echt, du trinkst noch aus solchen Dingern?« Irgendwann musste Tobias begonnen haben – er marterte sein Gedächtnis, um den Moment genau zu rekonstruieren –, diese Abneigung zu teilen; auch für ihn standen diese Schalen jetzt mehr und mehr für eine fragwürdige Umgebung, und wenn er tagsüber einen Kaffee trinken ging, bestellte er nur noch Espresso oder Cappuccino in gewöhnlichen Tassen. Einzig mit Emily behielt er die alte Angewohnheit bei, liebte die langen Frühstücke mit ihr (der Widerspruch fiel ihm erst jetzt auf), und Tobias durchfuhr mit Schaudern die Erinnerung an einen Montagmorgen, vielleicht ein halbes Jahr vor seiner Begegnung mit Sarah, als Emily beim Lesen der neuen *Vorn*-Ausgabe auf einen despektierlichen Satz von Tobias über Milchkaffee in Schalen stieß. »Tobi, was soll denn das, wir trinken doch auch seit Jahren aus Milchkaffeeschalen«, hatte sie damals irritiert gesagt. »Machst du dich vielleicht lustig über uns?«

Einmal, als Tobias wieder kurz bei sich zu Hause war, entdeckte er in seinem Briefkasten die Vorabexemplare der neuen CDs von Fugazi und Tortoise, den beiden Bands, die er am meisten mit Emily verband. Auf dem Radiorecorder in der Küche wollte er die CDs, auf deren Erscheinen er schon monatelang gespannt gewesen war, kurz durchlaufen lassen, bevor er wieder zu Stefan und Regina aufbrechen würde. Doch ihm war plötzlich die Fähigkeit abhandengekommen, Musik zu hören. So wenig war er sich im Klaren darüber, *wer* da hörte, so sehr beschäftigte ihn die Gewissheit, dass er auch seinen Musikgeschmack an den *Vorn*-Kosmos verraten hatte, dass sein Auffassungsvermögen in diesem Moment wie zweigeteilt schien, als würde jedes seiner Ohren für eine der konkurrierenden Welten in ihm stehen. Sein enthusiastischer Tortoise-Artikel im *Vorn* kam ihm in den Sinn, einer der ersten für die Kulturseiten des Magazins, den Robert damals über Tobias' Kopf hinweg umgeschrieben und mit einem distanziert-ironischen Grundton versehen hatte, weil ihm die Band »zu verkopft« war, wie er sagte, »zu *Spex*-mäßig«. Tobias dachte an die leichte Belustigung, die seine Vorliebe für Bands aus der amerikanischen Punk- und Hardcore-Tradition ohnehin bei seinen *Vorn*-Kollegen ausgelöst hatte. Er warf sich vor, dass er seinen eigenen Musikgeschmack immer stärker unterdrückt und ihn gegenüber den anderen Redakteuren schließlich fast zur Marotte erklärt hatte. Dass die Musik, die er hörte, seitdem er fünfzehn oder sechszehn war, nicht zu dem Charakter des Magazins passte, hatte er irgendwann stillschweigend akzeptiert. In seiner Anfangszeit war es noch manchmal vorgekommen, dass er diesen Teil seiner Biografie im *Vorn* unterbringen wollte, mit seinen Artikeln über Undone oder andere Münchner Bands etwa. Als für die Doppelseite in der Mitte des Heftes, die meistens aus einem großen Schaubild bestand, einmal eine Geschichte über die schönsten Plattenhüllen der Popgeschichte vorbereitet wurde, brachte er die für ihn wichtigste Platte überhaupt in die Redaktion mit, die LP von Rites of Spring mit dem Holzschnitt-Cover. Doch als die Redakteure vor dem Schreibtisch von Fanny von Graevenitz standen und die in Frage kommenden Platten aussuchten, schauten ihn die anderen nur spöttisch an, als er neben die ganzen Britpop-, Soul- und Hip-Hop-Hüllen seine Platte auf den Tisch legte. Die Entscheidung musste gar nicht ausgesprochen werden; die anderen übergingen seinen Vorschlag einfach (»Oha, was haben wir denn da?«, sagte nur jemand belustigt) und setzten ihre Auswahl fort. Anne und Dennis hatten das Spaßzimmer in der Zwischenzeit ohnehin zur »gitarrenfreien Zone« erklärt. Rasch kam Tobias deshalb, sosehr er auch sonst die Themen im Heft mitbestimmte, gar nicht mehr auf die Idee, seine Bands ins Gespräch zu bringen. Er freute sich dagegen, wenn er mit den im *Vorn* verehrten Platten dieser Zeit, DJ Shadows »Endtroducing«, Kruder & Dorfmeisters »DJ Kicks«, dem ersten Album von Propellerheads oder den Britpop-Bands von Robert auch etwas anfangen konnte.

Die Erinnerungs- und Assoziationssplitter prasselten pausenlos auf ihn ein in solchen Momenten; der Grundverrat, den Tobias in sich fühlte, vervielfältigte sich in unzählige kleine Widersprüche. Er glaubte, amerikanische an britische Bands verraten zu haben, Gitarren an elektronische Musik, die kritische Pop-Berichterstattung im *Spex*-Magazin an die spielerische im *Vorn*, gewöhnliches Mineralwasser an Volvic, Erdbeer-Margaritas, die er immer mit Emily getrunken hatte, an die Whisky Sours im Schumann's, die Chucks von Converse, jahrelang seine bevorzugten Turnschuhe, an New Balance, seinen alten Kleidungsstil an die Journalistenuniform von Helmut Lang. Vor allem auch diese letzte Frage setzte Tobias zu, wenn er abends in sein Zimmer im ersten Stock des Hauses zurückkam: Er hatte ein paar Hosen und Pullover dorthin mitgenommen, fast alle in dem Laden neben dem Bayerischen Hof gekauft (nur die silbergraue Anzughose am Silvestertag in New York, in der Helmut-Lang-Boutique in der Broome Street), und er hatte mit sich zu kämpfen, ob er die Sachen überhaupt noch tragen konnte. Als er zu Hause einmal in einen seiner Anzüge schlüpfen wollte, die er in den Monaten zuvor regelmäßig getragen hatte, musste er ihn sofort wieder ausziehen. Er glaubte plötzlich das Gefühl für sich selbst zu verlieren, sein Körper wurde vollkommen taub. Er hatte jetzt nicht mehr die Spur einer Ahnung, was Dennis und er mit dieser Anzugsidee gewollt hatten. Tobias war gezwungen, die Entwicklung seines Kleidergeschmacks immer wieder vor seinem Auge ablaufen zu lassen, sich zu überlegen, ob die Begeisterung für Helmut Lang einen übermäßigen Bruch bedeutet hatte. Wie lächerlich kam ihm dieses Gedankenspiel vor, das Hoffen auf die Linearität der eigenen Biografie – aber es war notwendig in solchen Momenten, es linderte zumindest für einen Augenblick den quälenden Riss. Tobias klammerte sich nun ohnehin an jeden noch so vagen Berührungspunkt zwischen den widersprüchlichen Sphären in ihm. Fast mit Genugtuung las er etwa einen Artikel über den amerikanischen Fotografen Glen Friedman, den Anne gerade im *Vorn* veröffentlicht hatte. Sie interessierte sich allein für seine Freundschaft mit den Beastie Boys, seine Bedeutung in der Hip-Hop-Welt, doch gleichzeitig wusste Tobias, dass er auch der Stammfotograf von Fugazi und anderen Gitarrenbands war. Eine ähnliche Erleichterung verspürte er, als er auf dem Oberarm eines neuen *Vorn*-Autors einmal eine große Tätowierung mit dem Logo der Band Black Flag bemerkte, die vier nebeneinanderstehenden Balken. Es gab also noch andere, die amerikanischen Hardcore hörten und für das Magazin arbeiteten. Diese Überlegungen verschafften ihm kurzzeitig Hilfe. Denn sie machten zumindest seinem Verstand für einen Moment klar, dass er nicht in komplett unvereinbaren Welten gelebt hatte.

Am meisten aber setzte Tobias die Erinnerung an die ganzen Mädchen-Artikel im *Vorn* zu. Unzählige Typologien und Listen hatten Robert, Felix, Dennis und er über die Jahre hinweg erstellt; sie hatten Vornamen klassifiziert, Frisuren, Modestile, den Inhalt von Handtaschen, die Ordnung von Kleiderschränken. Und die Gegenüberstellung der verschiedenen Kategorien enthielt natürlich jedes Mal eine klare Wertung. Gefeiert wurde immer derselbe Typ Mädchen, den sie sich als Leserin erträumten und den Tobias in Gestalt von Sarah auch tatsächlich getroffen hatte: strahlende Geschöpfe Anfang zwanzig, sexy, mit glamourösem Auftreten. Tobias verfiel fast in eine Art Panik bei der Vorstellung, dass Emily, der wichtigste Mensch in seinem Leben bislang, nicht in dieses *Vorn*-Mädchenraster gepasst hatte oder – ein noch schlimmerer Gedanke – sogar einer der verächtlichen Kategorien zugeordnet worden wäre. Weder von ihrem Alter noch von ihrem Aussehen und Kleidungsstil entsprach Emily diesem Typ; sie hatte Pädagogik studiert und trug meistens weite Pullover und Hosen, weil sie mit ihrer Figur nicht ganz einverstanden war. Tobias wusste, dass er im *Vorn* ständig ein bestimmtes Mädchenbild im Auge hatte und gleichzeitig mit einer Frau zusammen war (nicht einmal die Bezeichnungen stimmten überein), die mit diesen Vorstellungen nichts zu tun hatte.

Emily war seine Faszination für den im *Vorn* gefeierten Mädchentyp von Anfang an nicht verborgen geblieben, aber sie hatte diese Schwärmereien – wie sie ihm einmal fassungslos in der Zeit der Trennung gestand – immer als Spiel aufgefasst, das ihre Beziehung nicht ernsthaft gefährden könnte. In einem der Telefongespräche damals sagte sie resigniert, er habe sie einfach gegen ein Mädchen eingetauscht, das den im *Vorn* geltenden Kategorien eher entsprochen hätte. Und wahrscheinlich war es wirklich so. Dennis und er hatten in den Monaten vor der Trennung fast nur noch in diesen Typologien gedacht. Im Nachtleben perfektionierten sie eine Art detektivische Analyse. Wenn sie freitags nach dem Schumann's und samstags in die Clubs gingen, ins Café der Muffathalle zu »Into Somethin'«, in die Mandarin Lounge oder ins Atomic Café, standen sie mit einem Bier in der Hand am Rand der Tanzfläche und beobachteten die anwesenden Mädchen. Das Spiel bestand darin, anhand von Kleinigkeiten an ihrer Erscheinung Aussagen über sie zu treffen, über ihr Studienfach, ihren Charakter, ihre Biografie. Dennis war ein unübertroffener Meister in diesen Analysen, und er brauchte nur ein Mädchen mit perlmuttfarbenen Ohrclips zu sehen und einer Baseballkappe auf dem Kopf, durch die ein blonder Pferdeschwanz gesteckt war, und er sagte Tobias ins Ohr: »Schau mal, da drüben an der Wand, die Gelangweilte. KW-Studentin, bisschen langsam, Praktikum im Marketing bei DSF, wesentlich älterer Freund mit Geld.« Die Auflösung, oft verblüffend nah an der Wirklichkeit, holten sie sich später bei einem der DJs oder Clubbesitzer, die in der *Vorn*-Fußballmannschaft mitspielten und die meisten Mädchen im Raum kannten. Dennis war es auch, der eines Sommerabends die Faustregel ausgab, dass Mädchen mit Ring am Daumen notwendigerweise auch einen am Zeh tragen würden. Da die Mode, auch im Nachtleben Flip-Flops anzuziehen, gerade aufkam, konnten sie ihre Schlussfolgerung sofort überprüfen: Und was für ein Triumph war es dann, wenn sich die Annahme wirklich bestätigte! Es gab für diesen kurzen, von wenigen Indizien auf das Ganze schließenden Blick einen eigenen Ausdruck unter ihnen. Im *Vorn* sprachen sie davon, jemanden zu »scannen«, wobei sich diese Methode nicht nur auf das sekundenschnelle Durchleuchten und Bewerten von Menschen bezog, sondern etwa auch auf Texte in Zeitungen und Magazinen. »Hast du heute schon das Feuilleton gescannt?«, fragte Dennis morgens häufig in der Redaktion, und dieser Ausdruck besagte, dass man nach flüchtigem Durchblättern schon alles Wesentliche erkannt, das Überflüssige aussortiert und sich die interessanten Artikel – gewöhnlich von befreundeten Autoren wie Johannes Veith, Felix Mertens oder Philipp Nicolai – für eine spätere Lektüre vorgemerkt hatte. Am geläufigsten war aber das »Scannen« von Mädchen im Nachtleben, und Tobias malte sich jetzt voller Verzweiflung aus, was wohl herausgekommen wäre, wenn sie Emily nach den Regeln des *Vorn* gescannt und klassifiziert hätten, wie die Kommentare über ihr Aussehen, ihre Kleidung, ihre Schuhe ausgefallen wären.

Als Tobias ein paar Tage nach diesem Einbruch in die Redaktion kam, hatte er sich vorgenommen, mit Dennis über seinen Zustand zu reden. Seine Bürokollegen schienen auch bemerkt zu haben, dass es ihm wieder schlechter ging; sie glaubten, der Schmerz wegen Sarah sei zurückgekommen. Nach der Mittagspause fand Tobias sogar ein Geschenk von Dennis und Anne auf dem Schreibtisch, eine kleine Popcorn-Maschine. Am späten Nachmittag gingen die beiden noch kurz in den Helmut-Lang-Laden, um etwas im Winter-Sale zu finden. Als sie auf dem Weg zurück das Treppenhaus des Redaktionsgebäudes betraten, entschloss sich Tobias, Dennis von dem Vorfall mit Emily zu erzählen. Er zögerte. Sie hatten noch nie ein solches Gespräch miteinander geführt. Natürlich, sein Liebeskummer wegen Sarah war immer mal wieder ein Thema zwischen ihnen in den vergangenen Wochen gewesen, aber darauf konnte

Dennis auch auf kumpelhafte Weise reagieren, mit Sätzen wie »Hey, wird schon wieder, lass dir die Laune nicht verderben« und der Ermunterung zu einer weiteren Partie TippKick. Das Problem jetzt aber war massiver, betraf auch ihr Verhältnis zueinander und konnte nicht mit bloßem Schulterklopfen behoben werden. Tobias fiel auf, wie seltsam das war: In den zwei Jahren, in denen Dennis und er beim *Vorn* zusammengearbeitet hatten, waren sie zwar ständig beisammen gewesen, doch ihre Unterhaltungen, zu zweit oder im größeren Kreis, hatten immer dieselbe Ausrichtung gehabt. Es wurde in diesen Runden allein über Journalismus geredet, über die Qualitäten des aktuellen Heftes, über neue Themen, Reaktionen auf bestimmte Artikel, die Texte von befreundeten Autoren. Die Atmosphäre war dabei getragen von der Begeisterung über die eigene Arbeit; sie feierten sich selbst. Tobias hätte Dennis in den vergangenen Monaten sicher als seinen engsten Freund bezeichnet. Doch jetzt stand er mit ihm im Treppenhaus, und er hatte keine Ahnung, wie er anfangen sollte. Schließlich begann Tobias einfach zu reden: »Du hast es ja mitgekriegt«, sagte er, »dass ich jetzt mit keiner mehr zusammen bin, weder mit Emily noch mit Sarah. Ich bin eigentlich ganz gut damit zurechtgekommen in den letzten Wochen. Aber vor ein paar Tagen, als ich mit Emily telefoniert habe, ist nach dem Auflegen irgendwas mit mir passiert. Ich habe plötzlich eine Art Schock bekommen, und jetzt weiß ich gar nicht mehr, was mit mir los ist – wie ich zum *Vorn* stehe, was die Freundschaft zwischen uns genau bedeutet …« Tobias erzählte und merkte Dennis' unvermindert lächelnden, aber ein wenig starren Gesichtszügen an, dass die Worte nicht zu ihm hindurchdrangen, dass eine solche Redeweise zwischen ihnen nicht vorgesehen war. Sie standen im Vorraum des Treppenhauses, ein paar Meter neben dem Fahrstuhl, und als plötzlich die Kabine unten hielt und ein paar *Vorn*-Mitarbeiter ausstiegen, machte Tobias eine kurze Pause. Man begrüßte einander, Dennis ging Richtung Fahrstuhl, und beim Einsteigen sagte er: »Weißt du, wir sind doch alles Amateure in solchen Fragen. Am besten ist es bestimmt, wenn du dir einfach professionelle Hilfe suchst. Ein alter Freund von mir aus Frankfurt hat das auch mal gemacht. Es hat ihm super geholfen.« Wortlos fuhren sie dann nach oben in die Redaktionsräume im dritten Stock. Dennis' Kommentar erschien ihm auf einmal wie die endgültige Bestätigung, dass er tatsächlich einen Fehler begangen hatte. Im Büro holte er nur schnell seinen Anorak und fuhr in Stefans Haus.

Tobias traute seiner Lebensgeschichte nicht mehr. Minutiös versuchte er in den schlaflosen Nächten, die Zeit mit Emily in seinem Gedächtnis zu rekapitulieren, um den Moment der ersten Übertretung möglichst genau einzukreisen. Die ersten Jahre hatten sich ihre Lebensumstände fast vollständig überschnitten; sie arbeiteten zusammen in dem Flüchtlingsheim, gingen auf Konzerte und in Kneipen, verbrachten Zeit mit den Leuten von Undone. Wie sehr sehnte er sich jetzt zurück nach dem Glück, nach der Geborgenheit dieser Jahre. In manchen Momenten half ihm zwar der Gedanke an die Monate nach seinem Studium weiter, weil er sich noch gut in das Gefühl der Stagnation hineinversetzen konnte und den Schub spürte, den ihm die

Mitarbeit im *Vorn* gegeben hatte. Doch die kurze Ahnung, dass die Veränderungen in seinem Leben damals vielleicht doch folgerichtig gewesen waren, verkehrte sich nach Sekunden wieder ins Gegenteil, und er verspürte Angst, so als wäre er durch diesen Schritt auf die schiefe Bahn geraten. Wenn Tobias es überhaupt nicht mehr aushielt in den Wochen und Monaten darauf, unternahm er halbherzige Versuche, in sein Leben vor dem Journalismus zurückzukehren; er stattete der Unterkunft einen Besuch ab und bot seinen alten Kollegen an, einen Nachmittag in der Woche die Kinder zu betreuen, oder er forderte bei der Stadtverwaltung Bewerbungsunterlagen für einen Posten als Fremdenführer in München an – alles Unternehmungen, die er dann am Tag danach sofort rückgängig machte, weil er insgeheim wusste, dass das der falsche Weg war. Er begann auch wieder den Kontakt zu den Undone-Leuten zu suchen, empfand seltsamerweise auch keinerlei Wut mehr auf Lars. Aber es erwies sich schnell, dass die Freundschaft zu allen außer Marius nur über die Band funktioniert hatte, und die hatte ihre Aktivitäten seit einiger Zeit beinahe eingestellt. Dennoch war das Klammern an das frühere Leben übermächtig. Tobias konnte es nicht verhindern, dass er die Zeit mit Emily als die einzig glückliche verherrlichte, und als er in dieser Zeit zum ersten Mal einen Online-Zugang für sein Bankkonto bekam, gab er als Passwort die besten Jahre mit ihr ein, 919293. Manchmal noch kehrte die Sehnsucht nach Sarah zurück, etwa als eine neue Praktikantin im *Vorn* anfing, die ihr ein wenig ähnlich sah. Doch im Vergleich zu der Erschütterung, die der Verlust von Emily mit eigentümlicher Verzögerung in ihm ausgelöst hatte, war dieser Schmerz fast etwas Angenehmes, weil Tobias sich dann kurzzeitig als einheitliche Person fühlte, weil er sich im Denken an Sarah bündelte (so wie er jetzt ohnehin sicher war, dass das Verlassenwerden leichter zu ertragen ist als das Verlassen, weil die Trauer des Verlassenen sich langsam abarbeiten kann an der Entscheidung des anderen, an einer äußeren Instanz). In diesen kurzen Momenten des Liebeskummers wegen Sarah registrierte Tobias fast mit einem Lächeln, dass Emily doch noch ihr Recht behauptet hatte gegenüber der Rivalin, von der sie ein paar Monate zuvor so mühelos verdrängt worden war.

Er hatte kein Talent zur Trennung, das wurde Tobias in dieser Zeit immer klarer. Einmal erzählte ihm ein neuer Pop-Autor der Tageszeitung, mit dem er sich gelegentlich zum Mittagessen traf, dass er nicht mehr mit seiner Freundin zusammen sei. Die beiden waren noch länger ein Paar gewesen als Tobias und Emily, fast zehn Jahre, doch sein Bekannter sprach ohne große Trauer davon, sagte sogar, dass seine ehemalige Freundin ihm gerade beim Umzug helfen würde: »Komisch, aber wir verstehen uns jetzt so gut wie schon lange nicht mehr.« Auf die Frage, warum sie sich dann eigentlich getrennt hätten, zuckte er nur mit den Schultern und sagte: »Ich glaube, wir haben uns halt einfach auseinanderentwickelt.« Kein besonderes Unglück war den Worten zu entnehmen, und Tobias registrierte dieses souveräne Verhalten einerseits mit Neid, andererseits aber auch fast mit Verachtung. »Auseinanderentwickelt«, ja, wahrscheinlich hätte der Befund auch auf Emily und ihn zugetroffen. Aber es war Tobias unmöglich, diese Entwicklung zu akzeptieren. Dass er für Emily nichts mehr empfand: Niemals hätte er so freimütig und beinahe gelassen damit umgehen können wie der andere. Stattdessen unterzog er sich seit Wochen einer umfassenden Inquisition seiner selbst, um nach den Gründen für diese Übertretung zu fahnden.

Gerade das, was sein Kollege so leichthin als schleichende Entfernung bezeichnete, war für Tobias mit Fragen verbunden, die ihn quälten: Was blieb von ihm übrig nach der Trennung? Welchen Anteil hatte Emily an jener Person, die er in den sieben Jahren geworden war? Er versuchte sich jetzt ständig in die Zeit vor Emily zurückzuversetzen, um einen Neuanfang zu schaffen, um sich »auf sich selbst zu besinnen«, wie die Anweisung in einem Trennungs-Ratgeber hieß, den er sich in einer großen Buchhandlung gekauft hatte, verschämt wie einen Porno. Aber wer war dieses Selbst? Er konnte die sieben Jahre ja nicht einfach löschen, war nicht mehr einundzwanzig wie damals. Das größte Problem nach einer langen Liebesbeziehung schien ihm nun so etwas wie die innere Gütertrennung zwischen den Beteiligten zu sein. Tobias dachte manchmal, dass es gut wäre, zu Beginn eine Art ideellen Ehevertrag abzuschließen, um am Ende kein allzu verheerendes Durcheinander zu hinterlassen. So wie ein vermögendes Paar schon vor der Heirat die künftige Aufteilung seiner Reichtümer aushandelt, hätten Emily und er eine Vereinbarung über ihre Lebensgeschichten treffen sollen: Wem standen jetzt welche Erinnerungen zu? Welche Freunde, Sphären, Orte aus den gemeinsamen Jahren konnte man guten Gewissens abspalten, dem anderen überlassen; was dagegen zählte zum eigenen unverbrüchlichen Inventar?

Und er bekam ein wachsames Auge für bevorstehende Trennungen in seiner Umgebung. Auch wenn die Paare nach außen hin noch stabil wirkten, ja sogar selbst von ihrem Glück überzeugt waren: Tobias witterte die Gefahr, die etwa davon ausging, dass einer von beiden sich unvermittelt in einem neuen Milieu bewegte. Ein *Vorn*-Grafiker hatte kürzlich die Redaktion verlassen und eine Agentur eröffnet, und es stellte sich heraus, dass die Freundin des Schlagzeugers, mit dem Tobias und Stefan jetzt manchmal Musik machten, dort arbeitete. Dieses Mädchen, erst vor kurzem nach München gezogen, ging ganz in der eleganten Welt des Grafikbüros auf, und Tobias musste sich abends im Proberaum oft anhören, wie der Schlagzeuger davon erzählte. Anfangs war er noch froh darüber gewesen, dass seine Freundin in der neuen Stadt schnell Fuß gefasst hatte. Doch dann häuften sich bei den Bandproben seine Klagen, dass sie sich auf merkwürdige Art veränderte: »Wisst ihr, sie hängt jetzt die ganze Zeit mit diesem Alexis herum und kauft sich ständig neue Kleider, weil sie Angst hat, in der Agentur nicht gut genug angezogen zu sein. Und nach Hause kommt sie abends immer erst um neun oder halb zehn, obwohl sie dort nur als Aushilfe arbeitet.« Ein, zwei Wochen später tauchte er dann einmal schlecht gelaunt im Proberaum auf und erzählte, dass seine Freundin jetzt immer öfter anfange, ihm seinen Kleidungsstil vorzuwerfen; er könne doch nicht ewig in seinen Wollpullis und Springerstiefeln herumlaufen. Tobias wusste genau, wie die Geschichte weitergehen würde, und so kam es dann auch: Das Mädchen wurde von Alexis gefragt, ob es fest in der Agentur einsteigen wolle, verbrachte noch mehr Zeit im Büro. Und ein paar Wochen später – der Schlagzeuger sagte die Probetermine nun immer häufiger ab – erfuhr Tobias von einem *Vorn*-Mitarbeiter, dass Alexis eine neue Freundin habe, ziemlich süß, anscheinend eine Kollegin aus seiner neuen Agentur. Er nahm die Nachricht teilnahmslos auf, wie etwas längst Erwartetes. Tobias war jetzt Spezialist auf diesem Gebiet, und so wie ehemalige Junkies gerne als Referenten über Drogensucht engagiert werden, fühlte er sich wie ein Trennungsbeauftragter, hätte ganze Seminare über die Signale und Vorstufen zerbrechender Liebesbeziehungen geben können.

Was Tobias selbst immer wieder in den Monaten darauf einholte, war vor allem die jähe Erkenntnis, dass er in der ganzen *Vorn*-, Schumann's- und Helmut-Lang-Welt nur deshalb aufgehen konnte, weil es die Stunden mit Emily als Gegengewicht gegeben hatte. Wenn er an das letzte Jahr mit ihr dachte, die Zeit seit der Affäre mit Lars, dann war ihr Zusammensein für ihn in erster Linie wie eine Erholungsmaßnahme gewesen. Sie hatten sich ohnehin fast nur noch sonntags getroffen. Und wenn sie sich sahen, dann immer zu zweit, da Emily ja nichts mit den *Vorn*-Leuten anfangen konnte und ihr gemeinsamer Freundeskreis über Undone seit der Affäre weggebrochen war. Tobias kam Samstagnacht oder Sonntagvormittag zu Emily; sie frühstückten lange, und dann gingen sie an der Isar spazieren oder fuhren mit Emilys altem gelbem Audi, den sie sich nach der Ente gekauft hatte, aufs Land. Abends sahen sie sich einen Film im Kino an. Die Stunden mit Emily waren Tobias' notwendiger Ausgleich zur restlichen Zeit; er hätte das damals nicht sagen können, aber an den Sonntagen (und dem Frühstück am Montagmorgen in ihrer Küche) schöpfte er Kraft für die Performance der Woche. Die Ruhe dieses Tages gab ihm die notwendigen Reserven für das, was ein Freund von ihm immer den »Speedtalk« unter den Journalisten nannte, den Eloquenz-Wettstreit an den Tischrunden, das aufgeheizte Assoziieren, das Entwickeln neuer Themen, bis einer von ihnen, meistens Johannes Veith, sagte: »Jetzt komm, schreib das doch morgen in die Zeitung rein!« Tobias hatte keine Ahnung, wie er sein Leben ohne diesen Gegenpol würde bewältigen können; ihm blieb ganz buchstäblich die Luft weg bei dem Gedanken, an diesen Tischrunden ohne Aussicht auf die Sonntage mit Emily teilzunehmen. Er konnte die Art von Konversation, die er in seiner Anfangszeit beim *Vorn* so geliebt hatte, jetzt kaum noch ertragen: die Gespräche, die mittags in der Zeitungskantine oder auf der Hinterhof-Terrasse des Plitvice und abends im Schumann's stattfanden und für alle Nicht-Journalisten vollkommen unzugänglich waren. Er selbst, so fiel ihm nun auf, war auch kein Sonderfall darin, seine Freundin von dieser Sphäre ausgeschlossen zu haben; die Ehefrauen und Freundinnen der Redakteure waren – sofern sie nicht selbst Journalistinnen waren – so gut wie nie dabei im Schumann's, und wenn doch, wie etwa bei Johannes' Frau, sah Tobias ihr die Schwierigkeiten deutlich an, sich am Gespräch zu beteiligen. Johannes musste sie immer ganz ausdrücklich einbeziehen, und man konnte sich jedes Mal ausmalen, dass es auf dem Nachhauseweg zu einem Streit zwischen ihnen über den Verlauf des Abends kommen würde. Tobias fragte sich nun auch, ob manche seiner Arbeitskollegen um diese Gefahr wussten, ob sie ahnten, dass ihr Leben nur im Ausbalancieren zweier komplett verschiedener Welten möglich war und völlig einzubrechen drohte, wenn der eine stabilisierende Faktor wegfiel. Denn die Art des Miteinanderumgehens im Journalismus konnte man – wenn man nicht so unerschütterlich wie Dennis Hagen war – kaum als einzigen Bestandteil des eigenen Lebens aushalten.

Im Kulturressort der Zeitung hatte zu dieser Zeit ein hochgelobter neuer Volontär angefangen, Konstantin Dehmel. Er war trotz seiner zweiundzwanzig oder dreiundzwanzig Jahre bereits ein brillanter Schreiber und ging in dem Speedtalk auf wie kein Zweiter. Bei Verabredungen mit ihm zum Mittagessen gab es nicht einmal einen richtigen Moment der Begrüßung. Schon im Hinsetzen sagte er ankündigungslos: »Du, grüß dich, schön, dich zu sehen. Hast du heut früh das Foto von der Zugkatastrophe in Eschede auf der Titelseite gesehen? Die ineinandergeschobenen ICEs, die erinnern einen doch sofort an dieses neue Museumsgebäude in Barcelona, über das neulich was stand bei uns, oder? Architektur und Unfall, das ist ja im Moment immer eine interessante Verbindung.« In kaum nachvollziehbarem Tempo entwickelte er sofort ein komplexes Argumentationsgebilde, fast schon einen ganzen Artikel, bevor er das Gespräch auf eine andere Idee, eine andere Beobachtung lenkte. Beim Espresso hatte sich dann jedes Mal Stoff für mehrere Texte und neue Rubriken angesammelt. Konstantin Dehmel war einer der anregendsten Menschen, die Tobias je getroffen hatte, doch gleichzeitig repräsentierte er für ihn in dem Moment auch die ganze Flüchtigkeit dieser Gespräche, die sich ja an austauschbare Adressaten richteten. Bei Konstantin war es etwa so, dass er jeden Autor im *Vorn* oder im Feuilleton der Zeitung Tag für Tag mit der Wendung »Du, schöner Artikel neulich« begrüßte, auch wenn eine kurze Rückfrage, das Ansprechen einer konkreten Textstelle, vermutlich klargemacht hätte, dass er ihn nicht gelesen hatte. (Einmal, als Tobias ihm in der Warteschlange der Zeitungskantine einen *Vorn*-Mitarbeiter vorstellte, sagte Konstantin: »Ach, hallo, klar kenn ich dich! Schöner Artikel übrigens neulich.« Es war aber der neue Grafiker des Magazins.) Wenn Konstantin zufällig einen Kollegen auf der Straße traf, konnte man sicher sein, dass er ihm im Vorbeigehen zurufen würde: »Du, lass uns später mal telefonieren« oder »Komm doch mal zum Abendessen rum«, sogar bei Leuten, mit denen er in den Monaten seines Volontariats kaum etwas zu tun gehabt hatte. Er war offenbar in ständiger Sorge, nicht genügend Kontaktbereitschaft zu signalisieren. Und gerade in dieser Zuspitzung durch Konstantin Dehmel, so dachte Tobias nun, wurde deutlich, was für viele Freundschaften unter den Redakteuren galt: Das so lautstark gefeierte Miteinander war in erster Linie eine Technik der Konversation.

Seit mehreren Wochen war Tobias nicht mehr ins Schumann's gegangen, und er fragte sich jetzt manchmal, woran genau es lag, dass die *Vorn*-Leute fast jeden Abend dort verbrachten. Er hatte sich mit Dennis oder Robert ja tatsächlich in keinem anderen Lokal mehr getroffen in den vergangenen Jahren. »Man kann halt sonst echt nirgendwo hingehen«, sagte Dennis oft, wenn sie sich nach der Redaktion überlegten, vielleicht doch einmal etwas Neues auszuprobieren. Sie empfanden alles außer diesem Lokal als unzulänglich, erklärten es damit, dass die Kellner dort einfach aufmerksamer waren, das Bier und die Steaks besser als überall sonst. Doch der wichtigste Reiz des Ortes bestand natürlich in etwas anderem: dass das Schumann's nicht nur eine Bar war, in der man essen und trinken konnte, sondern Abend für Abend eine Bühne, eine Börse des Journalismus, an der die Kurse der Artikel und ihrer Autoren verhandelt wurden. In jedem anderen Café oder Restaurant hätten sie diese Funktion vermisst. Jetzt aber sehnte sich Tobias gerade nach all den Kneipen, Orten ohne zweite Ebene, in denen er früher mit Emily gewesen war.

In den Wochen, in denen er bei Stefan und Regina wohnte, änderten sich die Verhältnisse im *Vorn*-Magazin grundlegend. Robert hatte ohnehin gerade eine Redakteursstelle in Hamburg angenommen, und die Freundschaft zu Dennis war nach dem missglückten Gespräch im Treppenhaus in ein neues Stadium übergegangen: Sie tauschten sich zwar weiterhin über den Stand der aktuellen *Vorn*-Ausgaben aus, spielten noch gelegentlich TippKick miteinander (die allgemeine Begeisterung für das Spiel hatte allerdings nachgelassen, und die Online-Redaktion veröffentlichte die Ergebnisse nur noch lückenhaft), doch ansonsten gingen sie sich von diesem Tag an aus dem Weg. Dennis hatte auch zum ersten Mal, seitdem er in München lebte, eine feste Freundin. Tobias dagegen lernte jetzt ein paar seiner Kollegen im *Vorn* besser kennen, mit denen er bis dahin nur wenig zu tun gehabt hatte. Er traf sich oft mit Sebastian, dem Nachfolger von Robert als verantwortlicher Pop-Redakteur, der einen ähnlichen Musikgeschmack wie Tobias hatte; außerdem versuchte er nun mit Bedacht, die Redaktionsleute mit seinen anderen Freunden zusammenzubringen. Stefan und Tobias hatten einen Billardsalon am Isartor entdeckt, der wie ein altes Kaffeehaus in Wien oder einer osteuropäischen Großstadt aussah. An den Tischen am Eingang spielten rotwangige Geschäftsmänner in Seidenblousons Rommé um hohe Beträge, die sie kurz vor der Sperrstunde im Toilettenraum beglichen. Dahinter stand eine lange Reihe von Pool-Tischen, und die Ruhe dieses Spiels tat Tobias gut. Stefan und er trafen sich dort fast jeden Abend, auch zu der Zeit, als er schon wieder bei sich zu Hause wohnte. Nach und nach kamen auch Leute aus dem *Vorn* regelmäßig dorthin, meistens Sebastian und Jakob – ein ehemaliger freier Autor, der gerade als Redakteur angefangen hatte –, und zu viert spielten sie stundenlang Billard, Flipper oder Darts. Mit Dennis und Robert, so dachte Tobias, wären solche Abende, fern von allen Redaktions- und Journalismusgesprächen, nicht möglich gewesen. Er hatte den Schwerpunkt seines Freundeskreises innerhalb von wenigen Wochen komplett verlagert. Doch diese Maßnahme erschien ihm keineswegs als augenöffnende Wende in seinem Leben, als ein Moment der Erkenntnis, »in dem sich die wahren Freunde zeigen«, wie es in Interviews mit Prominenten immer heißt, die über eine bewältigte Lebenskrise sprechen. Tobias wusste, dass die Verhältnisse komplizierter waren. Er bemerkte das alleine daran, dass er den Kontakt zu Stefans Freundin Regina, deren Ratschläge eine Zeitlang fast lebenswichtig für ihn gewesen waren, nun schon wieder abreißen ließ. Er wollte auch wieder über etwas anderes reden als seinen inneren Zustand, und dafür kam Regina, sosehr sie ihm geholfen hatte, weniger in Frage als andere. Gleichzeitig ahnte Tobias, dass er die Nähe zu Dennis, Robert oder Johannes in dem Augenblick wieder suchen würde, in dem es ihm nur ein wenig besser ginge.

Er war in diesem Frühling und Sommer gezwungen, unablässig über sich selbst nachzudenken. Konnte es wirklich sein, dass er sich in seinem neuen Umfeld für seine eigene Freundin geschämt hatte? Wenn er jetzt an die Anfangszeit beim *Vorn*-Magazin zurückdachte, musste er sich eingestehen, dass er tatsächlich immer angespannt gewesen war, wenn Emily oder ein alter Bekannter von ihm mit den Leuten aus der Redaktion zusammenkam. Er achtete dann genau darauf, wie die Unterhaltungen verliefen, war nervös, ob sich alle gut miteinander verstanden. Und genau diese Sorge, so fiel ihm jetzt auf, war auch der Grund dafür, warum er sein ganzes erwachsenes Leben über nie ein Geburtstagsfest oder eine andere Party veranstaltet hatte. Die Vorstellung war ihm unangenehm, seine Bekanntenkreise, mit denen ihn doch völlig unterschiedliche Gesprächsthemen und Jargons verbanden, zusammenzubringen. Er wäre sich auf seiner eigenen Party wie ein überforderter Dolmetscher vorgekommen, der ständig zwischen den Anspielungen, Redewendungen und Spezialvokabularen der einzelnen Fraktionen hätte vermitteln müssen. Die Journalisten, die Band-Leute, seine Universitätsfreunde, vielleicht sogar noch ein paar alte Mitspieler aus dem Fußballverein: Tobias hätte ständig kontrolliert, ob die verschiedenen Kreise sich überschneiden, und er wäre sofort hinzugeeilt, um die Gefahr eines Aneinander-Vorbeiredens zu unterbinden.

Er war ein Virtuose der Codes, der die Themen und Slangs einer Szene bestens beherrschte, um ein paar Stunden später vollkommen andere Codes mit derselben Ausschließlichkeit anzuwenden. In der Zeit des Studiums etwa, die täglichen Mittagessen in der Cafeteria der Kunstakademie: Die Unterhaltungen drehten sich eine Stunde lang allein um Universitätsthemen, um die Seminare, die sie besuchten, und die einschlägigen Autoren, die sie begeisterten, um Foucault, Derrida, Friedrich Kittler. Tobias ging im Jargon des Akademischen auf, musste sich keineswegs verstellen. Abends im Substanz oder im Proberaum von Undone handelten die Gesprächsthemen und Anspielungen dann von etwas völlig anderem, von den neuesten Platten oder bevorstehenden Konzerten. Doch Tobias beherrschte diesen Jargon ebenso perfekt. Und nahm er die Menschen um sich herum nicht allesamt nur als Repräsentanten einer Szene wahr? Außerhalb der vertrauten Orte wäre er gar nicht daran interessiert gewesen, sie zu treffen. Jemanden aus dem Undone-Umfeld etwa hätte Tobias niemals angerufen, um sich allein mit ihm auf ein Bier zu verabreden. Die Leute gab es für ihn nur als Elemente eines Ganzen, und jedes Mal, wenn er ins Substanz fuhr, hoffte er, dass genügend von ihnen dort sein würden.

Grundsätzlich hatte Tobias immer eine bestimmte Art von Zweier-Verabredung gemieden, bei der man sich alle paar Wochen trifft und sich die jüngsten Neuigkeiten aus dem eigenen Leben erzählt. Im Zentrum seiner Bekanntschaften standen vielmehr Schauplätze, früher das Substanz, später das Schumann's, in die er ohne Verabredung gehen konnte, weil er wusste, dass er mit großer Wahrscheinlichkeit jemanden treffen würde. Tobias liebte diesen Moment, wenn er an einem späten Donnerstag- oder Freitagabend die Tür zu einem überfüllten Laden öffnete, den er gut kannte, und noch alle Optionen offenstanden: dass nur ein oder zwei Freunde da waren, mit denen man in Ruhe ein Bier im Stehen trank und früh nach Hause ging; dass man plötzlich einen großen Tisch entdeckte, an dem eine Runde von Bekannten saß und feierte; oder dass einem plötzlich jemand über den Weg lief, den man seit Jahren aus den Augen verloren hatte und mit dem man dann den ganzen Abend verbrachte. Ein Effekt dieser Vorliebe war es aber, dass Tobias, wie ihm jetzt bewusst wurde, praktisch nur Rahmenfreundschaften hatte, Kontextfreundschaften. Er wechselte von Milieu zu Milieu und duldete keine Überschneidungen der Kreise, weil der schnelle, anspielungsreiche Sound der Unterhaltungen, das ständige Verweisen, Assoziieren, »Du weißt schon«-Sagen nur durch das gleichermaßen ausgeprägte Beherrschen des Spezialjargons möglich war. Die letzte und vollkommenste Station auf diesem Weg war für Tobias dann das

Vorn gewesen; die Geschlossenheit dieser Sphäre, so schien es ihm jetzt, war nicht mehr zu überbieten und ließ keinen Außenstehenden zu.

Die einzige Person in all den Jahren, zu der Tobias ein anderes Verhältnis hatte, eines, das sich nicht auf einen engen gemeinsamen Kontext beschränkte, war Emily. Und diese Basis der Zweisamkeit war auch die Voraussetzung für ihn, mit umso größerer Radikalität und Konsequenz in den anderen Milieus aufzugehen. Jetzt war diese Mitte, dieses Fundament weggebrochen, und Tobias fühlte sich, als müsse sein Leben ganz von vorn beginnen. Wie oft dachte er an Emily, an die völlig andere Ordnung ihrer Bekanntschaften: Das Wichtigste waren bei ihr immer schon sechs oder sieben alte Freundinnen gewesen, einige aus der Studien- oder Schulzeit, andere sogar aus frühesten Nachbars- und Sandkastentagen. Manche sah sie ständig, manche traf sie einmal im Monat abends in einer Kneipe. Immer war es Tobias klar gewesen, dass in Emilys Freundschaft zu den »Mädels«, wie sie sagte, etwas Konstanteres und vielleicht auch Verlässlicheres für sie lag als in der Beziehung zu ihm. Emily hatte das einmal sogar ausgesprochen: dass sie nicht genau wisse, wie lange es noch gutgehen werde zwischen ihnen, dass sie aber ganz beruhigt sei, weil Tanja, Caro oder Katja sicher immer für sie da wären. (Und genauso war es dann auch eingetreten.) Tobias hatte den Eindruck, dass Frauen diese Dinge klüger regelten, dass sie ihrem Freund keine übermäßige Verantwortung für ihr Leben auferlegten. Er selbst hatte dagegen alles, was für Beruhigung und Orientierung zuständig war, auf Emily übertragen. Er nahm sich vor, das bei seiner nächsten Freundin anders zu machen.

Mit Emily konnte Tobias nach diesem Einbruch nicht mehr sprechen. Sie wollte das zuerst nicht verstehen, doch nach ein oder zwei schlimmen Telefonaten ließ Emily ihn in Ruhe. Sie hörten und erfuhren nun nichts mehr voneinander; nur einmal im Frühling sah Tobias sie in der Innenstadt Hand in Hand mit Lars eine Straße entlanggehen. In diesen Monaten begann Tobias mit einer langen Mail an Emily. Zu Hause auf seinem Computer schrieb er ihr; an manchen Tagen mehrere Seiten, dann wieder über Wochen hinweg gar nichts. Es waren Erinnerungen an die sieben gemeinsamen Jahre. Tobias hatte das Gefühl, es würde ihm helfen, sich über das Bild, das er von Emily hatte, noch einmal ganz klarzuwerden. Er wollte diese Mail irgendwann abschicken, doch dann änderte er seine Meinung und behielt sie für sich.

13

»Liebe Emily,

vor ein paar Tagen habe ich mir einen kleinen Aufsatz für den Gasherd gekauft, auf den man die Espressokanne stellen kann. Weißt du, so einen wie du auch hast in deiner Küche. Immer wenn ich bei dir übernachtete, bereiteten wir morgens den Milchkaffee in dieser Kanne zu. Das heißt, ich bereitete ihn zu, denn du schliefst ja fast immer länger als ich. Wenn wir abends ins Bett gingen, versprachst du zwar jedes Mal, am nächsten Morgen ausnahmsweise einmal vor mir aufzustehen, Frühstück beim Bäcker zu holen und Kaffee zu machen. Aber dann hattest du nachts doch wieder stundenlang im Bett gelesen, und wenn ich aufwachte, murmeltest du nur etwas wie: ›Lass mich noch kurz zu Ende träumen. Ich mach dann Kaffee.‹ (Ich konnte das nie glauben, dass du im Halbschlaf darüber verfügen konntest, den Traum weiterlaufen zu lassen.) Also ging immer ich in die Bäckerei in deiner Straße, kaufte Croissants und ein paar Marmorkuchen ›am Stück‹ – denn die Verkäuferin fragte mich immer, ob ich sie »einzeln oder am Stück« haben wollte, und im Ganzen wurde die Kuchenmenge viel großzügiger berechnet – und holte auf dem Rückweg die Zeitung vom Kiosk. Wenn ich die Wohnungstür aufsperrte, war immer die Frage, ob du es in der Zwischenzeit tatsächlich geschafft hattest, aus dem Bett zu kommen. Ich konnte aber damit rechnen, dass die Schlafzimmertür noch geschlossen war, und nur ganz selten duftete deine Wohnung schon nach Kaffee, wenn ich hereinkam. Ich machte Frühstück, schnitt den Marmorkuchen auf und legte die Zeitung auf den Tisch in deiner großen Wohnküche. Dass wir beide gut zusammenpassten, zeigte sich auch daran, dass wir uns beim Zeitunglesen mit unseren Vorlieben nicht in die Quere kamen. Ich wollte immer zuerst den Sport-, du den Lokalteil. Nur an den Tagen, an denen die Sportseiten hinten in der Lage mit dem Lokalteil waren, musste einer von uns beiden nachgeben, und dann nahmst du entweder das Vermischte im ersten Teil der Zeitung oder ich das Feuilleton. (Ein paar Monate nach unserer Trennung änderte die Zeitung ihren Grundaufbau, und der Sportteil hat seitdem täglich eine eigene Lage. Das wäre uns noch mehr entgegengekommen.) Das gemeinsame Frühstücken und Zeitunglesen am Morgen war für uns einer der schönsten Momente des Tages. Einmal sahen wir im Kino den Film »Singles« mit Matt Dillon und Bridget Fonda. Der Niedergang einer langen, immer routinierteren Liebesbeziehung wird in diesem Film dadurch veranschaulicht, dass das Paar am Frühstückstisch jeden Morgen ausführlich Zeitung liest und sonst kaum miteinander spricht. Wie sehr verachteten wir damals diesen Film, der nichts vom Glück solcher Stunden zu wissen schien, von der stillen Übereinkunft, die Zeitung aufzuteilen, der Rücksichtnahme auf die Vorlieben des anderen! Fast ohne ein Wort kamen wir aus (nur gelegentlich las einer dem anderen eine Stelle vor), manchmal saßen wir sogar Rücken an Rücken, und dennoch gab es kaum einen Augenblick, in dem das Bewusstsein unserer Zusammengehörigkeit größer war.

Ich liebte es, in der Umgebung deiner Wohnung nach der besten Bäckerei zu fahnden. In den Jahren, in denen wir zusammen waren, hast du ja in drei verschiedenen Stadtteilen Münchens gelebt, und es gehörte nach den Umzügen immer zu den wichtigsten Dingen, durch die Straßen des neuen Viertels zu laufen und die Bäckereien zu entdecken. Ich hatte ohnehin das Gefühl, dass ich in der Anfangszeit mit dir zum ersten Mal überhaupt genau wusste, was ich gerne frühstücke. Jeden Morgen kaufte ich Croissants und anderes Gebäck – »Süßkram«, wie du immer sagtest. Alle deine Wohnungen sind in meiner Erinnerung mit bestimmten Frühstücksgewohnheiten verbunden: die Bäckerei im Glockenbachviertel, deren Nusshörnchen wir in den Sommermonaten oft auf dem Dach deines Hinterhofhauses aßen; ein Eiscafé in Schwabing, in dem ich jeden Morgen, wenn ich bei dir übernachtete, einen Schokolade-Nuss-Kuchen kaufte, der aus unerfindlichen Gründen »Schweizerkuchen« hieß; dann, in den letzten Jahren, die kleine Bäckerei beim Schyrenbad, deren Einrichtung offensichtlich seit Jahrzehnten unverändert geblieben war, mit dem Marmorkuchen »am Stück«. Mehrmals in der Woche hörte ich diese immergleiche Bemerkung, sie war die Frage aller Morgen. Als ich ein paar Monate nach unserer Trennung einmal einen Bekannten besuchte und in einer Bäckerei, in der ich nie zuvor gewesen war, ein paar Stücke Gewürzkuchen zum Kaffee kaufen wollte, sagte die Verkäuferin genau diesen Satz: »Wollen Sie die Kuchen einzeln oder am Stück?« Ich hatte Mühe, nicht mitten in dem Geschäft in Tränen auszubrechen. Etwas Ähnliches ist mir neulich auch in der Konditorei in der

Nähe meiner Wohnung passiert, in der wir sonntags manchmal Kuchen holten. Die freundliche Verkäuferin, die sich unsere Gesichter, so selten wir kamen, schnell gemerkt hatte, sprach uns doch immer gemeinsam an – erinnerst du dich? »Ihr mögt's den Guglhupf, das weiß ich«, sagte sie jedes Mal, noch bevor ich bestellen konnte; »nehmt's doch gleich den ganzen, der kostet nur zwölf Mark.« Ich würde jetzt auch noch gerne in diese Konditorei gehen. Doch als ich einmal vor ein paar Wochen dort war, ließ sich die Verkäuferin nicht davon beirren, dass ich dieses Mal alleine vor ihr stand, und fragte mich wie immer, ob »ihr wieder ein paar Stück vom Guglhupf wollt, der schmeckt euch doch so«. Ich bin seitdem nicht mehr dort gewesen.

Was ich an dir von Anfang an so gemocht habe, Emily, war deine Bestimmtheit, diese Kraft, ein eigenes Leben zu führen. Ich dagegen hatte, als wir uns kennenlernten, erst zwei Jahre zuvor Abitur gemacht und fühlte mich noch nicht besonders selbständig. Immer wieder denke ich an die erste Zeit unseres Zusammenseins zurück; wie du das Einrichten meiner Wohnung in die Hand genommen hast. Wenn du umgezogen bist in den Jahren danach, hast du ja immer alle Renovierungsarbeiten selber durchgeführt, und ich erinnere mich, dass ich durch dich mit der Zeit auch ein ganz neues Vokabular kennenlernte. Ich hörte zum ersten Mal vom »Bündigmachen« und »Einlassen« von Parkettböden und ähnlichen Worten. Überhaupt bekam ich in der ersten Zeit mit dir unzählige kleine Tricks mit, Geschicklichkeiten im Alltag: Als wir in einer der ersten Nächte bei mir eine Flasche Prosecco aufmachten und sie nur halb austranken, hast du einen Löffel in die Flasche gesteckt, bevor du sie in den Kühlschrank zurückstelltest. Auf meinen fragenden Blick sagtest du mir, dass der Sekt auf diese Weise noch ein paar Tage frisch bleiben würde, was dann tatsächlich stimmte.

Besonders imponiert hat mir auch deine Angewohnheit, von deinen Talenten und Fertigkeiten kein besonderes Aufheben zu machen. Die Rolle etwa, die Bücher in deinem Leben spielten: Du hast mehr gelesen als fast alle, mit denen ich an der Universität Literatur studierte. In dem Winter, als wir zusammenkamen, versuchte ich gerade seit längerem, die »Jahrestage« von Uwe Johnson zu lesen; am 21. August, dem Datum, an dem auch der Roman im Jahr 1967 einsetzt, hatte ich angefangen, und ich wollte es eigentlich schaffen, ein Jahr lang Tag für Tag die entsprechenden Seiten mitzulesen, bis zum letzten Kapitel vom 20. August 1968. Meine Disziplin hatte aber schon an irgendeinem Novembertag nachgelassen, bei einem zwanzig oder dreißig Seiten langen Eintrag über das Heimatdorf der Hauptfigur Gesine Cresspahl. Der erste Band der orangefarbenen Edition-Suhrkamp-Ausgabe lag nun seit Wochen in deiner Wohnung herum, weil ich mich an manchen Abenden bei dir bemühte, wieder in den Roman reinzukommen und die fast zwei Monate, die ich jetzt schon hinterherhing, aufzuholen. Eines Abends nahmst du das Buch mit ins Bett. Vor dem Einschlafen sagtest du ja jedes Mal den gleichen Satz – »Ich lese noch zwei, drei Seiten, okay?« –, und am nächsten Morgen beim Frühstück erzähltest du mir dann immer, dass du noch dreißig, fünfzig, manchmal auch fast hundert Seiten gelesen hattest. Auf diese Weise warst du mit dem ersten Band der »Jahrestage« schon nach ungefähr einer Woche fertig, fragtest mich, ob ich die restlichen Bände bald mitbringen könnte, und das spornte wiederum mich an; ich las das Versäumte nach und fand im Lauf des Februars wieder zu meiner Leseweise Tag für Tag zurück. Dein Tempo aber war dafür nicht geeignet, du hattest alle vier Bände schon im Frühling durch, und in meinen Germanistikseminaren musste ich oft an dich denken, wenn die Leute ihre Referate hielten und schnell deutlich wurde, dass sie die Texte gar nicht kannten und sich mit Zusammenfassungen aus der Sekundärliteratur behalfen. Du hattest mit diesem Studium nichts zu tun, hättest von dir auch nie behauptet, dass du dich mit Literatur besonders gut auskennst, und hast die ganzen Bücher einfach gelesen.

Ich frage mich jetzt oft, ob ich jemals wieder einen Menschen treffen werde, in dessen Gesellschaft ich mich so wohl fühle wie mit dir. Alleine unsere ganzen Reisen: Ich war ja anfangs etwas zurückhaltend, was unseren ersten gemeinsamen Urlaub anging. Doch dann wurde sofort klar, dass wir beide genau dieselbe Vorstellung von unserem Tagesablauf hatten, und das ist bei allen unseren Reisen so geblieben. Die Ruhe und Vertrautheit, die ich in deiner Gegenwart spürte, ging sogar so weit, dass wir zusammen im selben Buch lesen konnten. Erinnerst du dich an das verregnete Wochenende am Gardasee vor ein paar Jahren, als wir jeden Tag stundenlang in dieser Konditorei saßen, mit einem ganzen Haufen von Maigret-Romanen? Irgendwann war nur noch ein einziges Buch übrig, und wir haben angefangen, es gemeinsam durchzulesen. Ich hätte nie gedacht, dass das gutgehen könnte, weil ich normalerweise eine große Abneigung habe, mit anderen Leuten einen Text zu teilen. Im Universitätsseminar war es für mich immer unangenehm, wenn der Dozent ein paar Kopien eines Romanauszugs ausgab und sagte, man solle doch bei seinem Nachbarn mit hineinschauen; ich war dann, am Ende einer Seite angekommen, immer unsicher, ob der andere schon voller Ungeduld wartete oder selbst noch Zeit brauchte, und das machte jede Konzentration zunichte. Sogar wenn ich in der Straßenbahn bemerkte, dass mein Sitznachbar in mein Buch oder meine Zeitung schaute, war es für mich fast unmöglich, in Ruhe weiterzulesen. Doch jetzt, mit dir in diesem Café in Malcesine, war es plötzlich wie selbstverständlich, sogar einen ganzen Roman gemeinsam zu lesen. Bei den ersten Seiten sagte ich noch nach einiger Zeit: ›Fertig? Soll ich umblättern?‹, aber dann wusste ich schnell, dass diese Frage gar nicht nötig war.

In meiner Schreibtischschublade liegen die Kuverts mit den ganzen Fotos, die wir auf unseren Reisen gemacht haben. Ich habe mich lange Zeit nicht getraut, sie herauszunehmen. Jetzt schaue ich sie manchmal durch, und ich bleibe immer bei einem Bild besonders lange hängen. Es ist ein Foto am Ende unseres ersten Kalifornien-Urlaubs. Wir gingen in Los Angeles am Strand entlang, in Santa Monica; es war ein trüber Vormittag, und wir wussten, dass unsere Maschine nach Hause schon in ein paar Stunden abfliegen würde. Plötzlich hast du angefangen, deine Hand- und Fußabdrücke in den Sand zu malen, in Anspielung auf unseren Spaziergang über den Hollywood Boulevard am Abend zuvor. »Emily with Love, 4.11.92« hast du in den Sand geschrieben: ein Spruch, wie er vor dem Chinese Theatre neben den ganzen Hand- und Fußabdrücken der Filmstars steht. Ich habe den Schriftzug im Sand damals fotografiert, und jetzt muss ich bei diesem Bild, diesem Datum immer an unsere glücklichste Zeit miteinander denken.

Liebe Emily, als ich mit dir zusammenkam, tat sich für mich eine neue Welt auf, und das sogar im ganz wörtlichen Sinn: Denn durch die unterschiedlichen Orte unserer Herkunft in München lernte ich meine eigene Stadt, in der ich über zwanzig Jahre gelebt hatte, noch einmal auf völlig andere Weise kennen. Ich war im Süden Münchens aufgewachsen, und meine Orientierung ließ an bestimmten Punkten nördlich des Zentrums stark nach. Stadtteile wie Milbertshofen, Moosach, Kieferngarten waren für mich nichts als ein Geflecht von Ausfallstraßen durch sprödes Industriegebiet, in die man allenfalls auf dem Rückweg von der Autobahn gelangte, mit einer Vielzahl von Bundeswehrkasernen, Autogroßhändlern und Bordellen. In den ersten Monaten mit dir, wenn wir mit deinem Auto die großen Möbelgeschäfte abfuhren oder deine Eltern in Kieferngarten besuchten, erhielt ich zum ersten Mal ein genaueres Bild vom Norden Münchens. Der Blick auf die Stadt vervollständigte sich; das Fragmentarische meines Orientierungssinns in diesen Vierteln löste sich nach und nach auf. Am deutlichsten spürte ich das auf dem Mittleren Ring. Vertraut war mir seit je nur seine südliche Hälfte. Wenn ich früher mit meinen Eltern dieses Straßengeflecht benutzte, bogen wir entweder beim Luise-Kiesselbach-Platz auf den Ring, Richtung Nordwesten zum Olympiastadion, oder auf der Brudermühlstraße, nach Osten Richtung Giesing und Salzburger Autobahn. In den unteren Teilen des Rings kannte ich mich gut aus, und ich hätte den Straßenverlauf in meinem Kopf ohne Unterbrechung rekonstruieren können. In der oberen Hälfte jedoch war mein Wissen lückenhaft. Im Westen hinter der Landshuter Allee, im Osten irgendwo auf dem Innsbrucker Ring verliefen die Straßen in meiner Einbildungskraft im Leeren, und ich hatte, bevor ich mit dir zusammenkam, auch gar keine Gewissheit darüber, ob sie im Norden tatsächlich aufeinandertreffen würden, ob der Mittlere Ring also wirklich ein Ring rund um das Zentrum Münchens war. In der Vorstellung meiner ganzen Kindheit und Jugend hindurch war er es jedenfalls nicht; das, was ich von diesem verschlungenen Gebilde kannte (wenn sich meine Eltern etwa verfahren hatten und mein Vater auf dem Beifahrersitz meine Mutter anherrschte, sie hätte doch bei der Abzweigung zuvor »auf den Ring müssen«), war einfach eine mehrspurige Straße, die an manchen Stellen der Stadt auftauchte und dann wieder verschwand, ein bisschen so wie die Isar, die in undurchschaubaren Windungen durch die Stadt floss.

Mit dir aber schärfte sich mein Orientierungsvermögen. Ich bemerkte das immer schon dann, wenn wir von deiner ersten Wohnung im Glockenbachviertel auf die Schnellstraße entlang der Isar bogen, die zuerst Wittelsbacher- und dann Widenmeyerstraße heißt und von dir nur »Isarparallele« genannt wurde. Die Brücken entlang der Straße verbanden die links und rechts der Isar gelegenen Stadtteile Münchens, und wenn wir nach Haidhausen oder nach Berg am Laim zur Arbeit in die Unterkunft fuhren, bist du immer über die kleinere Corneliusbrücke gefahren, die ich bis dahin gar nicht gekannt hatte. Meine Eltern nahmen auf dem Weg in die östlichen Stadtteile immer die große Isartor- oder Wittelsbacherbrücke: eine Route, die, wie ich plötzlich einsah, umständlich und weniger schön war. Inzwischen fahre ich, wenn ich mit dem Auto in dieser Gegend unterwegs bin, grundsätzlich über die Corneliusbrücke, und ich denke jedes Mal kurz an dich, wenn ich abbiege, als stünde am Straßenrand ein kleines Gedenkkreuz. Und auf dem Mittleren Ring erging es mir in den ersten Monaten mit dir so wie einem Zugezogenen in der Großstadt: Ich erstaunte immer wieder darüber, dass eine bestimmte Stelle, an der ich schon häufiger gewesen war, plötzlich mit einer anderen, genauso bekannten, unmittelbar zusammenhing. Auf diese Weise wurde mir die nördliche Hälfte des Mittleren Rings bald genauso geläufig wie die südliche.

An manchen Tagen, Emily, war ich jetzt schon zuversichtlich, dass es wieder halbwegs gehen könnte. Aber gestern – es war Sonntag und schlechtes Wetter – habe ich die Kiste mit den Rechnungen des letzten Jahres zu sortieren begonnen, um die Steuererklärung vorzubereiten. Das hätte ich nicht tun sollen. Vor allem der Stapel mit den Restaurantquittungen, chronologisch geordnet, las sich plötzlich wie ein Tagebuch der letzten Monate mit dir, wie ein Countdown unserer Trennung. Die Rechnungen zu Beginn des Jahres waren noch unverdächtig, fast nur Belege der Lokale, in die ich immer schon regelmäßig gegangen bin: die Pizzeria in meiner Straße, das Schumann's, das Wirtshaus in der Großmarkthalle oder auch das Tandoori King – weißt du noch, dieses indische Restaurant in der Nähe des Tierparks, in dem trotz des guten Essens bei jedem unserer Besuche so wenig Gäste saßen, dass wir uns immer fragten, ob es beim nächsten Mal noch geöffnet haben würde? Doch spätestens nach unserer langen Russland-Reise im Juni und Juli, die eine wochenlange Lücke inmitten der Belege gerissen hatte, rückte das Ende mit großen Schritten näher. Es wurde August (einige Rechnungen von Landgasthöfen waren nun darunter, in die wir abends noch mit dem Fahrrad gefahren waren), September, früher Oktober (eine Quittung vom Tag der deutschen Einheit, den wir in den Bergen verbracht hatten, vom Jägerwirt in Kochel). Nur eine Woche vor dem Stereolab-Konzert im Backstage – ich habe den Beleg hier auf dem Schreibtisch liegen – sind wir offenbar noch einmal in dem indischen Restaurant gewesen. Wie unschuldig das dünne Stück Rechnungspapier aussieht, weiß-rosa liniert, mit dunkelblauer Schrift: kein Unterschied zu erkennen zu den vielen anderen Tandoori-King-Rechnungen der vergangenen Monate und Jahre. Wir haben die gleichen Gerichte bestellt wie fast immer, zuerst die gemischte Vorspeisenplatte, danach Lamm mit Spinat für dich, Huhn mit Safran-Mandel-Sauce für mich, ›Nummer 305‹ (ich weiß sie noch heute auswendig). Ein Blanc de Blanc steht auf der Rechnung, ein Bier, dann zweimal Mangocreme zum Dessert. Alles wie sonst; kein Zeichen des nahenden Unglücks.

Ich habe diese Quittung immer wieder durchgelesen, als wäre sie der Brief eines Verunglückten, verfasst eine Woche vor seinem völlig unerwarteten Tod – ein unspektakulärer, belangloser Brief, mit ein paar detaillierten Anweisungen, so wie ihn nur jemand schreiben kann, der sich mitten im Leben wähnt. Auf dem Papierhaufen im Schuhkarton aber war er das letzte Stück einer langen, abrupt abbrechenden Korrespondenz. Denn die nachfolgenden Belege stammten bereits von Restaurantbesuchen ohne dich, in der Pizzeria bei mir und im Rustico, mit Sarah oder mit den Leuten aus der Redaktion. Nur eine Quittung sechs Wochen später, von dem Waldgasthof im Isartal, den wir immer so sehr mochten, trug noch eine Spur von dir. Es war der Nachmittag, an dem wir uns endgültig trennten. Wir hatten uns zu einem Spaziergang am Isar-Hochufer verabredet, und du wolltest wissen, ob es nicht doch noch eine Chance für uns gäbe. Später im Restaurant ging ich deinen eindringlichen Reden aus dem Weg, wies dich mit einer Skrupellosigkeit ab, zu der wahrscheinlich nur frisch Verliebte fähig sind. Beim Herausgehen bekamst du einen Wutanfall, warfst deine Tasche nach mir, und dein Portemonnaie, ein alter, abgeblätterter Beutel (wie sehr war mir dieser alte, umständlich zu öffnende Geldbeutel vertraut, wie oft hatte ich ihn in den letzten sieben Jahren in der Hand gehabt) fiel auf den aufgeweichten Waldboden vor dem Lokal. Du stopftest deine beschmutzten Sachen in die Tasche, ranntest weinend zur nahegelegenen S-Bahn-Station, ich lief dir nach und erreichte den Zug gerade, als du eingestiegen warst. Niemals in meinem Leben werde ich den Gesichtsausdruck vergessen, mit dem du mich angesehen und mir durch die Fensterscheibe kurz zugewinkt hast, als die S-Bahn sich in Bewegung setzte; es war eine Geste, die besagte: Okay, ich hab's kapiert, aber weißt du eigentlich, was du zerstört hast? – Ich frage mich, warum ich diese Quittung überhaupt besitze. Konnte ich nach diesem Essen, in einem solchen Moment, tatsächlich daran gedacht haben, die Rechnung mitzunehmen? Der Beleg enthält eine Zeitangabe: »16.52 Uhr«, der Moment des Bezahlens ist minutengenau festgehalten. Jetzt, ein halbes Jahr später, kommt mir diese Angabe vor wie eine für immer eingefrorene Tatzeit, wie das Zifferblatt einer stehengebliebenen Bahnhofsuhr im Augenblick des Attentats.«

14

Mitte Juni, als die Fußballweltmeisterschaft anfing, bekamen die Tage für Tobias langsam eine größere Stabilität. In den zweieinhalb Wochen der Vorrunde fanden fast immer drei Spiele am Tag statt, um halb drei, halb sechs und neun Uhr, und diese Termine waren für ihn verlässliche Anker in der Zeit. Vor allem die Abende konnten ihm jetzt nicht mehr völlig entgleiten wie in den Monaten zuvor, wenn keine Verabredung zustandegekommen war und er zu Hause stundenlang auf der Couch Gitarre spielte. Wie bei jeder Welt- oder Europameisterschaft hatten sich auch schnell bestimmte Orte ergeben, die Tag für Tag zur Anlaufstelle wurden und die Erinnerung an das Ereignis dann auf Jahre hinaus prägten. Bei der EM zwei Jahre zuvor waren es das Südstadt und das Café in der Muffathalle gewesen, wo er fast alle Spiele mit Emily und ein paar Freunden angeschaut hatte (und ihm nicht aufgefallen war, dass sie zu dieser Zeit schon wochenlang ihre Affäre mit Lars hatte). Jetzt verband er mit dem Turnier vor allem die große Altbauwohnung von Alexis, dem ehemaligen *Vorn*-Grafiker, in der Tobias so gut wie jedes Abendspiel sah.

Er wollte auch deshalb kein Spiel versäumen, weil er im Kulturteil der Tageszeitung an einer Kolumne über die Weltmeisterschaft mitarbeitete, so wie er jetzt ohnehin die meisten seiner Artikel für die Zeitung selbst schrieb. Ein paar Tage nach dem Finale kam Johannes Veith dann auf ihn zu und bot ihm eine Stelle in seinem Ressort an, und Tobias sagte sofort zu. Auch wenn ihm die *Vorn*-Redaktion in den vergangenen Wochen wieder ein wenig vertrauter geworden war: Er hatte schon länger den Eindruck gehabt, in den knapp drei Jahren bei der Zeitschrift alles gesagt zu haben. Die Themen begannen sich für ihn nun auch zu wiederholen. Von der Euphorie des Anfangs, dem Gefühl, das eigene Leben Woche für Woche ins Heft zu überführen, war immer weniger zu spüren; ihn ermüdeten eher die immergleichen journalistischen Reaktionen auf neue Platten und Filme, die halbjährlich wiederkehrenden Sonderhefte über Essen oder Mode, der obligatorische Rückblick zum Jahresende. Dennis hatte erst kürzlich das Angebot eines anderen Magazins mit den Worten abgelehnt: »Ich glaube, es gibt da noch ein paar Texte, die ich unbedingt ins *Vorn* reinschreiben muss.« Für Tobias galt das nicht mehr. Er kündigte nach einem Gespräch mit Thomas seinen Vertrag, und an einem Abend Ende Juli fand eine kleine Feier für ihn statt, in der Mio Bar gleich neben der Redaktion, in der sich die *Vorn*-Leute auch häufig zum Mittagessen trafen. Thomas hielt eine kurze Rede, Ludwig eine etwas längere, und unter den Abschiedsgeschenken befand sich, wie es im *Vorn* schon Tradition hatte, auch ein großformatiger Ausdruck jener Geschichte, die man mit dem ehemaligen Redakteur am stärksten in Verbindung brachte. Tobias wurde die gerahmte Doppelseite mit den Jubelposen der Bundesligaspieler überreicht, die er damals zusammen mit Dennis und Robert auf dem Fußballplatz seines alten Vereins nachgestellt hatte.

Als Tobias an diesem Abend nach Hause kam, vollgepackt mit Geschenken und dem riesigen Poster, spürte er zum ersten Mal seit längerer Zeit wieder Sehnsucht nach Emily. Er hätte gerne mit ihr telefoniert, ihr von dieser Feier und seinem Weggang vom *Vorn*-Magazin erzählt. Ohnehin kehrte seine Trauer vor allem in solchen Momenten noch mit aller Kraft zurück: Wenn er bei besonderen Gelegenheiten – nach der Rückkehr von einer Reise, nach einer beruflichen Entscheidung oder einer wichtigen Nachricht im Fernsehen – niemanden mehr hatte, den er sofort anrufen konnte. War das nicht eine der schönsten Selbstverständlichkeiten zwischen ihnen gewesen, dass sie mehrmals am Tag miteinander telefonierten? Mit dem gemeinsamen Besprechen hatte ein Ereignis oder eine Veränderung erst wirklich stattgefunden. (So eingespielt war dieses Ritual, dass er nach den ersten Begegnungen mit Sarah damals sogar ein- oder zweimal reflexhaft gedacht hatte: »Das muss ich gleich Emily am Telefon erzählen.«) Die schmerzliche Lücke der regelmäßigen Anrufe empfand Tobias noch sehr lange, auch Jahre nachdem er sich schon wieder zurechtgefunden hatte. Besonders jäh wurde sie ihm noch einmal am 11. September 2001 bewusst, in der Redaktion, in der er inzwischen arbeitete. Gleich nach den ersten Meldungen, die alle gemeinsam vor dem Fernseher im Konferenzbereich verfolgten, liefen die meisten seiner Kollegen zurück in ihre Büros, um mit ihren Freundinnen, Ehefrauen oder Ehemännern zu telefonieren. Nur manche blickten weiter gebannt auf den Bildschirm mit den endlos wiederholten Aufnahmen der Einschläge; es waren jene Redakteure, die gerade niemanden hatten. Natürlich hätte Tobias auch einen seiner Freunde anrufen können, hätte ihn – wie die anderen in ihren Büros – ohne Begrüßung sofort aufgefordert, den Fernseher einzuschalten. Aber das wäre ihm fast indiskret vorgekommen, wie die Inanspruchnahme eines Vorrechts, das allein für die Freundin reserviert war.

Eine Woche nach Tobias' Verabschiedung fand in einem stillgelegten Fabrikgebäude die große »Fünf Jahre *Vorn*«-Party statt. Die Redaktion hatte zu diesem Jubiläum sogar ein Sonderheft produziert, das letzte *Vorn*-Magazin, an dem Tobias als Redakteur beteiligt war. Offiziell wurde die Ausgabe zwar erst am Montag darauf veröffentlicht; auf dem Partygelände aber lagen schon überall Stapel mit der Jubiläumsnummer aus. Die Autoren blickten in diesem Heft auf die Zeit seit dem Erscheinen des ersten *Vorn*-Magazins zurück, schrieben über das Aufkommen von Handy und E-Mail oder die kurzen Karrieren von Drum & Bass, Ecstasy und der Girlie-Bewegung. Bebildert war die Ausgabe mit den Lieblingsfotos der Redakteure aus den Heften der vergangenen fünf Jahre. Das alte Fabrikgebäude, mitten im Englischen Garten, war von den Marketing-Leuten im *Vorn* als Partyort entdeckt worden. »Das ist echt eine Wahnsinns-Location«, hatte ihm eine der Anzeigenverkäuferinnen schon Wochen zuvor in der Redaktion erzählt, und Tobias musste an Robert Veith denken, der sicher sofort gesagt hätte: »Das heißt ›venue‹ und nicht ›location‹! Eine ›location‹ ist allenfalls ein Drehort beim Film.« »Location« gehörte in der besonders aufgeheizten Zeit beim *Vorn*, in der »stalinistischen Phase«, wie die Jüngeren in der Redaktion jetzt manchmal sagten, zu den verbotenen Worten. Es stand ungefähr in einer

Reihe mit »Caipi«, »lecker« oder »brunchen«, und wenn es jemand in ihrer Gegenwart benutzte, verdrehten sie die Augen und tauschten verächtliche Blicke aus. Tobias erinnerte sich etwa an ein großes Redaktionsessen, als Jakob, damals ganz neu beim *Vorn*, unbefangen davon erzählte, dass er am Sonntag mit Freunden beim »Brunchen« in einem Café gewesen sei. Irritiert bemerkte er damals die Reaktionen, das Tuscheln zwischen Dennis und Tobias quer über den Tisch, und wenn Tobias jetzt an den Gesichtsausdruck Jakobs in diesem Moment dachte, an sein leichtes Erschrecken, offenbar etwas Falsches gesagt zu haben, kam ihm ihre Unnachgiebigkeit brutal und lächerlich vor. Doch sie waren sich ihres Bildes von der Welt, ihrer Einteilung der Menschen derart sicher, dass der Gebrauch eines einzelnen Wortes ausreichte, um augenblicklich ein Urteil zu fällen.

Die Fabrikhalle und der sie umgebende Park waren so groß, dass viele hundert Menschen dort zusammenkommen mussten, um den Ort halbwegs zu füllen. Die Liste der Eingeladenen war daher lang, sie reichte von den Anzeigenkunden des Magazins über alle ehemaligen und aktuellen Autoren und Fotografen bis hin zu den siebzig oder achtzig Praktikanten, die jemals im *Vorn* gearbeitet hatten. Außerdem hatte die Redakteurin, die für die Rubrik auf der letzten Seite zuständig war – eine wöchentliche Liste mit Gründen, warum es sich zu leben lohnt –, ein paar Dutzend Leser eingeladen, die regelmäßig Beiträge für diese Liste einschickten. Tobias ging zusammen mit Sebastian und Jakob zu dem Fest. Es war noch hell, als sie in dem verwinkelten Teil des Englischen Gartens ankamen.

Nicht einmal der Taxifahrer hatte den Ort gekannt und musste sich erst per Funk den Weg dorthin erklären lassen. Er setzte sie am Anfang eines schmalen Fußgängerwegs ab; das Partygelände selbst war nicht mit dem Auto zu erreichen. Als sie auf die Fabrikhalle zugingen, saßen erst wenige Leute an den Biertischen davor, die meisten davon schon älter und in Anzug und Krawatte – das mussten die »Anzeigenkunden« sein, die auf solchen Redaktionsfesten immer wie Fremdkörper wirkten. Tobias fand es in diesem Moment aber nicht besonders störend, dass sie viel zu früh auf die Party gekommen waren. Als *Vorn*-Redakteure gehörten sie ja praktisch zu den Gastgebern, und er freute sich darauf, von einem der Biertische aus dabei zuzusehen, wie sich das Gelände langsam füllen würde. Noch war alles ganz ruhig. Es lief nicht einmal Musik. Der Catering-Service hatte die Essensstände vor der Halle gerade mit allen möglichen Salaten und Vorspeisen beladen; daneben bereitete ein Koch an einem Grill Steaks zu. Zwischen den Biertischen lagen Strandbälle mit dem *Vorn*-Logo herum, und alle paar Meter standen große, mit zerstoßenem Eis aufgefüllte Schubkarren, in denen sich Getränkeflaschen stapelten. Sie gingen zuerst in das Fabrikgebäude hinein, weil Sebastian dort später mit Robert Platten auflegen und sich kurz die Halle ansehen wollte. Auf die Wände des hohen Raums waren Großaufnahmen jener Fotos projiziert, die die *Vorn*-Redakteure im Jubiläumsheft zu den besten der letzten fünf Jahre gekürt hatten. Sebastian inspizierte kurz das DJ-Pult in der Mitte der Halle, das auf einem von verzweigten Röhren umgebenen Heizkessel errichtet war, offenbar Teile des früheren Fabrikbetriebs. Beim Hinausgehen fiel ihr Blick noch auf eine Schaukel, die genau auf der Höhe der Tanzfläche von der Decke hing.

Tobias bestellte sich ein Steak am Grill, nahm ein Bier aus einem der Schubkarren und suchte sich mit Sebastian und Jakob einen freien Tisch. Der Strom von Menschen auf dem schmalen Fußweg riss jetzt nicht mehr ab; Tobias beobachtete die Prozedur am Eingang, wie die Frau vom Party-Service jeden Gast begrüßte und dann auf ihrer umfangreichen Liste nachsah, ob der Name verzeichnet war. Auch der Shuttle-Bus zwischen der Party und der nächstgelegenen U-Bahn-Station hatte offenbar seinen Dienst aufgenommen, denn alle zehn oder fünfzehn Minuten stand plötzlich ein großer Pulk von Gästen am Eingangstor, hauptsächlich junge *Vorn*-Leser, die sich mit neugierigen Blicken auf dem Gelände umsahen. (Einige von ihnen trugen eine schwarze Umhängetasche mit gelbem *Vorn*-Schriftzug, die man seit kurzem über die Magazinadresse bestellen konnte.) Mittlerweile waren auch die meisten Redakteure da und hatten sich zu den anderen an den Tisch gesetzt. Tobias unterhielt sich mit Robert und Claudia, die gerade aus Hamburg angekommen waren. Er fühlte sich weniger unruhig, als er in den Tagen vor dem Fest gedacht hätte. In den letzten Monaten hatte er jede größere Redaktionsveranstaltung gemieden, war davon überzeugt gewesen, dass er einen solchen Abend nicht aushalten würde. Bei der Fünf-Jahres-Party wollte er aber unbedingt dabei sein, sah sie auch als Abschluss seiner Zeit in der Redaktion an, und jetzt war er fast überrascht, dass er sich in der

Gegenwart seiner Kollegen einigermaßen wohlfühlte. Zu seiner Erleichterung hatte auch die Gewissheit beigetragen, dass er Sarah an diesem Abend nicht sehen würde. Tobias hatte sich eigentlich schon fest darauf eingestellt, ihr zum ersten Mal wieder zu begegnen. Doch als er ein paar Tage zuvor eine Marketingfrau beim *Vorn* fragte, ob sie sich zu der Party angemeldet hätte, stellte sich heraus, dass sie nicht auf der Liste stand, weder unter »Sarah« noch unter »Schröder«. Offenbar war sie tatsächlich wieder zum Studieren nach London gegangen; sie hatte das im Winter damals schon angekündigt.

Die Leute vom Catering-Service zündeten gerade die großen Fackeln am Rand des Parks an. Tobias stand mit Johannes Veith und Philipp Nicolai neben dem Buffet. Johannes war erst am Mittag von einer Reise nach Los Angeles zurückgekehrt, und nun überboten sie sich schon seit längerer Zeit in ihren Lobreden auf diese Stadt. »Nur die Deppen können mit Los Angeles nichts anfangen«, sagte Johannes und setzte wieder einmal zu seiner Lieblingstheorie an, dass es kein zuverlässigeres Kriterium gebe, sich über einen Menschen klarzuwerden, als die Haltung, die er zu dieser Stadt einnehme. Sie kamen auf die entspannte Atmosphäre dort zu sprechen, die sogar im kilometerlangen Stau auf den Stadtautobahnen anhalten würde, versuchten die Frage zu klären, ob man überhaupt ein richtiger Los-Angeles-Verehrer sein konnte, wenn man wie Johannes keinen Führerschein besaß – und plötzlich, als Tobias wieder einmal den Kopf hob und über das Gelände blickte, war die Party in vollem Gang. Auf der Rasenfläche vor der

Halle gab es so gut wie kein Durchkommen mehr. Es war vielleicht viertel vor zehn, und alle waren da, hatten fast auf die Minute genau dasselbe Gespür dafür gehabt, wann man auf einem großen Sommerfest erscheinen sollte, das laut Einladung um 20 Uhr beginnt.

Johannes und Philipp wollten sich am Grill etwas zu essen holen, und Tobias ging die paar Meter hinüber zu Alexis, der an der Eingangstür der Halle lehnte. Wie so oft war er auf eine Weise gekleidet, die jeden anderen lächerlich gemacht hätte, an ihm aber genau richtig aussah: Er trug einen beigen Anzug, darunter ein rosafarbenes Polohemd und eine übergroße Kassenbrille aus den achtziger Jahren. Außerdem hatte Alexis tatsächlich seine Ankündigung aus alten *Vorn*-Zeiten wahrgemacht und sich einen Oberlippenbart wachsen lassen. Er stellte den Umstehenden gerade seine neue Freundin vor, die Tobias aus den Erzählungen des verlassenen Schlagzeugers und den WM-Spielen in Alexis' Wohnung schon kannte. Gleich neben ihnen standen Carla Bertoni und Anne Krausnick, perfekt angezogen wie immer, Carla ganz in Weiß, Anne in kurzem Jeansrock. Beide trugen zur Feier des Tages besonders seltene New-Balance-Turnschuhe, die man nur in London bekam, Carla olivgrüne, Anne silberne mit leuchtend rotem N an den Seiten. Anne hatte ihren Gute-Laune-Partymodus aktiviert, unterhielt sich aufgekratzt mit einem *Vorn*-Fotografen und kommentierte fast jeden seiner Sätze mit einem Lachen oder einer schlagfertigen Nachfrage. Sie war eine Meisterin des Partygesprächs und wirkte auf Tobias in solchen Momenten immer wie eine junge Schauspielerin auf einer Dinnerparty in Beverly

Hills. Es störte auch nicht, dass sie ihr Auftreten bewusst und fast strategisch steuern konnte. Ein junger Feuilletonredakteur hatte sich jetzt zu ihnen gestellt, prostete Anne zu und warf ein unschlüssiges »Na?« in ihre Richtung, was sie sofort mit »Na, was?« quittierte, wie aus der Pistole geschossen. (Es gab niemanden, auf dessen Antworten diese Redewendung besser zutraf; man glaubte wirklich fast, das Geräusch einer kleinen Schusswaffe zu hören, die Anne aus ihrer Handtasche gezogen hatte.) Das Manöver verängstigte den anderen jedenfalls derart, dass er gleich weiterging und anderswo Anschluss suchte. Tobias wechselte noch ein paar Sätze mit Carla und Anne und hörte ihnen im Weggehen ein bisschen beim Lästern über andere Partygäste zu: »Hast du gesehen, Verena ist auch da, in diesem nicht wirklich vorteilhaften Kleid?«, sagte Carla mit ihrer hohen Stimme, die umso mädchenhafter wurde, je größer die Gemeinheit war, die folgte. »Weißt du, was die mittlerweile macht? Die schreibt jetzt die Kinotexte bei der *Allegra*. Und das nach unserem Treffen neulich auf der Berlinale: Sie fragte mich, wo ich gerade hingehe, und als ich sagte, ich schau mir jetzt gleich die Sondervorführung von ›Panzerkreuzer Potemkin‹ an, antwortete sie ungelogen: ›Ach, genau, das ist doch der neue Schlingensief, oder?‹« Kaum ein Gesicht, in das Tobias jetzt blickte, das ihm nicht aus den vergangenen drei Jahren beim *Vorn* vertraut gewesen wäre. Ein paar Meter vor ihm sah er Simon, der extra aus London angereist war; auf der Wiese dahinter, unter einem großen Baum, stand Ludwig, umgeben von einem Kreis aus Lesern und früheren Praktikanten, und hielt einen kleinen Vortrag über den Werdegang des Heftes.

Am Eingang wurden Stimmen laut. Tobias drehte sich um und erkannte Dennis und seine Freundin, die gerade angekommen waren und nun von den ersten Leuten begrüßt wurden. Es war stets dasselbe Bild, wenn Dennis auf einem Fest auftauchte. Er stand sofort im Zentrum des Geschehens; der Schwerpunkt der Party verlagerte sich, so als würde von ihm eine Art Sogkraft ausgehen. Tobias hatte diese Gabe oft bewundert, weil sie natürlich auch bedeutete, dass sich Dennis auf Festen niemals langweilte. Er selbst kannte diese Phasen des Stillstands gut, das ziellose Umherstreifen im Raum, das Bierholen, das Sich-an-den-Rand-der-Tanzfläche-Stellen. Bei Dennis gab es diese Unterbrechungen anscheinend nicht; er war jemand, der vom ersten Moment an umringt war. Dennis kam auf Tobias zu, und die beiden begrüßten einander, herzlicher und freundschaftlicher als in den Monaten davor. Dann wurde er sofort von einem Leser in Beschlag genommen, und Tobias stieß im Weitergehen fast mit einer Gruppe früherer *Vorn*-Grafikerinnen zusammen. »Hey, Tobias«, rief eine von ihnen, »schön, dich zu sehen. Na, amüsierst du dich?« – »Ja, klar, ihr auch?« – »Klar, ist doch total nett hier. Allein die Location …« Doch dann brach das Gespräch auch schon ab, und es entstand eine etwas unangenehme Pause. Tobias bemerkte wieder einmal, dass es kaum eine andere Art von Mädchen gab, mit denen er sich im Reden so schwer tat wie mit Grafikerinnen. Sie waren immer sehr freundlich und sahen gut aus, doch Tobias hatte das Gefühl, dass ihre Zurückgenommenheit eine längere Unterhaltung fast unmöglich machte. Lag es daran, dass sie Tag für Tag neun Stunden lang wortlos am Computer saßen und Buchstaben oder Bilder hin und her schoben? Dass sich diese geduldige, konzentrierte Feinarbeit mit den Jahren auf ihr Temperament niedergeschlagen hatte? Alle *Vorn*-Grafikerinnen, die Tobias je kennengelernt hatte, ähnelten sich in einer merkwürdigen Trägheit, einer besonders sparsamen Dosierung der Gesten und Worte. Vielleicht waren professionelle Näherinnen vor 150 Jahren ähnlich gestimmt. Sie versuchten noch einige Satzfragmente zu wechseln, die Unterhaltung in Gang zu bringen, doch trotz der großen Sympathie, die alle in der Runde füreinander empfanden, gelang es nicht besonders gut. Sie prosteten sich daher einfach ständig mit ihren Bierflaschen zu, und Tobias fiel auf, wie seltsam eine der Grafikerinnen aus der Flasche trank. Er hatte das auf früheren Partys schon häufiger bemerkt. Das Mädchen hielt die Flasche immer ganz oben am Hals und versuchte dann mit hastigen Lippenbewegungen zu trinken, wobei es eher eine Art Saugen war, weil sie die Flaschenöffnung fast vollständig mit dem Mund umschlossen hatte.

Aus der Halle kam nun lautere Musik; Robert und Sebastian mussten mit ihrem DJ-Set begonnen haben. Tobias sagte: »Ich geh mir noch ein Bier holen«, den obligatorischen Entwindungssatz auf Partys, den er erst seit ganz kurzer Zeit für sich entdeckt hatte, und ging hinein. Die Tanzfläche war schon nach den ersten Liedern voll, weil die beiden oben auf dem Heizkessel sofort mit ein paar Hits der jüngsten *Vorn*-Lieblingsbands einstiegen, Fugees, Propellerheads, Jurassic 5; »Around the World« von Daft Punk ging in »All you Need« von Air über. Robert schob auch gleich seinen ersten Britpop-Block hinterher, Pulps »This is Hardcore«, ein, zwei Oasis-Stücke, dann »Come On« von The Verve, das ausfransende letzte Lied auf der »Urban Hymns«-Platte, die sie im Sommer davor immer bei den Tischtennis-Turnieren in Philipp Nicolais Garten gehört hatten. Jetzt lief gerade ein Stereolab-Song; offensichtlich hatte Sebastian übernommen. Tobias spürte, dass er sich zum ersten Mal seit dem Telefonat mit Emily wieder einigermaßen selbstverständlich im *Vorn*-Kosmos bewegen konnte. Es war jedoch ein ganz anderes Gefühl als in den Jahren davor, nicht mehr der fast rauschhafte Überschwang, im Zentrum der Welt zu leben. Was sich jetzt, beim Anblick all der bekannten Gesichter, in ihm einstellte, war eher ein vorsichtiges, zögerliches Glücksgefühl, die Ahnung, dass hier, in diesen Kreisen, unter diesen Menschen, wahrscheinlich doch seine Zukunft liegen würde. Tobias war sich aber im Klaren darüber, dass er weiterhin aufpassen musste. Er hatte sich wieder einmal auf die Speedtalks eingelassen, doch er machte das ganz behutsam, von Zeit zu Zeit in sich hineinhörend, so wie jemand, der nach einer schweren Verletzung von sich sagt, er würde sein Bein oder seinen Fuß jetzt zum ersten Mal wieder »voll belasten«. Auch Tobias belastete an diesem Abend wieder voll, riskierte es, sich wie früher an den rasanten Urteilsbildungen und Klassifizierungen zu beteiligen, sich nicht bei jedem Wort zu fragen, ob er sich damit treu bleiben würde. Die Unbefangenheit der alten Zeit war zwar verschwunden. Doch Tobias hoffte, diese Unbefangenheit gegen ein Gefühl der Stabilität eingetauscht zu haben.

Die Party hatte sich fast komplett ins Innere des Gebäudes verlagert. Seit vielen Minuten lief Underworlds »Born Slippy« vom »Trainspotting«-Soundtrack, und das Stück wurde an einigen Stellen beinahe übertönt von dem allgemeinen Gekreische auf der Tanzfläche. In der vollen Halle kamen jetzt auch die ganzen an die Wand geworfenen *Vorn*-Fotos erst richtig zur Geltung. Gleich neben dem DJ-Pult war etwa das Bild einer Londoner Modedesignerin zu sehen, über die Simon einmal ein Porträt geschrieben hatte, ein blondes Mädchen mit bezauberndem Lächeln, das auf einer Couch lag, von oben fotografiert. Es schien, als würde die gute Laune, die das Mädchen ausstrahlte, sofort auch auf alle Tanzenden übergehen. Ein paar Meter weiter, über der Bar, hing das Cover einer alten *Vorn*-Sonderausgabe über Sport. Es war darauf nichts als ein Fußballtor abgebildet, unmittelbar nach dem Spiel aufgenommen (das Gras im Fünfmeterraum noch übersät von den Schritten des Torwarts). Die Idee des Hefts damals hatte darin bestanden, über all jene Begebenheiten und Rituale im Sport zu schreiben, die in der Berichterstattung ansonsten übergangen werden: über die sorgfältig umgestülpten Zungen von Fußballschuhen, die Magie der Spielführerbinde oder über das Geschehen in der Mannschaftskabine vor dem Spiel. In der Titelgeschichte hatten Dennis und Ludwig einen jungen Bundesligaspieler dazu befragt, wie es ist, wenn man sein Gesicht zum ersten Mal auf einem Panini-Bild entdeckt oder den eigenen Namenszug auf den Trikots von Kindern im Stadion. Da Dennis und er ein paar Jahre zuvor in der Jugendmannschaft von Eintracht Frankfurt zusammengespielt hatten, gab der Fußballer erstaunlich offene Antworten über das fast unwirkliche Gefühl, plötzlich ein berühmter Fußballprofi zu sein. Es war eines der anrührendsten Interviews gewesen, das jemals im *Vorn* zu lesen war.

Tobias ließ seinen Blick an den Wänden entlanggleiten. Mit fast allen Fotos verband er bestimmte Szenen oder Erlebnisse in der Redaktion. In einer Seitennische der Halle fiel ihm jetzt auch ein Bild auf, dessen ganze Drastik durch die vielfache Vergrößerung erst deutlich wurde. Es zeigte ein junges Mädchen, das sich auf dem Dach eines Hochhauses über einen riesigen Mercedes-Stern gelegt hatte, ganz am Rand des Gebäudes, ohne jede Schutzmaßnahme. Tobias musste an den Nachmittag denken, an dem er dieses Mädchen in einem Café gegenüber der Redaktion kennenlernte. Er kam gerade aus dem Haupthaus der Zeitung, als er Carla Bertoni draußen an einem der Tische sitzen sah, zusammen mit einem bekannten Fotografen des *Vorn*-Magazins und dessen Schäferhund. Tobias bestellte sich auch etwas zu trinken, und nach ein paar Minuten kam ein blasses Mädchen mit strähnigen Haaren auf sie zu, höchstens fünfzehn oder sechszehn, fast ein bisschen verwahrlost. Sie gehörte offenbar zu dem Fotografen, brachte ihm ein Päckchen mit Filmen, die sie für ihn in einem Geschäft besorgt hatte. Das Mädchen setzte sich zu ihnen, aber nicht auf einen der Stühle, sondern auf den Gehsteig neben den Schäferhund, ganz selbstverständlich, als wäre das ihr angestammter Platz. Ohne ein Wort zu reden, kraulte sie unentwegt das Fell des Hundes, schien das Geschehen um sich herum gar nicht richtig wahrzunehmen. Der Fotograf deutete flüchtig mit dem Kopf hinab auf das Mädchen, sagte: »Das ist Julia!« und bezeichnete sie als seine »Assistentin«. Er redete von ihr, als wäre sie gar nicht da, meinte nur, dass sie ihm kürzlich »zugelaufen« sei. Er wisse kaum etwas von ihr; sie sei wohl aus einem Heim weggerannt und arbeite jetzt seit einigen Wochen für ihn, wohne in seinem Atelier, mache dort auch sauber und begleite ihn ansonsten zu seinen Aufträgen. Der Fotograf war gerade in der Redaktion gewesen und hatte Fanny von Graevenitz ein paar Aufnahmen mit Julia angeboten. Das Bild auf dem Mercedes-Stern, das ein paar Wochen später im *Vorn* erschien, sorgte für großes Aufsehen. (Das Mädchen wurde kurz nach Erscheinen des Hefts von einem Regisseur für die Hauptrolle eines Kinofilms engagiert und war mittlerweile eine bekannte Schauspielerin.)

In der Mitte der Tanzfläche herrschte plötzlich Aufregung: Eine Gruppe von Leuten stand um die Schaukel herum. Tobias konnte nicht genau erkennen, was los war. Er schob sich durch die Tanzenden hindurch, und dann sah er auch sofort den Grund des Auflaufs: Auf der Schaukel saß ein hübsches, sehr junges Mädchen und bewegte sich mit geschlossenen Augen langsam vor und zurück. Tobias kannte sie nicht; wahrscheinlich war sie eine Leserin. Das Mädchen hatte einen extrem kurzen Cord-Minirock an, was das Schauspiel noch imposanter machte. Um die Schaukel herum standen ein paar Jungs, die sich darin abwechselten, das Mädchen sanft anzuschubsen. Sie bildeten fast eine Art Warteschlange, und manche stellten sich, nachdem sie ihrem Hintermann hatten weichen müssen, sofort wieder an. In der Schlange stand auch Ludwig, dem es ein wenig unangenehm war, dass Tobias ihn entdeckt hatte. Aber er schien so angetan von dem Mädchen auf der Schaukel zu sein, dass er die etwas spöttischen Blicke seines Kollegen in Kauf nahm. Tobias wollte zurück an die Bar gehen und sich ein Bier holen, doch er wurde von Dennis aufgehalten, der sich gerade eindringlich mit jemandem unterhielt. »Tobias, wart mal kurz«, sagte er, »schau, das ist Daniel Herrmann, der mit den tanzenden Jungs. Er ist heute extra aus Leipzig gekommen.« Und zu Daniel: »Das ist übrigens Tobias Lehnert, einer von den Redakteuren, die bisher deine Artikel betreut haben. Jetzt ist er leider zum Feuilleton gegangen.« Tobias erinnerte sich sofort an den Namen; Daniel war der erste neue Autor seit langem gewesen, der die *Vorn*-Leute wirklich begeisterte. Er hatte in den letzten Wochen einige Texte angeboten, die auch alle abgedruckt worden waren, unter anderem einen über das Gesetz, dass Jungs nicht tanzen sollten. Tobias hatte die ersten Sätze dieses Artikels sogar im Gedächtnis behalten: »Die Eiche ist ein Baum. Die Rose ist eine Blume. Der Tod ist unvermeidlich. Jungs sollten nicht tanzen. So ungefähr sagt es ein russisches Sprichwort, und alle vier Sätze stimmen.« Auch Ludwig fand die Texte damals so gut, dass er Tobias gleich um Daniels Telefonnummer gebeten und ihn zu dem heutigen Abend eingeladen hatte. Zu dritt standen sie jetzt am Rand der Tanzfläche. Daniel hatte wirklich recht gehabt. Es war vielleicht nicht einmal das Tanzen selbst, das bei Männern so unbeholfen wirkte; es war vor allem das Problem des Anfangens, der ersten Bewegungen, das ihnen zu schaffen machte. Die Mädchen bekamen diesen Moment fast immer mit bewundernswerter Eleganz hin. Der Schritt vom Nicht-Tanzen zum Tanzen war bei ihnen wie ein natürlicher Übergang, ohne jede Schwelle. Gerade liefen zwei schreiende Mädchen Hand in Hand an ihnen vorbei, weil Sebastian offenbar eines ihrer Lieblingslieder aufgelegt hatte, »Mayonnaise« von Smashing Pumpkins, und sie auf jeden Fall vor dem Einsetzen der verzerrten Gitarren auf der Tanzfläche sein wollten. Es war faszinierend, wie selbstverständlich sich ihre Laufschritte in die ersten Tanzbewegungen verwandelten. Dagegen der Junge mit dem weißen *Vorn*-T-Shirt ein paar Meter weiter, offenbar auch ein Smashing-Pumpkins-Fan: Vorsichtig näherte er sich der Tanzfläche, stellte zuerst probeweise ein Bein hinein, als wäre sie ein eiskaltes Schwimmbecken, an dessen Temperatur man sich erst gewöhnen müsse. Dann überwand er sich schließlich, tauchte nach längerem Zögern mit dem ganzen Körper ein, und seine ungelenken, zackigen Bewegungen in den ersten Sekunden wirkten, als ob er frieren würde.

Tobias, Dennis und Daniel gingen an die Bar und begannen sich über das Heft zu unterhalten. Daniel studierte in Leipzig seit zwei Jahren Journalismus, und dass er ein glühender *Vorn*-Fan war, wurde schon nach wenigen Sätzen deutlich. Er sagte den beiden noch einmal, wie sehr er sich darüber freue, dass ihnen seine Texte gefallen hätten; in Leipzig sei das *Vorn* jeden Montag seine Rettung inmitten des ganzen Schwachsinns, der ihn an der Universität umgebe. Es war fast rührend zu sehen, wie sich in Daniel in diesem Moment Schüchternheit und Selbstbewusstsein verbanden. Man merkte ihm die leichte Unsicherheit an, nun zum ersten Mal mit den Leuten zusammenzustehen, die dieses für ihn so wichtige Magazin machten. Doch gleichzeitig wurde auch schnell klar, dass er eigentlich ein ziemlich von sich überzeugter Mensch war. Daniel redete über seine Verlorenheit in dem Studiengang, der in seinen Augen keinerlei praktischen Wert besaß, und über die schon lang anhaltende Gewissheit, nur beim *Vorn* am richtigen Ort zu sein. »Vielleicht wird es ja wirklich bald was mit einem Praktikum bei euch«, sagte er, »Ludwig hat vorher auf dem Weg zur Party so etwas angedeutet.« Dann meinte er noch, dass er das Studium in Leipzig sofort aufgeben würde, wenn er an dem Heft mitarbeiten könnte. Tobias musste ständig an den Augusttag vor drei Jahren denken, als er zum ersten Mal Susanne Buchner in der Redaktion besucht hatte. Aus Daniel sprach jetzt genau dieselbe Begeisterung für das ganze *Vorn*-Umfeld. Er wollte von Dennis und Tobias auch wissen, ob Anne Krausnick auf dem Fest sei, sagte ihnen, dass er ihre Art zu schreiben sehr verehre und sich fast ein bisschen in sie verliebt habe, obwohl er ja nur ihre Artikel kenne. Als Dennis sie ihm zeigte – sie stand mit Carla und Fanny von Graevenitz zusammen, nur einige Meter von ihnen entfernt – und Anstalten machte, gleich zu ihr hinüberzugehen, hielt er ihn aber erschrocken zurück. Tobias geriet während dieser Unterhaltung in eine eigentümlich versöhnliche Stimmung. Er empfand plötzlich fast so etwas wie Milde dem ganzen *Vorn*-Kosmos gegenüber. In Daniel erkannte er sich selbst wieder, und er wusste genau, dass nach langer Zeit wieder jemand aufgetaucht war, der schon bald sein ganzes Leben dem Magazin widmen würde, wie Dennis, Robert und er es in den Jahren davor getan hatten. Und so wie er diesen jungen Autor mit seiner Hornbrille vor sich stehen sah, fiel für einen Moment der ganze Zweifel der vergangenen Monate von ihm ab. Sollte er es nicht einfach ein für alle Mal akzeptieren, dass das *Vorn* diese unglaubliche Faszination in manchen Leuten entfachen konnte? Dass das Heft immer wieder Leser fand, in München, Frankfurt, Leipzig oder anderswo, die sich so stark angezogen fühlten von seiner besonderen Machart, dass ihr einziges Ziel darin bestand, so schnell wie möglich Teil der Redaktion zu werden?

Dennis schlug vor, nach draußen zu gehen, und sie setzten sich auf den Randstein des Kiesweges, der an dem Gebäude vorbeiführte. Neben ihnen saß die aktuelle Praktikantin im *Vorn*, Franzi, und unterhielt sich mit einem anderen Mädchen. Franzi war eine jener Praktikantinnen, die immer typisch für das Heft gewesen waren. Man sah ihr die wohlbehütete Kindheit genauso an wie einen leichten Zug ins Verwegene. Sie stammte aus einem Ort am Chiemsee, der Vater Rechtsanwalt, die Mutter Deutschlehrerin, und es ging das Gerücht um in der Redaktion, dass sie im vergangenen Jahr eine der besten Abiturnoten ganz Bayerns gehabt hatte, noch unter 1,0. Jetzt studierte sie Komparatistik in München. Franzi hatte ihre *Vorn*-Kollegen kommen sehen, doch sie nickte ihnen nur kurz zu, weil das andere Mädchen ununterbrochen auf sie einredete. Es war sehr laut vor dem Gebäude, noch immer wimmelte es von Menschen, aber die Stimme des Mädchens war so schneidend, dass Tobias von Zeit zu Zeit ein paar Wortfetzen mitbekam. Sie erzählte Franzi offenbar von der bevorstehenden Trennung von ihrem Freund; vier Jahre lang habe alles toll funktioniert, doch in den letzten Monaten sei es immer eingefahrener, immer routinierter geworden, bis sie dann neulich diesen Yves aus Frankreich in der Uni-Cafeteria kennengelernt hätte. Und jetzt sei sie wirklich fast so weit, einfach alles stehen zu lassen und mit ihm nach Paris zu gehen. Tobias versuchte gerade, sich dem Monolog neben ihm zu entziehen und wieder mit Dennis und Daniel ins Gespräch zu kommen, als sich plötzlich Anne zu ihnen setzte. »Kennt sich von euch irgendjemand mit Handlesen aus?«, fragte sie. »Wir haben da drinnen so eine Auseinandersetzung: Carla meint, man würde beim Handlesen grundsätzlich die linke Hand nehmen; Fanny sagt, das sei Unsinn, es gehe nur mit der rechten.« Tobias, betrunken wie er mittlerweile war, sagte auf einmal aus einer Laune heraus: »Ja, da weiß ich zufällig bisschen Bescheid. Ich hab mich mal länger damit beschäftigt, für einen Artikel. Fanny hat recht: Für die ernstzunehmenden Handleser gilt nur die rechte Hand. Das hat mit den Energieströmungen im Körper zu tun.« Die anderen reagierten erstaunt, glaubten ihm aber seltsamerweise. »Was du alles weißt«, sagte Anne noch belustigt und ging wieder in die Halle hinein.

Die Runde löste sich auf, Dennis und Daniel liefen Anne hinterher, doch Franzis Bekannte hatte sich neben Tobias gesetzt und sagte: »Hallo, ich bin Sabine, ich studiere mit der Franzi. Sag mal, stimmt das wirklich, was ich gerade aufgeschnappt habe? Du bist Handleser?« Tobias, der jetzt nicht zurückrudern wollte, bejahte das möglichst teilnahmslos, und Sabine sagte: »Ja, also, weißt du: Mich würde das schon sehr interessieren, was du da rausfindest bei mir. Könntest du mir vielleicht den Gefallen tun und mir kurz aus der Hand lesen?« Und Tobias nahm Sabines Hand, die sie ihm ein wenig nervös, aber auch sehr vertrauensvoll entgegenhielt. »Immer die rechte«, sagte er noch einmal, bevor er den Blick senkte, »es gibt zwar schon einige Schulen, die das anders sehen, aber das sind meines Erachtens Scharlatane.« Er hatte natürlich nicht die geringste Ahnung davon, was es mit dem Handlesen auf sich hatte; das Einzige, was er einmal gehört hatte, war, dass die drei deutlichsten Linien auf der Handfläche bei fast allen Menschen ein M bildeten. Sonst wusste er nichts. Doch er hatte sich genug von Sabines derzeitigen Problemen anhören müssen, um sie mit seinen Analysekünsten beeindrucken zu können. Langsam fuhr er über ihre Handfläche, hielt immer wieder inne, als müsse er sich konzentrieren, verstärkte an einigen Stellen kurzzeitig den Druck. Aus den Augenwinkeln beobachtete er Franzi, die sofort alles durchschaut hatte, sich aber charmanterweise nichts anmerken ließ. Dann begann Tobias zu sprechen: »Also, Sabine, ich kann nicht viel sagen, weil das Ganze doch sehr improvisiert ist und ich eigentlich ein bisschen mehr Vorbereitung brauche. Aber erkennst du die beiden Linien hier, diese Kreuzung fast in der Mitte deiner Handfläche?« Er zeigte auf eine deutlich sichtbare Linie, die sich waagerecht von links nach rechts zog, und auf eine schmale, die von unten links nach oben rechts verlief und nach dem Aufeinandertreffen mit der tieferen plötzlich abbrach. Sabine, mit merklich leiserer Stimme jetzt, sagte: »Ja, die sehe ich gut«, und Tobias redete weiter. »Es ist so: Die feinere Linie nennt man ›Lebenslinie‹, den Begriff hast du bestimmt schon mal gehört. Sie hat bei dir lange Zeit klar und unbehelligt nach rechts oben geführt. Das gibt mir zu der Vermutung Anlass, dass die letzten paar Jahre deines Lebens ziemlich ausgeglichen und glücklich waren. Vielleicht sogar ein bisschen zu ausgeglichen, oder? »Ja, stimmt. Wahnsinn, stimmt wirklich«, sagte Sabine mit einem Lächeln in Richtung Franzi. »Okay, und jetzt sehe ich also diese tiefe Linie von links. Eigentlich müsste diese Linie, sie heißt« – Tobias erfand schnell einen Begriff –, »sie heißt ›Betalinie‹ – eigentlich wäre es üblich, dass diese Betalinie in der Mitte der Handfläche eine Kurve macht und dann parallel zur Lebenslinie nach oben führt. Doch das tut sie nicht, wie du siehst. Sie läuft weiter, und die Lebenslinie« – er merkte, wie Sabines Hand in seiner etwas unruhiger wurde –, »die Lebenslinie wiederum bricht ab, stagniert einfach: eine ungewöhnliche Konstellation. Irgendwas scheint da dein Glück zu stören, oder ihm zumindest eine völlig andere Richtung zu geben. Gibt es Dinge, die sich gerade massiv ändern bei dir?« Sabine, ernst und fast ein bisschen erschrocken, sagte nur: »Ja, doch, die gibt es.« Tobias dozierte weiter über die überraschend deutliche Betalinie auf ihrer Hand, und er ließ sich sogar zu der Überlegung hinreißen, dass dieser neue Einfluss, die tiefe Einkerbung von links, vielleicht auch geografisch zu interpretieren sei, als ein Sog aus westlicher Richtung: »Was auch immer«, sagte er, »USA, Südamerika, Frankreich, das kann ich so genau natürlich nicht identifizieren. Aber die Kraft dieser Linie ist schon ganz ordentlich, die würde ich nicht unterschätzen.« Gerade als

Franzi die Geduld zu verlieren drohte und den Betrug auflösen wollte, kam Dennis herausgelaufen und rief: »Unfassbar, Tobias, komm sofort mit! Schau dir an, was jetzt wieder auf dieser Schaukel passiert! Unser alter Freund Ludwig Elsässer, ich glaub's nicht.«

Es war jetzt vielleicht halb fünf oder fünf; am Himmel zeigten sich die ersten hellen Streifen, die Vögel in den Bäumen zwitscherten. Der Ort hatte sich in den letzten zwanzig Minuten fast so schnell geleert, wie er ein paar Stunden zuvor bevölkert worden war. Auch die meisten *Vorn*-Leute waren nach Hause gegangen. Im Innern des Gebäudes tanzte noch eine Handvoll Gäste; Robert, der mittlerweile alleine am DJ-Pult stand, hatte noch einmal »Around the World« aufgelegt, und im Rhythmus des Refrains sangen alle seit Minuten ausgelassen »Fünf Jahre *Vorn*, Fünf Jahre *Vorn* …« Draußen standen Jakob, Sebastian und Tobias mit ein paar anderen Übriggebliebenen, Mitarbeitern aus der Online-Redaktion des Magazins und zwei Fotografinnen. Irgendwann begann Tobias, mit einem der vor der Halle verstreuten *Vorn*-Strandbälle herumzukicken, hielt den Ball hoch, schoss ihn gegen einen der Essensstände. Er hatte nach jenem Telefonat mit Emily kein einziges Mal mehr Fußball gespielt, weil er ein paar Tage später – so klischeehaft, dass er manchmal fast darüber lachen musste – Rückenschmerzen bekommen hatte, die seitdem nicht mehr verschwunden waren. Jetzt aber drosch er den schon leicht faltigen *Vorn*-Strandball durch die Gegend, war vielleicht einfach zu betrunken, um noch daran zu denken, und nach ein paar Schüssen standen auch die anderen auf dem

Kiesweg und spielten mit. Jakob nahm den Ball plötzlich in die Hand, sagte: »Komm, Tobias, wir und die zwei Girls gegen den Rest«, und er bestimmte zwei Biertische, die zehn, fünfzehn Meter voneinander entfernt auf dem Kies standen, als Tore. Sie begannen zu spielen, vier gegen vier, und das Match im Morgengrauen wurde eine ernste, hart umkämpfte Angelegenheit. Jakob und Tobias versuchten sich kontrollierte Pässe zuzuspielen, aber sie waren zu betrunken dafür, und der lasche Strandball hatte eine völlig unberechenbare Flugbahn. Außerdem wurde Sebastian im anderen Team von ziemlich guten Mitspielern unterstützt, von zwei Redakteuren der Online-Ausgabe und einem ehemaligen Grafiker des Magazins, der mit seinem massigen Körper fast das gesamte Tor ausfüllte. Das Spiel stand lange unentschieden, zwei zu zwei, und als über eine Viertelstunde hinweg kein weiteres Tor fiel (es wurde nun schon richtig hell), rief Tobias nach einem Schuss ins Aus: »Okay, nächstes Tor entscheidet!« Es ging noch ein paar Mal hin und her; das eine Mädchen in ihrem Team, das hinten im Tor stand, stellte sich den gegnerischen Spielern immer wieder entgegen; und irgendwann beförderte sie den Ball mit einem schnellen Pass übers ganze Feld zu Tobias, so dass er allein auf den Torwart zulaufen konnte, ihm den Ball durch die Beine schob und den Sieg für seine Mannschaft holte. Die Freude war übermäßig. Tobias fiel Jakob und dem zweiten Mädchen um den Hals, sie landeten sogar kurz zu dritt auf dem Kiesboden, und dann lief er nach hinten zu der Torhüterin und umarmte sie lange.

Eine Zeitlang saßen alle noch erschöpft im Gras, tranken ein letztes Beck's aus den Schubkarren, in denen das ständig nachgefüllte Eis endgültig geschmolzen war. Dann verabschiedete sich einer nach dem anderen, fuhr mit dem Fahrrad davon oder suchte sich ein Taxi am Rand des Englischen Gartens. Auch die Mitarbeiter der Catering-Firma packten die letzten Kartons zusammen und sperrten die Halle ab. Tobias, Sebastian und die beiden Fotografinnen blieben noch sitzen. Eine von ihnen, die Torhüterin, die, wie Tobias im Hellen erst richtig erkannte, wirklich hübsch war, mit leicht slawischen Gesichtszügen, sagte irgendwann, dass sie und ihre Freundin jetzt auch schlafen gehen würden; ihr Auto draußen auf dem Parkplatz sei ja groß genug. Die vier gingen langsam Richtung Ausgang, Tobias sah den alten dunkelgrünen Mercedes Kombi, und in diesem Moment konnte er nicht anders, als den anderen vorzuschlagen, doch noch gemeinsam in die Stadt zu fahren und etwas zu machen. »Kein Problem, gib mir den Schlüssel«, sagte er zu dem Mädchen. Er fühlte sich jetzt auch wirklich halbwegs nüchtern, und dann fuhren sie in dem angenehm heruntergekommenen, mit Stativen und Foto-Utensilien vollgepackten Siebziger-Jahre-Mercedes über den Mittleren Ring und den Tucherpark in die Innenstadt zurück, durch die beinahe leeren Straßen des frühen Samstagmorgens. Sebastian hatte noch gesagt, dass er auf jeden Fall gleich nach Hause wolle, weil er in ein paar Stunden in Urlaub fliegen würde, und Tobias setzte ihn vor seiner Wohnung im Lehel ab. Mit den beiden Mädchen fuhr er dann über den Altstadtring und das Isartor weiter Richtung Zentrum. Die Torhüterin wohnte in Laim, ihre Freundin wollte bei ihr übernachten, doch als sie die Landsbergerstraße entlangfuhren, kurz vor der Donnersbergerbrücke, sagte Tobias: »Kommt, lasst uns noch zum Starnberger See fahren!« Die Torhüterin, die neben ihm saß, lächelte ihn nur kurz an und sagte: »Okay, von mir aus. Übrigens, ich bin Jana.« Ihre Freundin auf dem Rücksitz war in der Zwischenzeit eingeschlafen. Tobias bog links auf den Ring Richtung Garmischer Autobahn, ignorierte die Geschwindigkeitsbegrenzung auf den ersten Kilometern und war in weniger als zehn Minuten an der zweispurigen Starnberger Ausfahrt. Er schlug vor, nach Percha zu fahren, der ersten Badestelle von der Autobahn aus. Am Parkplatz, direkt vor dem Ufer, stiegen die beiden aus. Janas Freundin ließen sie schlafen. Das Rasenstück am See und der malerische Steg, sonst von morgens bis abends vollkommen überlaufen, waren jetzt fast menschenleer. Nur zwei Rentnerinnen standen auf der Wiese und absolvierten in Badeanzügen mit Blümchenmuster ihre Frühgymnastik. Tobias nahm Jana in den Arm, sie lehnte ihren Kopf an seine Schulter, und gemeinsam gingen sie auf dem in der Morgensonne glitzernden Holzsteg vor zum Wasser.

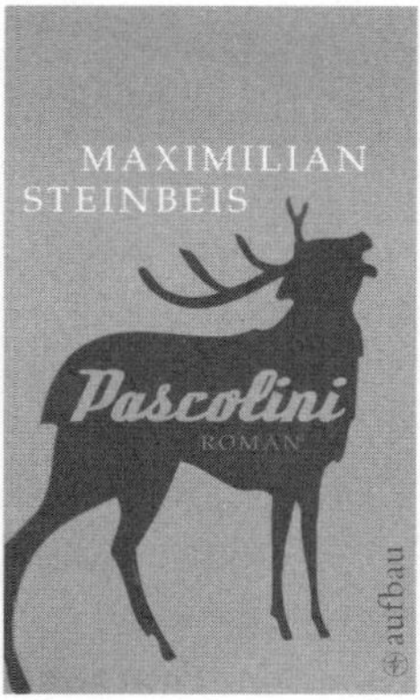

Maximilian Steinbeis
Pascolini
Roman
251 Seiten. Gebunden
ISBN 978-3-351-03296-8

Eine wahnwitzige Provinzgroteske

Für die Alteingesessenen ist Matthias Pascolini ein Held wie aus alten Zeiten. Auch wenn seine Schmugglerbande sich statt der Wilderei auf den Kokainhandel konzentriert und nur im Geheimen agiert: Da hört einer was, erzählt es einem Dritten, der trägt es weiter und … Mit wachsender Begeisterung kämpfen in Ettengrub bald Katholiken gegen Protestanten, Traditionalisten gegen Freigeister, Tennisvereinsmitglieder gegen die Herren vom Fußballklub. Und je stärker die Staatsgewalt eingreift, desto mehr wird Pascolini zum Volkshelden. Als schließlich ein evangelischer Busunternehmer das »Skiparadies Staufkogleralm« plant, kocht die Volksseele über. Mit Ironie, beeindruckendem Stilvermögen und großer Fabulierkunst erschafft Maximilian Steinbeis einen universalen modernen Heimatroman, der zum Besten zählt, was die deutsche Literatur zu bieten hat.

»Ein grotesker Heimatroman, in dem man sich sofort zu Hause fühlt, ob man will oder nicht.«
Maik Brüggemeyer, Rolling Stone

Mehr Informationen erhalten Sie unter
www.aufbau-verlag.de oder in Ihrer Buchhandlung

aufbau

Peter Henning
Die Ängstlichen
Roman
496 Seiten. Gebunden
ISBN 978-3-351-03267-8

»*Der* Roman zur Zeit«

Matthias Matussek, Der Spiegel

Über Taunus und Rhön gehen sintflutartige Regenfälle nieder. Sie sind Vorboten eines Orkans, der die Familie Jansen mit aller Zerstörungskraft trifft: Weil Johanna, die 80-Jährige Patriarchin, in ein Wohnstift ziehen will, möchte sie ihre Kinder noch einmal um sich versammeln. Doch der Lebensabend wird zur Sonnenfinsternis: Plötzlich verschwindet ihr Lebensgefährte und ihr ältester Sohn sieht sich von einer tödlichen Krankheit bedroht, während sein jüngerer Bruder aus der Psychiatrie flieht. Auch Johannas Tochter begibt sich auf eine Reise, die für sie und ihren untreuen Mann zur Tortur gerät. Die Chronik einer musterhaften Familie ist eine aberwitzige, rabenschwarze menschliche Komödie, ein Mosaik aus kleinen und großen Schrecken, Glück und Hoffnung.

»Was für ein Wurf ist dieses Buch. Plötzlich ist er wieder da, der Gesellschaftsroman« Frankfurter Allgemeine Sonntagszeitung

Mehr Informationen erhalten Sie unter
www.aufbau-verlag.de oder in Ihrer Buchhandlung

aufbau